クライブ・カッスラー/著
中山善之/訳

タイタニックを引き揚げろ（下）

Raise the Titanic!

扶桑社ミステリー
1549

タイタニックを引き揚げろ（下）

登場人物

ダーク・ピット —————— 国立海中海洋機関《NUMA》の特殊任務責任者

ジェームズ・サンデッカー —— NUMA長官

メル・ドナー —————— メタ・セクションのメンバー

ジーン・シーグラム —————— 同上

ダナ・シーグラム —————— ジーンの妻、NUMAの研究者

ジョージフ・ケンパー —————— ペンタゴン海軍作戦部長

シド・コプリン —————— 科学者

アル・ジョルディーノ —————— NUMAの特殊任務次長

ルディ・ガン —————— 〈サッフォー〉指揮官

ベン・ドラマー —————— サルベージ隊員

ヘンリー・ムンク —————— 同上

ジョン・ビガロー —————— 〈タイタニック〉の元船員

J・H・ブルースター —————— 鉱山技師

アンドレー・プレフロフ —————— ソ連情報将校

パーベル・マーガニン —————— プレフロフの副官

ボリス・スローユク —————— ソ連海軍情報部長官

4　タイタニック（承前）

41

風が二〇ノットに落ちると、ピットはさっそく、〈カプリコーン〉を送信装置ブイへ向かわせた。彼らはあらためて自船のコンプレッサーを〈タイタニック〉に通じている空気を送りこむ管とつなぎ、〈サッフォー〉二号が深海から浮上してくるのを待った。東の空が白みはじめたときに、潜水艇を受け入れる最終準備が終わった。ダイバーたちは所定の位置に飛びこみ、波の荒い海中での〈サッフォー〉二号の転覆を防ぐために安全索をかける用意をして待っていた。潜水艇を海上から〈カプリコーン〉のあいている船尾に積みこむためのウインチやワイヤーも整っていた。調理室では料理人が到着する潜水艇の乗組員を歓迎するために、コーヒーを沸かし、たっぷりとした朝食をつくる準備をはじめた。すべての準備が整うと、科学者と技術者たちは、早朝の寒気のなかで口をつぐみ、震えながら立ちつくし、ヘンリー・ムンクの死について思いをめぐらしていた。

潜水艇が〈カプリコーン〉の後部左舷《さげん》一〇〇ヤードのところへ、海水を盛り上げながら浮上したのは、六時十分だった。

〈カプリコーン〉からワイヤーが一本投げ出された。そして、二十分以内に〈サッフォー〉二号は、ウインチで母船の船尾にある台の上にのせられた。所定の場所に納められ固定されると、さっそくハッチが開けられ、ウッドソンが自力でからだを引き上げて出て来た。その後から、乗組員の生き残り四人がつづいた。

ウッドソンは上甲板《かんぱん》にのぼった。そこでピットが彼を待っていた。ウッドソンは眠っていないせいで目を赤く充血させていた。無精ひげが生えた彼の顔は青ざめていたが、ピットが湯気のたつコーヒーカップを握らせると、かろうじてかすかに笑いを浮かべることができた。「どちらもうれしい。あなたに会えたことも、コーヒーにありつけたことも」と彼は言った。

「君の伝言では、殺人だということだが」ピットは挨拶《あいさつ》の言葉はいっさい抜きで言った。

ウッドソンはコーヒーをちょっとすすり、振り返って、潜水艇のハッチからムンクの死体をやさしく持ち上げている男たちを見つめた。「ここではまずい」と彼は低く言った。

ピットは自分の居室のほうをさした。ドアを閉めると、彼はさっそく切り出した。

「さあ、はじめようじゃないか」

ウッドソンはどさりとピットの寝棚に腰をおろすと、目をこすった。「話すことはあまりありません。私たちは海底から約六〇フィートのところにとどまり、C甲板の右舷の舷窓《げんそう》を密閉していたのです。そのとき私はテレビカメラに関するあなたの伝言を受けたのです。私は原因を調べるために船尾へ行きました。すると、ムンクが左側のこめかみが陥没した状態で甲板に倒れていたのです」

「その打撲を裏づけるなんらかの証拠は？」

「証拠は、ピノキオの鼻ほどはっきりしています」とウッドソンは答えた。「皮膚の断片、血、それに髪の毛が、交流発電機のおおいの角にこびりついていました」

「私は〈サッフォー〉二号の装置に詳しくないんだ。それはどんな具合に置かれてあるんだ？」

「右舷の船尾からおよそ一〇フィートくらいの場所に。おおいは甲板から約六インチの高さのところにありますが、これは下に納まっている発電機の整備をしやすくする配慮からです」

「じゃ、事故かもしらんじゃないか。ムンクはつまずいて倒れ、角で頭を打ったとも考えられる」

「ありえますが、ただ彼の脚は逆の方向を向いていたのです」

「彼の脚になんの関係があるんだ？」

「脚は船尾をさしていたのです」

「それで？」

「分かりませんか?」ウッドソンははがゆそうに言った。「ムンクは船首に向かって歩いていたときに倒れたにちがいないのです」

ピットの頭のなかでおぼろげな状況がはっきりしてきた。そして、不可解な謎《なぞ》に気づいた。「交流発電機のおおいは右舷にある。したがって、ぶつかったのはムンクの右のこめかみでなくてはならない。左側でなく」

「そうです」

「テレビカメラの故障はなにが原因だった?」

「故障ではありません。レンズの上に、誰かがタオルをかけたのです」

「それで乗組員は? 各乗組員の位置は?」

「私はノズルを使って仕事をしていました。サム・マーカーは操縦していました。ムンクは機器のパネルを離れ、船尾にある手洗いに行くところでした。私たちは第二当直に入っていました。第一当直に組みこまれていたのは、ジャック・ドノバン――」

「若い金髪の男。海洋技術局から来ている装置技師?」

「そうです。それに、レオン・ルーカス中尉、海軍から出向しているサルベージ技術者です。それと、ベン・ドラマー。この三人はみな、寝棚で眠っていました」

「しかし、彼らの一人がムンクを殺したということには必ずしもならない」とピットは言った。「理屈に合わんだろう? なんの動機もないのに、逃げも隠れもできない一万

ないかな」

ピットはなおも究明しようとつとめた。「ムンクは、ひどくからだをひねったのではないかな」

「一八〇度うしろへ回せるゴムのような首の持ち主ならともかく、ありえません」

「もう一つの謎にあたってみようじゃないか。体重が二〇〇ポンドある男を、床からわずか六インチの高さのところにある金属の角にぶつけて殺すなんてことができるかね？　両方の踵《かかと》をつかんで、大槌《おおづち》でも振り回すように彼を振り回すのか？」

ウッドソンはお手上げだと言わんばかりに、両手を広げた。「分かったよ、たぶん、おれは情緒不安定に陥り、誰もいないところに殺人狂の姿を見るようになってしまったんだろうさ。海底に沈んでいる船が、しばらくしたら、あんたに取り憑《つ》くことだって、ないとは誰にも言えないんだ。あの沈没船は、気味が悪い。あの甲板の上を人間が歩いていたり、手すりに寄りかかっていたり、われわれを見つめているところを目撃したと、誓って言えるような気がするときすらあるんだ」彼はあくびをした。彼がやっとの思いで目を開けているのは、明らかだった。

ピットはドアのほうへ歩きだし、振り向いた。「少し眠ったほうがいい。この件については、あとでまた検討しよう」

ウッドソンは、あらためてすすめてもらうに及ばなかった。彼はピットが病室の途中まで行く前に、すでにぐっすり眠っていた。


コーネリウス・ベイリー博士は、象のように大きな男で、肩幅は広く、顎《あご》は四角く突き出していた。彼の赤い髪は襟もとまで伸び、大きな顎に生えたひげは優雅なバン・ダイク風に刈りこまれていた。彼は〈サッフォー〉二号の乗組員の間では人気があったし、その気になったときは、彼ら五人の誰と飲み比べをしても負けなかった。彼は大きな手で診察台のヘンリー・ムンクの死体を、木の人形でも扱うように、いとも簡単にひっくり返した。たしかに死体は、木の人形に近い状態になっていた。死後硬直がかなり進んでいたのでそれも無理はなかった。

「気の毒に、ヘンリー」と彼は言った。「救いは、彼が家族もちじゃなかったことだ。まったく健康なやつだった。彼の最後の身体検査のときには、耳かすを少しとってきれいにしてやる以外、してやれることがなにもなかった」

「死因はなんでしょう?」ピットはきいた。

「それははっきりしている」とベイリーは言った。「第一の原因は、側頭葉に加えられた大きな損傷――」

「第一のというのは、どういう意味です？」

「言葉どおりの意味さ、ピット。この男は二度にわたって殺されている。これを見てごらん」彼はムンクのシャツの襟ぐりを下に下げ、うなじを出した。頭蓋骨《ずがいこつ》のつけ根に、大きな紫の痣《あざ》があった。「延髄《えんずい》のすぐ下の脊髄《せきずい》が叩《たた》き潰《つぶ》されている。なにか鈍器によってやられた可能性が強い」

「すると、ウッドソンの言ったとおりだ。ムンクは殺された、、、」

「殺された、と言ったのか？　そうとも、もちろんさ。間違いないよ」とベイリーは、船上で殺人が日常茶飯事でもあるかのように、平然と言ってのけた。

「だとすると、殺人犯は背後からムンクをなぐりつけ、つぎに、事故に見せかけるために交流発電機のおおいに彼の頭を打ちつけたんだ」

「なかなか的を射ている」

ピットはベイリーの肩に手をかけた。「いまあなたが確認したことをしばらくの間、ふせておいてくれるとありがたいんですが、先生」

「黙っている。私の唇にはもう封がされたから大丈夫だよ。その点については、もういっさい心配することは無用だ。必要なときには言ってくれ、報告書と証明書を用意しておくから」

ピットは医者に微笑《ほほえ》みかけると、病室を出た。彼は〈サッフォー〉二号が、海水の雫《しずく》を垂らしている船尾の台へ行き、ハッチに通ずる梯子《はしご》をのぼり、内部に飛びおりた。装置技師がテレビカメラを調べていた。

「どんな具合だい？」ピットはきいた。

「どこも悪いところはありません」技師は答えた。「構造技師が船体のチェックを終わりしだい、また潜水させて大丈夫です」

「早いにこしたことはない」とピットは言った。彼は技師のわきを通り、潜水艇の一番後部へ行った。ムンクの傷口から出た血糊《ちのり》は、すでに甲板と交流発電機からきれいにぬぐいとられていた。

ピットの頭は忙しく回転していた。一つの考えが解決され、解消されたにすぎなかった。それははっきり固まった考えというより、理屈ぬきになんとはなしに、ムンクの殺害者はあいつにちがいないといった確信だった。究明には、一時間くらいかかるだろうと思った。しかし、彼はついていた。彼は自分がつかんでいることの裏づけを、これから十分以内につきとめることができた。

42

「私が理解するところでは」とサンデッカーは机ごしににらみつけて言った。「私のサルベージ要員の一人が無残にも殺されたが、あなたは、私に手をこまねいてなにも手をうつなというのですね。殺人犯が自由にうろついているというのに？」

ウォーレン・ニコルソンは椅子《いす》の上で落ち着かぬ様子で姿勢を変え、サンデッカーのけわしい目差《まなざ》しを避けた。「承服しがたいことはよく分かります」

「なまぬるい言い方だ」サンデッカーはいまいましげに答えた。「やつがまた殺す気になったらどうするんだ？」

「それは計算ずみの危険で、われわれは先刻考慮に入れてある」

「われわれは先刻考慮に入れてある？」サンデッカーはおうむ返しに言った。「ＣＩＡの本部にすわっている君がそう言うのは、簡単だ。君は現地にいないんだから、ニコルソン。海面から一万二〇〇〇フィート下の潜水艇に閉じこめられており、自分の隣りの男が自分の脳味噌《のうみそ》を叩き割るつもりなのではないか、と疑心暗鬼にさいなまれてるわけじゃないんだから」

「あんなことは二度と起こらないと確信している」とニコルソンは平然と言った。

「どうして、そんなに自信たっぷりなことが言えるんだね？」

「ソ連のプロの情報員は、ぎりぎりの必要にせまられなければ殺人を犯さないから」

「ソ連の情報員――」サンデッカーは驚くと同時に、まったく信じられずにニコルソンを見すえた。「一体全体、君はなんのことを言っているんだね？」

「言ったとおりさ。ヘンリー・ムンクは、ソ連海軍情報部のために働いている工作員に殺された」

「まさか。証拠はなに一つない……」

「完全な証拠はない、たしかにない。ムンクにうらみをもっている誰かほかの人間の仕業ということもありえなくもない。だが、さまざまな事実から、ソ連に雇われている工作員の線が浮かぶ」

「だが、どうしてムンクが？」とサンデッカーはきいた。「彼は機器の専門家だ。どうして彼がスパイの脅威になるんだね？」

「ムンクは見てはならぬものを見てしまい、黙らせるために殺《や》られたのではないか、と私は思う」とニコルソンは言った。「ところで、言いようによっては、これは話の半分にすぎないんだ。提督、君のサルベージ作業に入りこんだソ連の情報員は一人ではなく、二人なんだ」

「そんなこと信じないね」

「われわれの仕事はスパイなんだ、提督。われわれは二人だとつきとめた」

「誰と誰だ？」サンデッカーは答えを求めた。

ニコルソンは、どうしようもないといわんばかりに肩をすくめた。「申し訳ないが、これ以上のことは言えない。われわれの情報筋から、彼らにシルバーとゴールドという秘匿名《ひとくめい》がついていることは明らかになった。しかし彼らの正体に関しては、まったく分からない」

サンデッカーはけわしい目つきをして言った。「だが、私の部下が彼らの正体をつきとめたら？」

「君に協力してほしい。少なくともここしばらくは。そして、部下に沈黙を守りいっさいの行動に出ないよう命じてもらいたいんだ」

「その二人が、サルベージ作業全体を妨害することだって考えられる」

「彼らが受けとっている命令に破壊工作は含まれていないものと、われわれは確信している」

「狂ってる、まったく狂気の沙汰《さた》だ」とサンデッカーはつぶやいた。「君は、自分が私になにを求めているのか少しはわきまえているのか？」

「大統領も何カ月か前に、まったく同じ質問をした。私の答えはそのときもいまも変わっていない。そう、わきまえていない。私はあなたの仕事が単なるサルベージでないことに気づいてはいるが、大統領はあなたの仕事の背後にひそんでいる本当の理由を私に洩《も》らすのは妥当ではないと判断された」

サンデッカーは歯をくいしばった。「ところで、私がかりに君に協力したとして、そのときはどうなるんだね？」

「新しい局面が展開するごとに、細大洩らさずあなたに情報を流す。そして時期がきたら、ソ連の情報員を拘留して結構ですと許可を出す」

提督はしばらく、黙ってすわりこんでいた。やっと口を開いた相手の口調に、ニコルソンは非常に真剣なものを感じた。

「いいだろう、ニコルソン、君の望みどおりにしよう。しかし、悲劇的な事故やまたまた殺人が現場で起こったときには、神にでも助けを求めるのだな。そんなことになったときには、君にはとうてい想像できないような恐ろしい事態になることを覚悟しておいてもらおう」

43

メル・ドナーは、マリー・シェルドンの家の玄関を入った。彼の背広は、春の雨に濡《ぬ》れていた。

「これにこりて、車のなかに傘を置いておくことにしようと思います」と彼はハンカチを取り出し、水気をぬぐい取りながら言った。

マリーは玄関を閉め、彼をしげしげと見上げた。「窮余の一策。そうなの、ハンサムな方？」

「なんとおっしゃいました？」

「あなたの様子からしますと、雨があがるまで雨やどりするひさしが必要ですわ。しかも運命の女神は、あなたを私のひさしのもとに導いてくれた」とマリーは言った。その声は柔らかく鼻にかかっていた。

ドナーは一瞬、目を細めた。しかしそれは、ほんの一瞬だった。やがて彼は微笑んだ。

「失礼しました、私はメル・ドナーという者です。ダナの古くからの友達なのです。彼女は在宅ですか？」

「見知らぬ男性の方が私の戸口に現われるなんて、話がうますぎると思っていたの」彼女は微笑んだ。「私、マリー・シェルドンです。おかけになってくつろいでくださいな。ダナに声をかけ、コーヒーを入れてまいりますから」

「どうもありがとう。コーヒーとはたいそうありがたいですね」

ドナーは腰を振って台所へ向かうマリーのうしろ姿を鑑賞した。彼女は白の短いテニススカートに袖《そで》なしのニットを着ており、脚はむき出しだった。はちきれそうな彼女のお尻《しり》が左右に揺れるたびに、スカートが勢いよく振れ、魅力的だった。

彼女はコーヒーを一杯持ってもどって来た。

「ダナは、週末はのんびりしているの。十時前に起き出すことは、めったにないんです。待っている間に、ドナーは暖炉わきの書棚に並んでいる本の背表紙を見ていった。彼二階へ行って、せかしてきますわ」

はこれをよくやった。本の表題を見ていくと、ほぼ間違いなく持ち主の人格と趣味の見当がつく。

彼女の書棚には、独身女性らしい本が一わたりそろっていた。詩集が数冊あった。『予言者』『ニューヨーク・タイムズ・クックブック』、それによく見かけるゴシック・ノベルやベストセラーの類い。しかしドナーが関心をもったのはその組み合わせだった。『大陸間熔岩流《ようがんりゅう》の物理学』や『海底峡谷の地質学』に混ざって、『女性の性的幻想の解明』と『O嬢の物語』があった。彼が『O嬢の物語』に手を伸ばそうとすると、階段をおりて来る足音が聞こえてきた。彼が振り向くと、ダナが部屋へ入って来るところだった。

彼女は近づき、ドナーを抱いた。「メル、あなたに会えて、とてもうれしいわ」

「元気そうだね」と彼は言った。過去数カ月の緊張と苦悩の色は、きれいにぬぐいとられていた。ダナの気持ちがなごんでいるようで、その笑顔には硬さがなかった。

「お変わりなくて、遊び達者な独身さん?」とダナはきいた。「今週は、世間知らずの若い娘たちにどの手を使っているの。脳外科医、それとも宇宙飛行士?」

ドナーは自分のお腹《なか》を軽く叩いた。「二、三ポンドやせるまで、宇宙飛行士の役はおくら入りさ。実を言うと、君のところの連中の〈タイタニック〉引き揚げ作業のことが知れわたっているんで、ワシントンのシングルズバーにたむろしているかわい子ちゃんを、深海ダイバーだと言ってものにすることができないんだよ」

「本当のことを言えばいいのに。なんといってもあなたは、この国の代表的な物理学者の一人なんですもの。なにも恥じることなどないじゃない」

「分かっているさ。だけどね、本物の自分を演じていたんじゃ、面白味がなくなってしまう。それに、女というものは、いかがわしい恋人のほうを好むのでね」

ダナは彼のコーヒーカップを見てうなずいた。

「コーヒーをお持ちしましょうか？」

「もう結構」彼は微笑んだ。そして真顔になった。

「私がここへ来たわけは、分かっているだろう」

「見当はついています」

「ジーンのことが心配なんだ」

「私もよ」

「彼のところへもどってやればいいのに……」

ダナはメルの目をまっすぐ見つめた。「あなたには分からないわ。一緒に暮らしたら、事態は悪くなる一方なのよ」

「彼は君を失って、途方に暮れている」

ダナは首を振った。「仕事があの人の女主人なの。私はあの人のいらだちをあおりたてる存在でしかないわ。たいていの奥さんがそうでしょうが、過重な仕事のストレスからくる夫の思いやりのなさを、耐え忍ぶなんてできないの。分からないかしら、メル？　互いに相手をだめにしてしまわないように、私はジーンのところを出たのよ」ダナは顔をそむけ、両手に顔を埋めたが、すぐに自分を取りもどした。「彼が仕事をやめ、教壇へもどってくれさえすれば、事情は変わると思うんだけど」

「こんなことを君に言ってはいけないんだが、すべて計画どおりにはこべば、プロジェクトは一カ月後には完了する。そうなれば、ジーンがワシントンにとどまる筋合いはまったくなくなるはずだ。彼は自由に大学へもどって行ける」とドナーは言った。

「だけど、政府との契約はどうなの？」

「切れる。私たちは特別なプロジェクトに組みこまれている。だから、プロジェクトが終わったら、私たちの契約も終わる。そのときは、私たちはみんな挨拶をし、もとの大学へもどって行くのさ」

「あの人が私を求めていないことだってありえるわ」

「私はジーンを知っている」ドナーは言った。「彼は一人の女しか愛せない男だ。彼は待つさ……もちろん、君がほかの男とできれば別だけど」

彼女は驚いて顔を上げた。「なぜそんなこと言うの？」

「先週の水曜の夜、たまたまウェブスターズ・レストランへ行っていたんだ」

なんとまた！　ダナは思った。ジーンのもとを去ってからかぞえるまでもないほどわずかなデートの一つが、もうすでにこうして自分にはね返ってきた。マリー、それにNUMAの海洋科学研究所の生物学者二人の計四人で出かけ、打ち解けて、楽しく一夕を過ごしたのだった。それだけのことで、なにもなかった。

ダナは立ち上がり、ドナーをにらみつけた。「あなた、マリー、それにそうだわ、大統領までが、みんなが、私がジーンのところへ頭《こうべ》を垂れてもどって行くことを願っている。私のことを、それがないと彼が安心して眠られない毛布だとでも思っているのね。だけど、あなたたちは誰一人として、私の気持ちをきいてさえくれないじゃないの。私の気持ちやいらだちなど、問題じゃないというの？　そうよ、あなたたちがどう考えようとかまうもんですか。私は独立した女性です、自分の好きなように生きます。自分がそうしたいと心から思えば、ジーンのもとへ帰ります。それに、ほかの男たちとつき合い、寝たいと思うときには、そうするわ」

ダナはくるりと向きを変えると、あっけにとられなすすべもなくすわっているドナーの前から離れていった。階段をのぼり、寝室に入ると、ベッドに身を投げ出した。ダナは心にもないことを並べたてたのだった。自分の生涯にジーン・シーグラム以外の男性が現われるはずなどなかった。いつかは、それも近々、自分が彼のもとへもどって行くことが、彼女にはちゃんと分かっていた。しかしいまはただ、涙がとめどもなくこぼれるのだった。

鏡ばりの部屋の一つに納まった女性のディスク・ジョッキーがかけたレコードの音が、大きな四つの正方形のスピーカーからとどろいていた。格子模様のダンスフロアーは立《りっ》錐《すい》の余地もなく、濃い煙草《タバコ》の煙がディスコティックの天井から射す明るい色の照明に照らし出されていた。ドナーはテーブルに一人ぽつんとすわり、にぎにぎしい調べに合わせて輪を描く男女を見るともなく見ていた。

小柄な金髪の女性が通りがかりに、ふと足を止めた。

「雨男さん？」

ドナーは顔を上げた。彼は声をたてて笑い、立ち上がった。「ミス・シェルドン」

「マリー」彼女は楽しそうに言った。

「お一人ですか？」

「いいえ、ある夫婦のお供なの」

ドナーは彼女が身振りで示すほうを目で追ったが、ダンスフロアーで入り混じっている人間のどの人たちをさしているのかとても分からなかった。彼はマリーのために椅子を引いた。

「帰りは、私がお送りします」

ウェイトレスがたまたま通りかかった。ドナーは声をはり上げてカクテルを注文した。振り向くと、マリー・シェルドンが彼をうっとりと見つめていた。「ねえ、ドナーさん、物理学者にしては、あなたはなかなかいい男だわ」

「だめじゃないか！　今夜はＣＩＡの情報員に化けるつもりでいるのに」

彼女はにっと笑った。「ダナから聞いて知っているのよ。少しだけど、あなたの脱線ぶりを。うぶな若い娘たちをだましたりして、恥ずかしいわね」

「聞いたことを全部信用しちゃいけないな。実を言うと、こと女性に関しては、恥ずかしがり屋でひっこみ思案なんだ」

「まあ、本当かしら？」

「名誉に賭《か》けて」ドナーは煙草に火をつけた。「ダナは今夜どうしている？」

「あなた、うまいわね。私を断わろうというのね」

「いや、そうじゃないんだ。ぼくはただ――」

「あなたが嘴《くちばし》を突っこむ問題ではないわ、もちろんよ。だけどダナはもういまごろは、船で北大西洋のどこかにいるわ」

「休暇をとるのは、彼女のためにいいことだ」

「あなたは、かよわい女から情報をしぼりだすことにたけているわ」とマリーは言った。「記憶してもらうために、あなたがお友達のジーン・シーグラムに教えてあげられるように、ただそれだけのために言うんだけど、彼女は休暇で出かけたのではなく、〈タイタニック〉が来週引き揚げられるとき、現場に居合わせたいと要求した新聞記者たちの世話役を務めているの」

「ぼくがその役をたのんだように思う」

「いかすわ。私は自分の間抜けさを認める人に弱いの」彼女は、からかって楽しんでいるような目差しをドナーに向けた。

「さあ、これでかたがついたわ。どうして私を誘わないの？」

ドナーは額に皺《しわ》を寄せた。「内気な乙女は、こんなふうに言うんじゃないか――『ですが、あなた様をよく存じあげていませんもの』」

マリーは彼の手を取り、立ち上がった。「さあ、いらっしゃいな」

「どこへ？」

「あなたの家に」彼女はいたずらっぽい笑いを浮かべて言った。

「ぼくのところ？」ドナーには、話の展開が早すぎた。

「そうよ。愛し合わずにいられないわ、そうじゃなくて？　婚約した二人が理解し合うのに、ほかに方法があって？」

44

ピットは列車の座席に前かがみの姿勢ですわりこみ、車窓の外を流れ去るデボン州の郊外の風景を見つめていた。線路はドーリッシュの海岸線ぞいにカーブを描いていた。イギリス海峡には、朝の漁に出かけるトロール船の小さな船団が浮かんでいた。ほどなく霧雨がふりだし、車窓に雨滴が筋を描き、風景がぼうっとかすんだ。それで彼は、膝《ひざ》の上の雑誌にまた目を落とすと、見るともなくページを繰っていった。

もしも、二日前にサルベージ作業現場を一時離れろと言われたら、ピットは彼らを馬《ば》鹿者《かもの》ぞろいだと思ったことだろう。それに、デボン州のティンマスというイングランド南東部の、人口一万二二六〇の絵のような小さな保養地へ出向き、死にかけている年寄りに面会してくるようもちかけられたら、彼らを救いようのない連中だと思ったことだろう。

彼はこの〝巡礼〟については、ジェームズ・サンデッカー提督に感謝しなくてはならなかった。提督は彼に電話し、ワシントンのNUMAの本部へもどって来るよう命じたとき、巡礼という言葉を使ったのだった。それは、〈タイタニック〉の乗員の生き残りの最後の一人を訪ねる巡礼だった。

「この件については、これ以上議論をしても無駄だ。君はティンマスへ行くのだ」とサンデッカーは有無を言わせなかった。

「そんなことをしても、なにも得るところなどありませんよ」ピットは床の上を興奮して行きつもどりつした。〈カプリコーン〉の上で、たえず揺さぶられながら、何カ月も過ごしてきたので、まだからだが揺れているような感じがした。「あなたは、引き揚げの重大な瞬間に陸《おか》に揚がれと命じ、お前の部下のなかにソ連の情報員が二人まぎれこんでいる、正体は不明である、彼らはCIAの保護下にあるので大手を振って私の乗組員を殺害できるとおっしゃる。そして、その舌の根も乾かぬうちに、年老いたイギリス人水兵の死の床での証言を取りに、イギリスの田舎町へ行けと平然と命ずる」

「その〝年老いたイギリス人水兵〟というのが、〈タイタニック〉の乗組員で、まだあの世へ行っていない唯一の人間なんだ」

「しかし引き揚げ作業が」ピットは食い下がった。「コンピューターによれば、七十二時間後には、〈タイタニック〉の船腹が、海底からいつなんどき離れるか分からないのですよ」

「安心しろ、ダーク。明日の夕方までに、君は〈カプリコーン〉の甲板に間違いなくもどっているさ。最大の行事には、ゆっくり間に合う。君の留守中は、たとえどんな問題が生じようとも、ルディ・ガンが処理できるよ」

「選択の余地をあまり与えてくれないんですね」ピットは身振りで負けを認めた。

サンデッカーは、やさしく微笑んだ。「分かっているとも、君の考えは……自分は欠かせない存在だというのだろう。じゃ、君に教えてやろう。あのサルベージ班は、世界で最高だ。彼らはむこう三十六時間、君なしでもなんとかやってのけるにちがいない、と私は信じている」

ピットは微笑んだ。しかし彼は、けっして和らいだ表情をしていなかった。「いつ出発します？」

「ダラスのNUMAの格納庫で、リヤ・ジェット機が待っている。それが君をエクセターへ運んでくれる。そこからは、ティンマス行きの列車の便がある」

「用件が終わってからのことですが、報告のためにワシントンへもどって来るのですか？」

「いや、〈カプリコーン〉から報告してくれればよい」

ピットは顔を上げた。「カプリコーン？」

「そうとも。君はイギリスの郊外でのんびり過ごすだけなんだぜ。〈タイタニック〉が予定を早めて浮上する気になったらどうする、君はあの船の復活を見逃してしまう。そんなことをおれがすると思うかい、えっ？」

サンデッカーは意地悪くにたりと笑った。それが彼には精いっぱいだった。提督はがっくりきてふさぎこんでいるピットの顔を見て、吹き出すのをかろうじてこらえていたのだ。


ピットは駅でタクシーに乗り、川口のわきの小道ぞいの、海を見おろすある小さな一軒の家に着いた。彼は運転手に料金を払い、蔓《つる》におおわれた門を通り抜け、薔薇《ばら》に囲まれた歩道を歩いて行った。ドアをノックすると、丁寧にブラシをした赤毛に顔を包んだ、吸いこまれるようなすみれ色の目をした娘が応対に出た。スコットランド地方の訛《なま》りの多少ある、柔らかな声だった。

「おはようございます」

「おはよう」彼は軽く会釈をして言った。「私はダーク・ピットという者です。その――」

「ああ、そうですか。サンデッカー提督から、電報をちょうだいしまして、あなたさまのおいでは知っておりました。どうぞお入りください。司令官はあなたのおいでを待っておいでです」

彼女はプレスのきいた白いブラウスと緑のセーター、それによく似合うスカートをまとっていた。ピットは彼女についてその家の居間に入った。くつろいだ、気持ちのよい部屋だった。暖炉には火が赤々と燃えていた。かりにここの主人が引退した船乗りであることをピットが知らなかったとしても、室内の飾りから簡単に想像がついたにちがいなかった。どの棚にも所狭しと船のモデルがのっており、四方の壁には、有名な帆船の複製画が額に入れて飾ってあった。イギリス海峡に面した窓の前には、真鍮《しんちゅう》製の大きな望遠鏡が置かれてあった。それに、長年ワックスで磨き上げられ光沢を放つ舵輪《だりん》が、遠い昔に忘れ去られてしまった舵手に、束の間であれ回してもらえる時がくるのを待ち構えてでもいるかのように、部屋の片隅に立っていた。

「昨夜はとても寝づらい夜だったようですわね」若い女性は言った。「朝食などいかがです？」

「遠慮すべきところですが、お腹のほうがお言葉に甘えるようせっついております」

「アメリカの方は、みなさん健啖家《けんたんか》だとお聞きしていますわ。その神話をあなたに壊されたら、私はがっかりしたでしょうね」

「では、ヤンキーの伝統を守るために、最善を尽くしましょう。ミス……」

「失礼しました。私はサンドラ・ロスです。司令官の曾孫《ひまご》にあたります」

「あなたがお世話をしているんですね」

「できるときには。私はブリストル航空会社のスチュワーデスなんです。勤めに出るときは、村のある女の方がお世話をしてくれるんです」彼女は身振りでピットを廊下へ案内した。

「食事の用意ができる間に、おじいさんと話していただけると一番よいのですが。たいそう年をとっておりますが、お話をうかがいたくてうずうずしています――〈タイタニック〉を引き揚げるためになさっていることを、一部始終聞きたがっていますのよ」

彼女はドアを軽くノックして、少し開けた。

「司令官、ピットさんがお見えになりました」

「そうか、ここへ通してくれ」しわがれ声が返ってきた。「私が暗礁《あんしょう》に乗り上げて沈没する前に」

彼女はわきによけた。ピットは寝室に入った。

司令官サー・ジョン・L・ビガロー――司令官騎士（KBE）、英国海軍予備役勲章（RD）、英国海軍予備隊（RNR）退役――は、寝棚のようなベッドの上にからだを起こしてすわり、濃い青い目、一時代前の夢見るような目で、ピットをじっと見つめた。残り少ない髪の毛は、顎ひげ同様、真っ白で、その顔は潮風にきたえられた海の男にいかにもふさわしく、血色がよかった。彼はナイトシャツの上に、タートルネックのセーターを着ていた。しなびてはいるが、岩のようにしっかりしている手を差し伸べた。

その手を取ったピットは、握力の強さに驚いた。「お目にかかれて本当に光栄です、司令官。〈タイタニック〉から脱出したときのあなたの英雄的な行動については、何度も読みました」

「くだらんことさ」と彼は不満そうに言った。「私は二度の世界大戦で魚雷を受け、漂流した。しかし人様が私にたずねることといえばきまって、〈タイタニック〉沈没の夜のことだ」彼は手招きで椅子をすすめた。「はじめて航海に出た、ひげも生えていない若者みたいに突っ立っているのはおやめなさい。すわった、すわった」

ピットは相手の言葉に従った。

「さあ、あの船のことを話してください。長い間、沈んでいたんだが、どんな状態です？　私があの船に乗りこんだのは若いときのことです。しかしいまでもあの船の甲板という甲板は全部、おぼえています」

ピットは上着の胸のポケットに手を入れ、ビガローに数点の写真が収まっている封筒を渡した。「写真をご覧になると、あの船の現在の状態がほぼつかめると思います。写真は全部、私どもの潜水艇がほんの二、三週間前に写したものです」

司令官ビガローは眼鏡をかけ、写真をつぶさに見た。年老いた船乗りが遠い昔の思い出にふけっている間に、ベッドわきの船の形をあしらった時計は、数分の時を刻んだ。

やがて彼は、もの思わしげな目差しを上げた。「あの船には、おのずと威厳が備わっていた。私は知っている。私はどの船にも乗った。〈オリンピック〉……〈アクイタニア〉……〈クイーン・メリー〉。どの船も、それぞれの時代を代表する、精巧で最新のものだったが、〈タイタニック〉の設備にそそがれた心配りと技術には、およびもつかない。あの船の見事な羽目板、すばらしい特別室。そうとも、あの船はいまでもとても魅力がある、本当に」

「あの船の魅力は、年とともに増す一方です」とピットは同意した。

「ここ、ここ」ビガローは一枚の写真を興奮して指さした。「高級船員室の屋根の上の、左舷の通風筒のわきだ。あの船が沈みはじめ、波が足もとにせり上がってきたとき、私はここに立っていたんだ」司令官の顔を見ていると、長い歳月が消え去る思いがした。

「そうだ、あの夜の海は冷たかった。零下二〇度を下まわった」

それから十分ほど、彼は、氷のような海のなかを泳いだこと、ひっくり返った救命ボートのロープを奇蹟《きせき》的に見つけたこと、多くの人々がもがき苦しんだ様子、夜空をつんざき、やがてゆっくりと消えて行ったあわれな叫び声のこと、三〇人の乗客とからだを寄せ合って寒さを防ぎ、ボートの竜骨にしがみついて過ごした長い時間、キュナード社の定期客船〈カルパチア〉が現われ、救ってくれたときの心の高ぶりなどについて話した。そして最後に溜息《ためいき》を一つつくと、眼鏡の縁ごしにピットをのぞいた。「あなたを退屈させてしまいましたかな、ピットさん？」

「いいえ、いっこうに」とピットは答えた。「あの事件を実際に経験なさった方のお話

たことがありません。あなたが、私の口から聞く最初で最後の人になるのです」

「これまで私は、船が沈む直前の最後の二、三分間の出来事については、誰にも話したことがありません。沈没に関して尋問を受けたときにも、一言もふれていません。アメリカの上院やイギリスの査問会議でも、いっさいふれませんでした。それに、新聞記者やあの悲劇に関する本を書くために追跡調査をしている作家たちにも一言半句さえ言ったことがありません。あなたが、私の口から聞く最初で最後の人になるのです」

「では、別の話をお聞かせしましょう、こんなのはどうです」とビガローは言った。

をうかがっておりますと、自分がまるで体験しているような気がしてきます」

三時間後に、ピットはエクセターへ引き返す列車に乗っていた。彼は疲れていなかったし、やつれてもいなかった。彼はある種の興奮にかられていた。G甲板の第一船艙《せんそう》の金庫室のなかに、自らを閉じこめた正体不明の奇妙な男がいると思うにつけ、彼は〈タイタニック〉にこれまでよりいっそう心をひかれた。サウスビー？　彼はいぶかった。どうしてサウスビーが出てくるんだ？　司令官ビガローがくれた包みに、彼は一五回は目をおとしただろうか。彼はティンマスに来たことを後悔していなかった。

45

フロリダ州タンパにあるNUMAハリケーン・センターの所長、ライアン・プレスコット博士は、今夜こそ時間どおり家に帰り、妻を相手にトランプのクリベッジ遊びをして静かに宵を過ごすつもりだった。しかし零時十分前になっても、彼は机に向かい、前に広げた衛星写真をくたびれた様子で見つめていた。

「私たちが、ハリケーンについては全部知りつくしたと思ったとたん、また勉強の種が現われる」と彼はぐちった。「嵐《あらし》はどこからともなく現われ、定型を破る」

「五月なかばのハリケーン」女性の助手があくびをしながら言った。「間違いなく記録に残りますわ」

「しかしどういうわけだろう? ハリケーンの季節は、通常七月から九月までだ。二カ月も早く発生した原因はなんだろう?」

「見当もつきません」と女性は答えた。「この浮浪児はどっちに向かっているとお思いですか?」

「たしかな予測をするには、まだ早すぎる」とプレスコットは言った。「発生過程は正常のパターンをとっている。その点はたしかなんだが。湿気を含んだ大気によってつちかわれた広大な低気圧帯に、地球の自転により生ずる時計の針と逆方向の渦巻き。しかし同じなのは、ここまでだ。幅四〇〇マイルの嵐に成長するのには、普通、何日もかかるものだ。ときには何週間もかかる。しかし、この嵐の赤ん坊は、十八時間足らずのうちに一人前になってしまった」

プレスコットは溜息をつき、机から立ち上がると、壁にはめこまれた大きな海図に近づいた。彼は走り書きのメモを見て、確認された位置、気圧、速度を確かめた。そして、バーミューダの北東一五〇マイルの地点から西に向けて予想される進路を描きはじめた。その進路は、しだいに北に曲がり、ニューファンドランドに向かっていた。

「今後の進路に関する手掛かりが得られるまでは、これが私に予測できる最高のものだ」彼は相手の反応を待つかのように、言葉を切った。なんの答えもなかったので、彼はきいた。「君もそう思っているのかな？」

それでも返事がないので、彼はあらためて相手の考えをきくために、振り向いた。しかし、返事は返ってこなかった。助手は、机の上で、両腕に頭をのせて眠っていた。彼はやさしく彼女の肩を揺すった。助手は目をしばたきながら、やっと緑の目を開けた。

「ここにいても、これ以上できることはなにもない」と彼は柔らかく言った。「家へ帰って、少し眠ることにしよう」彼はもの憂《う》げに壁の海図を振り返った。「こいつの勢力が朝までに衰え、小さな局地的な風になる確率は、千に一つあればよいほうだ」その口ぶりには多少の重々しさはあったが、自信めいた響きはなかった。

彼は気づかずにいたが、彼の予想進路だと、ハリケーンは北緯四一度四六分、西経五〇度一四分の真上を通ることになっていた。

46

指揮官のルディ・ガンは、〈カプリコーン〉のブリッジに立ち、あくまでも晴れ上がった空の西の果てに、小さな青い点が浮かび上がるのを見つめていた。それはしばらくの間、形も大きさも変わらず、じっととどまっているように思えた。濃い青い点が一つ、水平線上に浮かんでいた。そのうちに、それは不意に大きくなり、ヘリコプターの形をとった。

彼は上部構造の後部にある着船場所へ移動し、ヘリが近づき船の上にやって来るのを待った。三十秒後に、ヘリの滑走部が着船場所に接触し、タービンのうなりが消え、回転主翼がゆっくり停止した。

ガンは、右のドアが開き、ピットがおりて来ると、近づいた。

「いい旅でしたか？」ガンがきいた。

「面白い旅だった」ピットは答えた。

ピットは、ガンが硬い表情をしているのに気づいた。小柄な男の目の縁には深い皺が刻まれており、顔つきはけわしかった。「君はクリスマスの贈り物を盗まれた子どものような表情をしているぜ、ルディ。どんな問題が起こったんだね？」

「ウラヌス石油の潜水艇、〈ディープ・ファザム〉。あれが沈没船上で身動きできなくなってしまったんです」

ピットはしばらく黙りこくっていたが、やがて言葉短くきいた。「サンデッカー提督は？」

「提督は〈ボンバーガー〉に本部を設けた。あれは〈ディープ・ファザム〉の補給船だったので、あなたがもどるまで救助活動の指令をあの上で行うほうがよい、と判断したのです」

「君はだったと言った、まるであの艇がもう絶望的になったように」

「状況が思わしくないのです。上部舷側へ来てください、詳しく説明しますから」

〈カプリコーン〉の司令室には、緊張感と絶望感がたちこめていた。ふだんすぐ近寄って来るジョルディーノが、ピットが到着してもただうなずいただけで、挨拶の言葉一つかけなかった。ベン・ドラマーはマイクで〈ディープ・ファザム〉の乗組員に話しかけていた。しいて明るく、気楽なことを言ってはげましていたが、その目は不安におののいていた。引き揚げ作業の装置を担当している技術者、リック・スペンサーは、無言でテレビ・モニターを一心に見つめていた。司令室のほかの者は沈んだ表情で、それぞれの任務を黙りこくって行なっていた。

ガンは状況の説明をはじめた。「浮上し乗組員の交替を行う二時間前のことです。〈ディープ・ファザム〉に乗っているのは、技術者のジョー・キール、トム・シャベイス、それにサム・マーカー……」

「マーカーは、君のローレライ海流探検に参加した」とピットが口をはさんだ。

「ムンクもそうです」ガンは重々しくうなずいた。「どうも私たちは呪《のろ》われているようだ」

「つづけたまえ」

「彼らが〈タイタニック〉の右舷前部上甲板の隔壁に気圧放出バルブを取りつけている最中に、艇の船尾が前部の荷物用クレーンにぶつかった。腐食していたクレーンの台座が壊れ、起重機の一部が艇の浮力タンクの上に倒れ、タンクが破壊されてしまったのです。裂け目から二トン以上の海水が流れこみ、艇は沈没船の上に釘《くぎ》づけになってしまった」

「事故が起こったのは、何時間前なんだね？」ピットはきいた。

「およそ三時間半前です」

「じゃ、なぜみんな沈みこんでいるのだ？　君たちを見ていると、救出の見込みがまるでないみたいじゃないか。〈ディープ・ファザム〉は、三人の乗組員が一週間以上持ちこたえられるだけの酸素を予備として備えている。〈サッフォー〉一号と二号が、空気タンクを密閉し、水を汲《く》み出す時間は十分にある」

「状況は、そう単純ではないのです」とガンが言った。「六時間しか残っていません」

「どうして六時間しかないんだね？」

「最大の問題点にまだふれていません」ガンはピットを青ざめた顔で見つめた。「クレーンが落ちてきたときの衝撃で、〈ディープ・ファザム〉の船体の熔接個所にひびが生じたのです。それはごく小さな穴にすぎません。しかしあの深海のものすごい圧力のせいで、一分につき四ガロンのわりで海水がキャビンに流れこんでいます。つなぎ目が裂け、船体が破壊され乗組員がゼリーのように押し潰されなかったのは奇蹟です」彼はコンピューターが納まっているパネル盤の時計のほうに頭を向けた。「キャビンが海水であふれ、彼らが溺《おぼ》れ死ぬまで六時間……それなのに、われわれにできることはなに一つない」

「どうしてウェットスチールで、漏れている個所を外からふさがないんだ？」

「言うはやすく、行うはかたし。漏れている個所にたどり着けないのです。漏れが生じた艇の接合部は、〈タイタニック〉の前部上甲板の隔壁に引っかかっています。提督は残る潜水艇三隻《せき》をおろしました。三隻の力で〈ディープ・ファザム〉を動かし、破損個所に接近し修理しようとはかったのです。しかし、だめでした」

ピットは椅子に腰をおろすと、鉛筆を手に取り、メモをとりはじめた。「〈シー・スラグ〉には、切断用の装置がある。あの船が起重機に取りつけたら――」

「無理です」ガンはいらだって首を振った。

「引き出し作業中に、〈シー・スラグ〉の操作アームが壊れてしまったのです。いまあの船は、〈モドック〉の甲板に引き揚げられています。海軍の連中が言うのには、アームの修理は間に合わないということです」ガンは海図ののっているテーブルをこぶしで叩きつけた。「われわれの最後の望みは、〈ボンバーガー〉のウインチでした。鋼索を起重機に取りつけることができれば、起重機をひっぱり上げ、あの艇を引き離すこともできたのですが」

「救出法は尽きた」とピットは言った。「頑丈な操作アームを備えているのは、〈シー・スラグ〉だけだ、それぬきでは、鋼索を使って引き揚げる方法はない」

ガンはじれったそうに目をこすった。「側面から援助する意味で、考えうるあらゆる安全策を講じ、計画と建造に何千時間もかけた。それに、予測しうるあらゆる不測の事態に備え、手際よい緊急手段も考慮した。それなのに、思いもかけぬことが生じ、コンピューターも考慮に入れなかった、確率的に百万に一つの事故に不意打ちをくわされたんです」

「コンピューターは、挿入した資料分の働きしかしないものだ」とピットは言った。

彼は無線装置に近づき、ドラマーの手からマイクを取った。「ディープ・ファザム、こちらピット。どうぞ」

「あんたの明るい声をまた聞けてうれしいよ」と、ベッドでくつろぎながら電話に出ているような、落ち着いたマーカーの声が流れてきた。「おりて来ませんか。ブリッジをしたいが、一人足りないんで」

「ブリッジは得意じゃないんだ」とピットは生真面目に答えた。「あとどれくらいで、バッテリーに海水がつきそうだ？」

「いまの上昇率だと、十五分から二十分ほどでしょう」

ピットはガンのほうを向くと、言わでもがなのことを口にした。「彼らのバッテリーがきれると、連絡がとれなくなる」

ガンはうなずいた。「〈サッフォー〉二号が彼らのお供をしています。いまのわれわれにできることは、せいぜいそれだけです」

ピットはまたマイクのボタンを押した。「マーカー、生命維持装置のほうはどうだ？」

「生命維持装置はどうかって？　あんなものは三十分前に切れてしまいましたよ。われわれは汚れた空気を吸っているんです」

「空気清浄剤のケースをおろすとしよう」

「早くしてくれるとありがたいな。シャベイスの口臭がひどいんで」ふたたび話しだしたマーカーの口調には、生存のおぼつかなさを感じている心細さがうかがえた。「最悪の事態が起こり、あなたたちとふたたび会えなくなったとしても、少なくとも、この海底には仲間がたくさんいるわけです」

マーカーが不意に〈タイタニック〉の死者にふれたので、司令室の全員は一段と青ざめた。全員といっても、ピットは例外だった。彼は送信ボタンに手をふれた。

「君、艇内はきれいにしておいてくれよ。それをまた使うことがあるかもしらんから、交信終わり」

ピットの一見思いやりのない言葉に対する反応は面白かった。ジョルディーノ、ガン、スペンサー、そのほかの者は、彼をただじっと見つめていた。ドラマーだけは、怒りをあらわに見せた。

ピットは無線技士のカーリーの肩にふれた。「〈ボンバーガー〉の提督につないでくれ。しかし別の周波数を使うんだ」

カーリーは見上げた。「〈ディープ・ファザム〉の人たちに聞かれたくないのですね？」

「知らなければ、傷つくこともない」とピットは冷やかに言った。「さあ、急いでやってくれ」

ほどなく、サンデッカーの低い声がスピーカーから流れ出た。「カプリコーン、こちらサンデッカー。どうぞ」

「こちらピットです、提督」

サンデッカーは無駄な挨拶などしなかった。「われわれがどんな局面に立たされているか知っているな？」

「ガンが説明してくれました」ピットは答えた。

「では、われわれが手づまりの状態にあることを知っているわけだ。どう考えてみたところで、敵は時間だ。避けがたい事態をあと十時間かわせれば、彼らを救出するために戦う機会も出てくるのだが」

「もう一つ方法があります」とピットは言った。「危険は危険ですが、計算上は可能です」

「どんな提案でも聞くぞ」

ピットは口ごもった。「まずはじめに、われわれは〈ディープ・ファザム〉のことはしばらく忘れ、エネルギーを別の方向に向けるのです」

ドラマーが彼のそばへやって来た。「なにを言っているんだ、ピット？　いまなんと言ったんだ？『ディープ・ファザムを忘れろ』だと」彼は唇を歪《ゆが》めて叫んだ。「あんたは気でも狂ったのか？」

ピットはこだわりなく微笑んだ。「最後の思い切った手段だよ、ドラマー。君たちは失敗した。無残に失敗した。君たちは、ことサルベージにかけては世界一かもしれないが、救出隊としては、素人の寄せ集めと変わりない。しかも、君たちは失敗しただけでなく、ついてもいなかった。そしていま君たちは、全員絶望だと泣き声をあげている。だが全員絶望じゃない、諸君。われわれはこれからやり方を変え、六時間のデッドラインがくるまでに〈ディープ・ファザム〉を海上に浮上させる。私の時計が正しければ、残る時間は、五時間四十三分だ」

ジョルディーノは、ピットを見つめた。「本当に浮上させられると思っているのか?」

「できると思っているとも」

47

構造技師と海洋科学者たちは、肩を寄せ合って小さな輪をつくり、計算尺を前後に忙しくすべらせながら、低い声で話し合っていた。彼らのうちの一人は、ひんぱんに仲間から離れてコンピューターに近づき、押し出されてくる紙を調べた。〈ボンバーガー〉からさきほど着いたばかりのサンデッカー提督は、コーヒーカップを片手に握り、首を振りながら机に向かっていた。

「この方法がサルベージの教科書に載ることはけっしてあるまい」と彼はつぶやいた。「火薬の爆風で遺棄船を海底から引き離す。まったく、狂気の沙汰だ」

「ほかに方法がありますか?」ピットが言った。「もしも〈タイタニック〉を泥のなかから蹴《け》り出すことができたら、〈ディープ・ファザム〉も、一緒に揚がってくる」

「その考え自体が、狂っている」とガンがつぶやいた。「衝撃で潜水艇の船腹のひび割れが広がり、一瞬にして内部破裂を招くのがおちだ」

「かもしれないし、そうならないかもしれない」ピットは言った。「万一、そうなったとしても、それが一番望ましいことではないだろうか。マーカー、キール、それにシャベイスは、徐々に窒息して死んでいく長い苦しみを味わわずに、水圧で一瞬のうちに死ぬのだから」

「それで、〈タイタニック〉のほうはどうなるんです？」とガンは食い下がった。「この数カ月のわれわれの苦労がみんな、深淵《しんえん》の海底一面に吹き飛ばされるおそれがあるんですよ」

「それは計算ずみの危険だ」とピットは言った。「〈タイタニック〉は、現在航行している大半の船よりずっと頑丈にできている。あの船の船梁《ふなばり》、桁《けた》、隔壁、それに甲板は、沈没した夜と変わりなくしっかりしている。あの古い船は、われわれがどんなことをしようと平気だよ。その点、間違いないように」

「君は本当にうまくいくと思うかね？」サンデッカーがきいた。

「思います」

「私はこれをやるなと命令することもできる。そのことは、君も知っているな」

「承知しています」とピットは答えた。「最後の最後までこの仕事を私にまかせてくれるものと、私は提督を信用しております」

サンデッカーは片手で目をこすり、頭をすっきりさせようとでもするかのように、左右にゆっくり振った。そしてやおら言った。「いいだろう、ダーク、好きなようにやるがいい」

ピットは頭を下げると、向きを変えた。

残る時間は、五時間と十分だった。

二マイル半下の〈ディープ・ファザム〉の三人は、冷たい、切り離された冷酷な環境のなかで、海水がキャビンの壁面を一インチまた一インチとのぼり、中枢回路を水びたしにして、機器をショートさせ、キャビンの内部を闇《やみ》に包む有様を見つめていた。やがて彼らは足もとに渦を描いて流れこんでくる一℃の海水の突き刺すような冷たさをひしひしと感じはじめた。避けがたい死の予感にさいなまれながら震えて立ちつくしてはいたものの、彼らはまだ生き延びる一縷《いちる》の望みをはぐくんでいた。

「海上に出たら、さっそく、一日休暇を取るぞ。誰がなんと言おうと問題じゃないや」とキールがつぶやいた。

「なんだって？」シャベイスが闇のなかで言った。

「馘《くび》にしたいのなら馘にすればいい。おれ、明日はゆっくり眠るんだ」

シャベイスは手ざわりでキールの腕を探し、ぐいとつかんだ。「おまえさん、なにをぶつぶつ言っているんだ？」

「気にするな」とマーカーが言った。「生命維持装置が切れ、二酸化炭素がふえたのが、彼にこたえているのさ。おれ自身、ちょっと目まいをおぼえはじめた」

「かりに溺死《できし》しなくても、船腹が裂けたらわれわれは押し潰されるし、かりに卵の殻のようにぐちゃぐちゃに押し潰されないとしても、われわれは窒息してしまう。先行きは、けっして明るくない」

「とどのつまりが汚れた空気か」とシャベイスはうらみがましく言った。

「君は水漬けになることを見落としている」とマーカーは皮肉な口調でつけ加えた。

「この凍《い》てつく海水の上に顔を出していられなくなったら、君のいう三つのチャンスにはありつけないいんだぜ」

キールはなにも言わず、シャベイスに押されて寝棚の一番上に力なく乗った。つづいてシャベイスがのぼり、寝棚の端に腰をおろし、脚を投げ出した。

マーカーは太腿《ふともも》のつけ根までくる水のなかをもがいて前部の覗《のぞ》き窓まで行き、外をのぞいた。自ら放っている目もくらむような光に縁どられた〈サッフォー〉二号の輪郭が見えるだけだった。わずか一〇フィートしか離れていないところを漂っていながら、〈サッフォー〉二号は、最悪の事態に陥っている〈ディープ・ファザム〉を救おうにも、なに一つできずに、ともに敵意に満ちた深海の情容赦ない水圧に取り囲まれているだけであった。

あの艇があそこにいるかぎり、まだ自分たちは見捨てられてはいないのだ、とマーカーは考えた。海底にいるのは自分たちだけではないと思うだけで、彼はかなり慰められた。さして頼りにはならないが、それでもそれがいまの彼らには唯一の頼りだった。

補給船〈アルハンブラ〉の甲板では、三大ネットワークのカメラ班が、期待にわくわくしながら、機器を作動させる準備に熱心に取り組んでいた。右舷甲板の手すりぞいの利用できるあらゆる足場は、通信社の記者が占領し、二マイル先に漂っている〈カプリコーン〉をものの怪《け》に取り憑かれたように双眼鏡でのぞいていた。一方、写真家たちは、望遠レンズで両船の間に広がる海面を狙《ねら》っていた。にわかごしらえの記者室の一隅では、からだにぴったりの悪天候用のジャケットを着たダナ・シーグラムが、テープレコーダーをさげ、キャンデーさながらにマイクを突き出す二〇人あまりの報道関係者の前に、いさぎよく立っていた。

「本当ですか、シーグラム夫人、〈タイタニック〉を予定より三日早く引き揚げる本当の理由は、海底で身動きならなくなっている要員の命を救うための、背水の陣だという話ですが?」

「それは、いくつかある解決策の一つです」とダナは答えた。

「ほかのすべての試みが失敗した、と解釈してよろしいのでしょうか?」

「いろいろな事情が重なりまして」とダナは認めた。

ジャケットのポケットの一つのなかでダナは指が痛くなるほど、ハンカチを神経質にいじりまわしていた。報道陣との何カ月にもおよぶやりとりが、こたえはじめていたのだ。

「〈ディープ・ファザム〉との交信が途切れているのに、乗組員が生きているとどうして言いきれるのです？」

「コンピューターのデータは、彼らのおかれている状況が、あと四時間四十分は危険なものとはならないことを保証しています」

「電解質の化学物質が船腹のまわりの堆積層《たいせきそう》に十分に注入されていないのに、NUMAは〈タイタニック〉をどうやって引き揚げるのでしょう？」

「その点について、私はお答えできません」とダナは言った。「ピット氏が〈カプリコーン〉から最後によこした報告によりますと、二、三時間のうちに沈没船を引き揚げるとのことでした。方法について、彼は詳しいことを申しませんでした」

「遅すぎたらどうするのです？　キール、シャベイス、それにマーカーがすでに死んでいたら？」

ダナの表情がこわばった。「あの人たちは死んでいません」と彼女は目をぎらつかせながら言った。「それに、そんな残酷で人間性を欠いた噂《うわさ》を、事実によって証明される以前に最初に流す人は、この船から蹴り落とすわよ、証明書やニールセン視聴率などと関係なく。みなさん、分かりましたか？」

記者たちは、相手が藪《やぶ》から棒に怒ったので驚き、しばらくの間、黙りこんで立ちつくしていた。やがて、彼らは無言のままゆっくりマイクをおろし、デッキへ向かって出て行った。

リック・スペンサーは海図テーブルの上に、大きな紙を一枚広げ、なかばからっぽの数個のコーヒーカップをおもし代わりにのせた。それは〈タイタニック〉を真上からとらえた図面で、海底との関係を表わしていた。彼は小さな×印がついている船腹のまわりのさまざまな場所を鉛筆で示しはじめた。

「こういう状態になります」と彼は説明した。「コンピューターの資料に基づき、われわれは〈タイタニック〉ぞいの堆積層のこうした八〇カ所の要所のそれぞれに、三〇ポンドの火薬を配置します」

サンデッカーは図面の上に乗り出し、×印のついている個所を詳しく見た。「火薬を両側にそれぞれ三列、互い違いに並べたわけか」

「そのとおりです、提督」とスペンサーは言った。「外側の列は、船の鋼板から六〇ヤード離れています。中間の列は、四〇ヤード。内側の列は、かっきり二〇ヤード離れています。私たちは右膝の外側の列から爆発させます。それから八秒後に、左舷の外側の列を爆発させます。さらに八秒後に、中側の列、そのつぎに内側の列と爆発をすすめていきます」

「泥にはまった車を前後に揺さぶるのにちょっと似ている」とジョルディーノが口をはさんだ。

スペンサーはうなずいた。「うまい比較だ」

「強力な一発で揺さぶりをくれて、あの船を海底から離せばよさそうなもんだが？」とジョルディーノがきいた。

「不意に衝撃を与えることで、海底から離すことも可能かもしれないが、地質学者たちは個別の衝撃波を重ね合わせるほうがよいと判断しています。私たちが求めているのは、震動なのです」

「火薬の用意はあるのか？」ピットがきいた。

「〈ボンバーガー〉が地震調査の目的で、一トン近く持っています」とスペンサーが答えた。「〈モドック〉は、サルベージの水中爆発用として四〇〇ポンド持っています」

「それだけで足りるのか？」

「ぎりぎりですね」とスペンサーは正直に言った。「あと三〇〇ポンドあれば、成功の見込みはさらに高くなります」

「ジェット機で本土から運んで来てもらい、空から投下してもらってはどうかね」とサンデッカーが提案した。

ピットは首を振った。「火薬が到着し、潜水艇に積みこまれ、海底にセットされるころには、二時間遅れになります」

「では、いまの方法をすすめるのが最善だ」とサンデッカーがぶっきらぼうに言った。

「われわれはデッドラインを絶対に守らねばならない」彼はガンのほうを向いた。「火薬をどれくらいの早さでセットできる?」

「四時間」とガンは躊躇《ちゅうちょ》せずに答えた。

サンデッカーは考え込んだ。「それだとぎりぎりだ。わずか十四分の余裕しか残らない」

「ちゃんとやってみせます」とガンは言った。「しかし、条件が一つあります」

「それはなんだ?」とサンデッカーはいらだたしげに言った。

「利用できる潜水艇の総動員です」

「ということは、〈サッフォー〉二号を〈ディープ・ファザム〉の隣りから引き揚げるのだな」ピットが言った。

「海底の連中は、われわれが見捨てたと思うだろうな」

「ほかに方法がありません」とガンは当惑げに言った。「ほかにどうにも方法がないのです」

マーカーは時間の感覚をすっかり失ってしまった。彼は腕時計の蛍光ダイヤルに目をこらしたが、光を放っている数字に焦点を合わせることができなかった。起重機が浮力タンクの上に倒れてきてからどれくらいたったろうと考えた——五時間——十時間——昨日だったろうか？　頭の働きは鈍り、混乱していた。彼は筋肉一つ動かさずにじっとすわりこみ、ゆっくり浅く息をするのが精いっぱいで、一息つくのにひどく時間がかかった。しだいに彼は、ある一つの動きに気づいた。彼は腕を伸ばし、闇のなかのキールとシャベイスにさわった。しかし彼らはなんの音もたてなかったし、なんの反応も示さなかった。彼らは人事不省に陥っていた。

やがてまた、彼はある動きに気づいた。考えられないようなところに、かすかではあるが感じとれるなにものかの動きに、彼は気づいた。彼は、靄《もや》がかかっているような頭を働かせて、のろのろと考えた。だが、ついに彼は思い当たった。情容赦ない海水の上昇のほかに、なんの変化もなかった。海水に浸《ひた》りきったキャビンのなかには、物理的な動きを示すものはなにもなかった。しかし、〈サッフォー〉二号の光が前部の覗き窓に入ってくる角度のせいで、暗さがましていたのだ。

彼は寝棚から水のなかにおりた。水はいまや、彼の胸まで達した。まるで悪夢でも見る思いで、彼は前部の上部覗き窓のところへ苦労してたどり着き、外の深海をのぞきこんだ。

彼のなえた感覚が、不意に、いまだかつて経験した例のない不安に襲われた。彼の大きく見開かれた目は生気を失い、両手は絶望から虚しく握りしめられていた。「おう、主《しゅ》よ!」マーカーは声を出して叫んだ。「彼らは私たちを置いてけぼりにします。彼らは私たちに見切りをつけたのです」

サンデッカーはついいましがた火をつけた大きな葉巻を押し潰し、また甲板の上を行きつもどりつした。無線技士が片手を上げた。提督はふみだした足を半ばでとめ、むきを変え技師の背後へ行った。

「〈サッフォー〉一号からの報告です、提督」とカーリーは言った。「あの船は火薬の配置を終わりました」

「浮力タンクを最大限に働かせて、できるだけ早く海面に浮上するよう伝えてくれ。浮上距離が大きければそれだけ、火薬が爆発したときに船腹に受ける衝撃は少なくてすむ」提督は振り向き、ピットのほうを見た。ピットは四つのモニターを注意深く見守っていた。モニター・カメラと投光照明は、〈タイタニック〉の上部構造周辺の要所に取りつけてあった。「どんな具合かね?」

「これまでのところ、順調です」ピットは答えた。「ウェットスチールの密閉が衝撃で破れなければ、多少の見込みはあります」

サンデッカーは色彩画像にじっと見入っていた。巨大な定期客船の船腹から泡が大きな筋となって浮き上がるのを見ると、彼の額に深い皺が刻まれた。「大量の空気が失われている」と提督は言った。

「放出弁から漏れている過剰な気圧です」とピットがぶっきらぼうに言った。「われわれは上部の隔室にできるだけ多く空気を押しこむために、電解液を送るポンプをコンプレッサーと変えました」彼は言葉を切って画像を調節してからまた話をつづけた。「〈カプリコーン〉のコンプレッサーは、一時間につき一万立方フィートの空気を送り出します。したがって、船腹内に一インチあたりの気圧をあと一〇ポンド上げるのにさして時間はかかりません。そうなると、放出バルブがちょうど作用しはじめます」

ドラマーはコンピューターから離れてゆっくり歩いて来ると、クリップボードにはさんである一連のメモに目を通した。「私たちが予測するところでは、あの船の隔室の九〇パーセントは水がついていません」と彼が言った。「主な問題は、私の見るところ、コンピューターが必要としている以上の浮力がついていることです。吸引力を振り切ったときには、あの船は凧《たこ》のように揚がってくるにちがいありません」

「シー・スラグ、火薬の配置完了」とカーリーが報告した。

「浮上する前に〈ディープ・ファザム〉のわきを通り、マーカーや彼の乗組員を目視できるかどうか確認するよう求めてくれ」とピットが言った。

「あと十一分です」ジョルディーノが知らせた。

「〈サッフォー〉二号は、どうして浮上してこないんだ?」サンデッカーは誰にきくともなく口にした。

ピットは部屋の向こうにいるスペンサーを見た。「爆破の用意はいいか?」

スペンサーはうなずいた。「各列は送信機の別個の周波数に同調しています。あとやるべきことは、ダイヤルを回すことだけです。火薬の列は、しかるべき間隔をおいて爆発します」

「どっちが先に現われると思う。船首、それとも船尾」

「そりゃ勝負になりませんよ。船首は、船尾より二〇フィートも深く堆積層に埋まっています。私は船尾が最初に離れ、つぎにその浮力の梃子《てこ》の作用によって竜骨の残りの部分が引き揚げられるとふんでいます。沈んだときとほとんど同じ角度で浮上してくるはずです——もっとも、あの船がすなおに浮き上がる気になればの話ですが」

「最後の火薬がセットされました」カーリーが単調な声で言った。「サッフォー二号、浮上中」

「〈シー・スラグ〉からはなにも言ってこないか?」

「〈ディープ・ファザム〉の乗組員は目視できないそうです」

「了解、一目散に浮上せよと言え」とピットは命じた。

「九分後に、火薬の最初の列を爆破させる」

「彼らは死んだのだ」とドラマーが出し抜けに叫んだ。その声は、かすれていた。「遅すぎたのだ、彼らはみんな死んでしまった」

ピットは二歩近づき、ドラマーの両肩をつかまえた。

「ヒステリーはやめろ。先走った頌徳《しようとく》の辞など、われわれにもっとも不要なものだ」

ドラマーは肩をがっくりと落とした。その顔は死者のように青白く、石のように硬い表情をしていた。やがて彼は黙ってうなずき、コンピューターの制御卓《コンソール》のところへ心もとない足どりでもどって行った。

「もうあの潜水艇の天井から二フィートのところまで、水がきているにちがいない」とジョルディーノが言った。そう言う彼の声は、ふだんより半オクターブほど高かった。

「悲観をポンド単位で切り売りできるなら、君たちは間違いなく百万長者になれるぜ」とピットはあっさり言ってのけた。

「サッフォー一号、六〇〇〇フィートの安全な水位に到達しました」ソナー技師が言った。

「一隻はよしと、だがあと二隻」とサンデッカーがつぶやいた。

いまや、なすべきことはなに一つなく、追いかけてくる衝撃波の危険水域の上へ、残る潜水艇が浮上するのを待つばかりであった。八分経過した。無限の長さに思える八分間に、二四人の額に汗がにじみ出した。

「サッフォー二号とシー・スラグ、安全水域に接近中」

「波と天候は?」

「四フィートの波、晴天、北東の風五ノット」気象係のファーカーが答えた。「申し分ない条件です」

しばらく、みな黙りこんだ。やがてピットが言った。

「では、諸君、そのときがやってきた」彼の声は平静でくつろいでいた。彼の口調や態度には、不安のかげりはまったくなかった。「いいぞ、スペンサー。カウントダウンをはじめてくれ」

スペンサーは時計のような正確さでカウントを繰り返しはじめた。「三〇……一五……五……信号発信……爆発」彼はためらうふうもなく、つぎの爆発命令にとりかかった。

「八……四……信号発信……爆発」

全員が、いまや海底との唯一の連絡手段であるテレビ・モニターとソナー技師のまわりを取り囲んだ。最初の爆発で、〈カプリコーン〉の甲板はほとんど揺さぶられなかった。爆発音も、はるか遠くでとどろいている雷ていどだった。不安の色が、さっと走った。どの目も、爆発とともに歪み、ぶれる線に釘づけになった。最悪の事態を恐れ、最高の結果を望んでいる男たちは緊張し、はりつめ、かつおびえながら、スペンサーががたんたんとカウントダウンをつづける間、身じろぎ一つせず立ちつくしていた。

衝撃波がつぎつぎに襲い、大西洋の海面を突き破るたびに、前回よりはっきりと震動が甲板に伝わってきた。そのうちに、モニターが全部、突然ぶれ、光の万華鏡を描いたかと思うと消えてしまった。

「なんたることだ！」サンデッカーがつぶやいた。「画像が切れてしまった」

「衝撃で中継の主要接続器がゆるんだにちがいない」とガンが推測した。

彼らは素早くソナースコープに注意を向けた。しかし、ほとんどの者は、なにも見ることができなかった。技師が画像のガラスに顔をひどく近づけていたので、彼の頭のかげになっていたのだ。やがてスペンサーが、からだをまっすぐに伸ばした。彼は深い溜息をもらすと、尻のポケットからハンカチを取り出し、顔と首をぬぐった。「あの船が送ってきたのは、これで全部です」と彼はかすれ声で言った。「これ以上なにも送ってきません」

「まだ動きません」とソナー技師は言った。「ビッグTは、依然として動きません」

「動け、ベビー！」ジョルディーノが願いをこめて言った。「その大きな尻を上げろ！」

「おう、なんたることだ、主よ」とドラマーがつぶやいた。「吸引力が依然としてあの船を海底に縛りつけてるんだ」

「さあこい、世話をやかせるやつだ」サンデッカーも加わった。「揚がれ……揚がれ！」

もしも人間の意思が、四万六三二八トンの鋼鉄を七十六年もの間沈んでいた墓地から意のままに解き放ち、陽光のもとにつれもどすことができるのなら、ソナースコープを取り囲んでいる彼らこそ、たしかにその力をもっているはずであった。しかしこの日、念力が通ずる気配はなかった。〈タイタニック〉はかたくなに、海底にしがみついていた。

「うす汚れた、腐食したがらくため」とファーカーが言った。

ドラマーは両手で顔をおおうと、向きを変え、よろめきながら部屋から出て行った。

「〈サッフォー〉一号のウッドソンが様子を見に降下する許可を求めています」とカーリーが言った。

ピットは肩をすくめた。「許可する」

サンデッカー提督は、ものうげにゆっくり椅子に腰をおろした。「なんと高価な失敗だ」と彼は言った。

絶望の苦い思いが部屋を満たし、完全な敗北のけわしい空気が流れた。

「今度はどうする？」ジョルディーノが漫然と甲板を見つめながら言った。

「われわれがここへ来た目的の仕事をやるさ」とピットはくたびれた口調で言った。

「われわれは引き揚げ作業を行う。明日、またはじめる……」

「船が動いた！」

誰もすぐには反応しなかった。

「あの船が動いた！」とソナー技師が繰り返した。その声は震えていた。

「たしかか？」サンデッカーがささやくように言った。

「私の命に賭けて」

スペンサーは驚きのあまり口がきけなかった。彼はまったく信じられぬといった表情をして、ただただ、ソナースコープを見つめていた。やがて彼の唇が動いた。「余震だ！」と彼は言った。「余震が遅れた反応を引き起こしたのだ」

「浮上しています！」ソナー技師は、こぶしで椅子の肘《ひじ》かけを叩きながら叫んだ。「あの豪華で古い鋼鉄製の箱がボルトともども解き放たれた！　揚がってくる」

48

はじめのうち、誰もが啞然《あぜん》としてしまい、身動き一つできなかった。願いつづけてきた瞬間、八カ月間にわたって苦労を重ねて追い求めてきた瞬間が、間近にせまっていた。そうなってみるとどういうわけか、いま現にその瞬間が訪れようとしていることが、にわかには信じられなかった。やがてその感動的な知らせが胸のなかに広がりはじめた。するとと彼らは、ロケットの打ち上げに成功した制御担当の宇宙技師たちのように、いっせいに叫びはじめた。

「揚がれ、さあ、揚がるんだ！」サンデッカーが小学生のように嬉々《きき》として叫んだ。

「動け、おばあちゃん！」ジョルディーノがどなった。「動け、動け！」

「そのまま来るんだ、大きくて美しい、錆《さび》ついた古い浮かぶ城よ」とスペンサーがつぶやいた。

突然、ピットは、無線に急いで近づき、カーリーの両肩を万力《まんりき》のような力でしっかりとつかんだ。

「急げ、〈サッフォー〉一号のウッドソンと連絡をとれ。彼に〈タイタニック〉が浮上中だから、ぶつからないようにわきによけろと言ってくれ」

「依然として浮上中」とソナー技師は言った。「上昇速度、増大中」

「まだなにごとも起こっていない」ピットは言った。「それにあの船が浮上するまでには、依然としてあらゆる事態が起こりかねない。ただし――」

「そうとも」とジョルディーノが口をはさんだ。「もしもウェットスチールの密閉がもちこたえてくれさえしたら、放出バルブが水圧の急激な降下についていけさえしたら、船腹が折れたり、船腹にひびが入ったり、あるいは破裂したりしなければ。〝もしも〟……これは非常に重要な言葉だ」

「依然として浮上しています。だんだん速くなっています」スコープを見すえながら、ソナー技師が言った。「この一分間に、六〇〇フィート上昇」

ピットはからだをひねって、ジョルディーノのほうを見た。「アル、ベイリー先生とヘリコプターの操縦士を見つけ、いそいで飛び立ってくれ。そして、〈タイタニック〉が安定したら即座に前部上甲板におりたつのだ。どんな方法でもいい――縄梯子、ウインチ、籠《かご》をおろすのもよかろう――必要とあらばヘリで突っこめ。いずれにせよ、君と先生は迅速《じんそく》におり、〈ディープ・ファザム〉のハッチを開け、地獄の釜《かま》から彼らを引っぱり出すんだ！」

「いま向かうところです」とジョルディーノが笑いを浮かべた。ピットがスペンサーにつぎの命令を出そうとしたときには、ジョルディーノはすでにドアの外に姿を消していた。

「スペンサー、遺棄船に持ち運びできるディーゼルポンプを運んで行く用意をしておけ。水漏れに前もって備えておくにこしたことはない」

「あの船の内部に入るために、切断用のランプがいりますね」とスペンサーが、興奮で目を大きく見開いて言った。

「では、その手配をしろ」

ピットはソナーパネルを振り返った。

「上昇率は？」

「一分間に八五〇フィート」とソナー技師が大きな声で返事した。

「速すぎる」とピットは言った。

「避けたいと思っていたんだが」とサンデッカーは葉巻をくわえたまま言った。「あの船の隔室のなかには空気が詰まりすぎている。抑えがきかなくなって、海面に飛び出すぞ」

「それに、あの船の船艙にバラスト代わりに残した水の量の計算を、万一、われわれが間違っていると、あの船は海面から全長の三分の二を突き出し、引っくり返る危険がある」とピットがつけ加えた。

サンデッカーはピットの目を見つめた。「しかもそうなると、〈ディープ・ファザム〉の乗組員は終わりだ」そう言うなり提督は向きを変え、司令室から外部甲板へ出て行った。彼にならって司令室内の者がぞろぞろとついて行った。甲板に出ると、誰もが予感に胸をはずませながら、海上の休みないうねりに目をそそぎはじめた。

ピットだけは、後に残った。「あの船の深度は?」ソナー技師に言った。

「八〇〇フィートの標示を通過」

「ウッドソンからの連絡が入りました」カーリーが声に調子をつけて言った。「彼は言ってます、ビッグTが〈サッフォー〉二号のわきをいま通り過ぎたそうです、グリースだらけの豚のように」

「了解、浮上するよう言ってくれ。同じことを、〈シー・スラグ〉と〈サッフォー〉一号にも伝えてくれ」ピットはここにいてもなすべきことはなにも残っていなかったので、ドアの外へ出て、梯子をのぼり、ブリッジの左舷ウィングへ行った。そこには、ガンとサンデッカーがいた。

ガンはブリッジの伝声器を取り上げた。「ソナー係、こちらブリッジ」

「こちらソナー」

「あの船が浮上するはずの、だいたいの場所を教えてくれないか?」

「左舷船尾方向、約六〇〇ヤードの水域に浮上するはずです」

「時間は？」

一瞬、間があいた。

「時間は？」

「いまじゃ早すぎますか、指揮官？」

その瞬間に、巨大な泡立つ波が海面に広がり、〈タイタニック〉の船尾が巨大な鯨《くじら》さながらに午後の日射しのなかにとび出してきた。しばらくの間、深みから上昇する〈タイタニック〉の勢いは、なにものをもってしても止められないように思えた。船尾は大空に向かってせり上がっていき、かつて第二煙突が立っていたボイラーのおおいのところまで海上に出た。それは目もくらむような光景だった。放出弁を通して排出される内部の空気が、ものすごい勢いで水煙を上げた。巨大な船は、幾重にも虹《にじ》を描いている水蒸気に包みこまれた。〈タイタニック〉は澄みきった青い空に爪《つめ》を立てて突っ立っていたが、やがて、ゆっくりと沈みはじめ、竜骨が海面を叩くと、並はずれて大きな水しぶきが上がった。その結果、一〇フィートもある波がたち、周囲の船を襲った。〈タイタニック〉は、回収を拒むかのように船尾を下げていった。居合わせた大勢の見物人たちは、〈タイタニック〉が右舷真横に一段と傾くのを見て息を飲んだ。傾きは、三〇度、四〇度、四五度と大きくなっていった。そして、やがて五〇度になった。〈タイタニック〉は、その姿勢をしばらくくずさなかった。見ている者には、その間が息苦しくなるほど長く思えた。〈タイタニック〉はそのまま傾斜をつづけて一回転し、上下が逆になるものと思われた。だが、そのうちに、〈タイタニック〉は胸がしめつけられるほどのろのろと、姿勢を正しはじめた。一フィート、また一フィートと船腹はもとにもどり、傾斜は右舷に対し一二度になった……そして、そこにとどまった。

誰も口をきけなかった。彼らはみな、黙って立ちつくしていた。いま目撃したばかりのことに呆然《ぼうぜん》とし、引きずりこまれ、息をするのが精いっぱいだった。サンデッカーの潮風にきたえられた顔が、明るい陽光のもとでさえ、亡霊のように青白かった。

最初に声を取りもどしたのは、ピットだった。「浮上した」彼はかろうじて聞きとれる程度のつぶやきをもらした。

「浮上した」とガンが低く応じた。

やがて、〈カプリコーン〉のヘリコプターの回転主翼のうなりに、彼らの呪縛《じゅばく》は解かれた。ヘリは風に向かって飛びたち、よみがえった船の残骸《ざんがい》におおわれた前部上甲板を目ざしていた。操縦士は甲板の二、三フィート上空でヘリを水平に保った。それとほとんど同時に、わきのドアから小さな人影が二つとびおりるのが目撃された。

ジョルディーノは夢中で〈ディープ・ファザム〉の乗船用梯子をのぼり、ハッチのふたを見つめた。彼はちょっとした奇蹟を神に感謝した。船腹に異常はなかった。彼は丸く、すべりやすい甲板の一番上に慎重に乗り、取手を開けようとした。取手は氷のように冷たかったが、彼はしっかり握り、力いっぱいひねった。取手はびくともしなかった。

「ぐずぐずしないで、そいつを開けろ」とベイリー博士が背後から太い声で言った。

「一秒をあらそうんだ」

ジョルディーノは大きく息をすると、牛のようなたくましいからだのあらゆる筋肉の力を振り絞った。取手は一インチほど動いた。彼はもう一度、力を振り絞った。今度は半分回った。そしてついに、潜水艇の内部の空気がシュウッという音とともに漏れ出し、気密状態がゆるみ、取手は軽々と回りだした。取手を回しきると、ジョルディーノはハッチをさっと開け、下に広がる闇のなかをのぞきこんだ。かび臭《くさ》く、すえたような臭《にお》いがたちのぼり、彼の鼻を襲った。内部の暗さに慣れた目で見ると、海水が上部の隔壁のわずか一八インチのところまできていた。彼の心は沈んだ。

ベイリー博士はジョルディーノを押しのけるようにして大きなからだでハッチを通り抜け、内部の梯子をおりた。氷のような水が、彼の肌を突き刺した。彼は梯子の桟《さん》を蹴り、潜水艇の後部へ向かってイヌカキで泳いでいった。そのうちに、薄暗がりのなかで、手になにやら柔らかいものがふれた。それは脚だった。彼は脚から膝へ、そして胸へと手を伸ばしていった。肩までいったとき、彼の手は水中から出た。そして彼は、顔にふれた。

ベイリーはからだを寄せた。彼は鼻先を暗闇のなかの顔にふれそうになるほど近づけた。脈をとろうとしたが、冷たい海水のために指の感覚がひどく鈍っていた。それで彼は、生死の確証をなに一つつかめなかった。そのとき不意に、相手の目が開き、唇が震え、ささやくような声が突いて出た。「向こうへ行け……言っただろう……おれは今日、仕事をしないんだ」

「ブリッジ?」カーリーの声がスピーカーからひびいた。

「こちらブリッジ」とガンが答えた。

「ヘリコプターとの連絡の用意ができました」

「つないでくれ」

一瞬間をおいて、奇妙な声がブリッジにとどろいた。

「カプリコーン、こちら指揮官のガン。中尉、大きな声ではっきり聞こえる。どうぞ」

「こちらスタージス中尉」

「ベイリー博士が〈ディープ・ファザム〉に入って行きました。このままお待ちください」

つかの間のあき時間ができたので、全員が〈タイタニック〉を観察する機会を得た。高くそびえる煙突やマストを失った〈タイタニック〉は、実用一点ばりで、丸裸の感じ

ペンキと上部構造は、いまだに光り輝いていた。〈タイタニック〉は、女盛りの日々と、とうの昔に失われてしまった美しさの思い出のなかに生きているおぞましい老残の売春婦さながらに、無残であった。舷窓と窓はウェットスチールの醜い灰色におおわれており、かつてしみ一つなかったチーク材の甲板は腐り果て、その上を腐食した長い鋼索がはいずりまわっていた。救命ボート用の鉄柱は、生霊さながらに、はるか昔に行方知れずになった主にもどって来てくれと祈っているようだった。海面に漂っている遠洋定期客船は、シュールリアリズムの絵に描きこまれた異様な主題の一つのような感じを与えた。それでいながら〈タイタニック〉には、いいようのない落ち着きがあった。

「カプリコーン、こちらスタージス。どうぞ」

「ガンだ。続けたまえ」

「ジョルディーノが、指を二本出し、親指を上に向けて合図してくれたところです。マーカー、キール、それにシャベイスはまだ生きています」

一種異様な静寂が流れた。やおら、ピットは緊急装置パネルに近づくと、サイレンのボタンを押した。耳を聾《ろう》する音が、海上を喜ばしげに広がっていった。

すると、〈モドック〉が汽笛を鳴らして応えた。ピットの前で、ふだん喜怒哀楽を外に表わさないサンデッカーが声をたてて笑い、帽子を空中に放り上げた。〈モントレー・パーク〉がつづいた。つぎに〈アルハンブラ〉、そして最後に、〈ボンバーガー〉が加わった。しまいに〈タイタニック〉の周囲の海は、サイレンと汽笛の巨大な轟音《ごうおん》につつまれた。一人おくれをとってはならじと、〈ジュノー〉は接近し、八インチの砲台から雷のような騒々しい挨拶を、正確な間隔をおいて空に放った。

それは、その場に居合わせた者全員が、二度とふたたび経験できない瞬間だった。そしてピットは、熱い涙が頰《ほお》を伝って落ちるのを感じた。こんなことは、物心ついてからはじめてのことだった。

49

午後も遅く、太陽はイースト・ポトマック公園の木立の梢《こずえ》にかかっていた。ジーン・シーグラムはベンチにかがみこみ、膝にのせたコルトをじっと見つめていた。製造番号二〇四七八三か、おまえはこれから、おまえがつくられてきた本来の役割を果たすことになるのだ、と彼は心のなかでつぶやいた。まるでいとおしむかのように、銃身、回転弾倉、そして握りに指を滑らせた。自殺。それは救いのない鬱《うつ》病にけりをつける理想的な解決法に思えた。これまで自殺を思いつかなかったことが不思議に思えた。もう真夜中に、抑えがきかずに泣くことともおさらばだ。自分の一生はまったくのまがいものだという虚しさや苦悶《くもん》に責めさいなまれることも、なくなるのだ。

彼は、心の底のひび割れ歪んだ鏡に映し出されている、この二、三カ月の絶望をまざまざと見つめた。彼がもっとも大切にしていた二つのもの、それは、妻とシシリアン計画だった。そのダナはいまは自分のもとを去り、結婚生活は破局の瀬戸際にあった。それにアメリカ合衆国の大統領は、シーグラムには不必要と思える危険を冒して、彼のかけがえのない計画を民主主義のかくれもない敵にあえて洩らしてしまった。

サンデッカーは彼に、〈タイタニック〉引き揚げ船団のなかにソ連の情報員が二人まぎれこんでいると洩らした。それにCIAが提督に、彼らのスパイ活動を妨害するなと警告した事実が、シーグラムには、シシリアン計画を葬り去る新たな打撃に思えた。NUMAの技術者が一人すでに殺されていたし、今朝は今朝で、サンデッカーのスタッフからメタ・セクションに送られてきた日報は、潜水艇が海底で身動きできなくなり、乗員の救出は明らかに絶望的であると伝えていた。破壊工作が原因にちがいなかった。疑いの余地はなかった。その謎の不可解な点を、シーグラムは混乱した頭でこじつけて解釈した。シシリアン計画は死んだ。そして彼はいま、この計画とともに死ぬ決心をしたのだった。コルトの安全装置をはずそうとすると、人影が彼の上に伸び、うちとけた調子の声がした。

「一生にけりをつけるのには、あまりにもすばらしい日じゃありませんか。そう思いませんか?」

警官ピーター・ジョーンズは、オハイオ自動車道ぞいの通りを巡回中に、公園のベンチに腰をおろしている男に気づいた。はじめちらっと見たとき、ジョーンズはシーグラムを酒びたりの落伍者《らくごしゃ》で日なたぼっこをしているのだろうと思った。彼は収容しようかとも考えたが、時間の無駄だとやめにした。収容したところで、無宿者は二十四時間以内に釈放され、街に舞いもどるのがおちだった。ジョーンズは、そんなことをしても、いつ果てるともしれぬいたちごっこで、報告書に書きこむ手間をかけるにおよばないと判断したのだ。だが、男の様子がなんとなく典型的な落伍者と異なっているような気がした。ジョーンズはさりげなく移動して、葉をつけはじめた大きな楡《にれ》の木の下を回って折り返し、ベンチの脇《わき》に近づいた。近くで見ると、彼の疑いは当たっていた。たしかにアルコール中毒者にありがちな充血した焦点の定まらぬ目に虚《うつ》ろな表情を宿し、もの憂げにだらしなく肩も落としていたが、どうもしっくりこない点もあった。靴は光っていたし、背広の布地は上等でプレスがきいていた。ひげもきちんと剃《そ》ってあったし、爪も伸びていなかった。それに、ピストルが見えた。

シーグラムはゆっくりと顔を上げ、黒人警官の顔を見つめた。そこにあったのはあからさまな警戒の表情ではなく、心からのあわれみの表情であった。

「君は早合点したんじゃないかな?」とシーグラムは言った。

「旦那《だんな》、自殺を思いつめている人の典型があるとすれば、それはあなたですよ」ジョーンズは腰をかける仕草をした。「ベンチに一緒にかけさせてもらってよいですか?」

「市のベンチだもの」シーグラムはそっけなく言った。

ジョーンズは注意深くシーグラムに腕の届く位置にすわり、けだるそうに脚を広げ、背もたれに寄りかかり、両手を革ケースに納まっている拳銃《けんじゅう》から離し、相手の目に入る場所に置いた。

「ところで、私なら十一月を選びますね」と彼は柔らかく言った。「四月は花が咲き、木が緑になる季節ですが、十一月は、気候が悪くなり、風は骨身にしみるし、空はいつも曇っていて、うっとうしい。そうですね、自分をかたづけるなら十一月を選びます」

シーグラムはコルトをいちだんと強く握りしめ、不安な日差しでジョーンズを見やり、相手の動きに備えた。

「君は自殺に関してはちょいと詳しいと自負しているようだね？」

「とんでもない」とジョーンズは言った。「実のところ、自殺をしようとしている人間を見るのはこれがはじめてなのです。ほとんどの場合に、私が現場に着くのはメーン・イベントのずっと後です。ところで溺死ですが、これが一番いけません。からだが黒く脹《ふく》れ上がり、魚に食われて目玉はめちゃめちゃになっています。つぎにいただけないのが、飛びおり自殺です。三〇階建てのビルから飛びおりた男を見たことがあります。足から落ちたんですね。すねの骨が肩から突き出ていました……」

「そんな話は聞きたくもない」とシーグラムはつっけんどんに言った。「黒人の警官におぞましい話を聞かせてもらうにおよばん」

ジョーンズの目を一瞬、怒りの色がよぎり、消えさった。

「馬耳東風……」と彼は言った。彼はハンカチを取り出し、帽子の汗とりをゆっくりふいた。

「教えてください、ミスター……」

「シーグラム。知られてもかまわないさ。知られたところで、後でどうなるわけでもなし」

「教えてください、シーグラムさん、どうやって自殺するつもりなんです。こめかみですか、額、それとも口のなかに弾を撃ちこむのですか？」

「それがどうだというんだね、結果に変わりはないんだから」

「そうとは決まっていませんよ」とジョーンズはたくみに話した。「こめかみや額は、おすすめできませんね。少なくとも口径の小さなやつを使うときは。ええと、あなたがお持ちのものはどうです？　なるほど、三八口径のようですね。それならかなりのことをやってくれるでしょうが、あなたがちゃんと死ねるかどうかあぶないもんだと思います。私は四五口径でこめかみを撃った男を知っています。脳みそを突き抜け左の目を押し出したのですが、死にませんでした。その後、何年も、彼は廃人になって生きつづけました。糞《くそ》まみれのシーツに寝ている彼、こんなみじめな思いに決着をつけてくれとたのみこんでいる彼の姿が想像できませんか。そうですとも、もしも私があなたなら、口のなかに弾を撃ちこみ、後頭部を吹っ飛ばしますね。これが一番安全です」

「黙らないと、おまえも殺すぞ」シーグラムは嚙《か》みつき、コルトをジョーンズに向けた。

「私を殺す？」ジョーンズは言った。「そんな勇気があなたにあるものですか。あなたは人を殺せるような方じゃない、シーグラムさん。あなたを見れば、手にとるように分かる」

「どんな人間だって、人殺しはできるさ」

「そうですね、人殺しはたいしたことじゃない。誰だってできますとも。ですが、その結果を無視できるのは精神病にかかっている者だけです」

「今度は哲学めいてきた」

「私たち黒人の警官は、気のきいたせりふを吐いて、白人をちょくちょくからかうんです」

「言葉の選び方がまずかったことは、あやまる」

ジョーンズは肩をすくめた。「あなたは問題をかかえていると思っている。そうでしょう、シーグラムさん？　私は喜んであなたの問題を引き受けたいと思いますね。自分自身をごらんになってみてください。あなたは白人です。見るからに生活は安定している。あなたにはたぶん、家族がおり、よい地位についていることでしょう。どうです、一つ私と入れ替わりませんか。あなたの肌の色を変え、六人の子持ちで三十年の抵当に入っている九十年たった古い木造家屋に住んでいる黒人警官になる気はありませんか？　私に聞かせてください、シーグラムさん。あなたの人生がどれほど大変なものなのか、本当のところを聞かせてください」

「理解できっこないさ」

「理解するって、なにをです？　この世には自殺に値するものなど一つもありませんよ。そりゃ、あなたの奥さんは、当座は多少涙も流すでしょう。しかしやがて、あなたの衣服は救世軍に寄付し、六カ月後には、ほかの男と一緒に寝ていることでしょうよ。あなたは、スクラップブックのなかの一枚の写真以外のなにものでもなくなっているわけです。まわりを見てごらんなさい。すばらしい春の日です。そうだ、自分が失うものを考えてごらんなさい。あなた、テレビに出た大統領を見なかったのですか？」

「大統領？」

「彼は四時にテレビに出て、現に行われつつあるすばらしいいくつかのことについて話したのです。火星への有人飛行は三年後に実現する。癌《がん》を制圧する突破口が見つかった。それに彼は、三マイル近い海底から引き揚げた、なんとかいう古い沈没船の写真を何枚か見せました」

　シーグラムは信じかねるようにジョーンズを見すえた。

「なんと言ったのです？　船が引き揚げられた？　船の名前は？」

「おぼえていません」

「タイタニック？」シーグラムはささやくようにきいた。「〈タイタニック〉じゃありませんか？」

「そうです、その名前です。氷山にぶつかって、ずっと昔に沈んだ。そういえば、テレビで〈タイタニック〉の映画を見たおぼえがあります。バーバラ・スタンウィックとクリフトン・ウェッブ共演の――」ジョーンズは、シーグラムが信じかね、ショックを受け、そして混乱に顔を歪めるのを見て、話を途中でやめた。

シーグラムはわけが分からずにいるジョーンズにピストルを渡し、ベンチに背中をもたせかけた。三十日。ビザニウムがいったん手に入れば、シシリアン計画の機構の実験を行い、つぎに実用段階にもっていくまでに、三十日あればいいのだ。危ういところだった。もしも巡回中の警官があのとき邪魔しなければ、あと三十秒で、シーグラムはすべてのことを永遠に見られなくなっていたにちがいなかった。

50

「君は、自分の告発がもたらす空恐ろしいほどの影響を心得ているんだろうね？」

マーガニンは、柔らかなもの言いをする小柄で冷たい青い目の持ち主を見つめた。ボリス・スローユク提督は、ソ連邦第二の情報収集機関の明敏な最高責任者というより、どこにでもいるパン屋のおやじといった感じだった。

「十分に承知しています。同志提督、私は海軍軍人としての経歴を危うくし、実刑を受ける危険を冒しております。しかし私は自分一個人の野心より、国家に対する義務のほうを重視しております」

「大変立派なことだ、大尉」とスローユクは無表情に言った。「君が申したてた罪状は、ごくひかえめにいって、極度の打撃をもたらすものである。しかし君は、プレフロフ大佐が反逆者であることを示す具体的な証拠をなに一つ提出していない。それなしでは、部下の言葉だけ信じて、その上官を有罪と断定するわけにはいかぬ」

マーガニンはうなずいた。しかし彼は、提督との対決には細心の計画をもって当たっていた。プレフロフと正規の命令系統を素通りしてスローユクに接触することは、実に危険な綱渡りであったが、罠《わな》は手抜かりなく仕掛けてあったので、肝心なのはころ合いをうまくはかることだった。落ち着きはらって、彼はポケットに腕を伸ばし、封筒を取り出すと、机の上を滑らせてスローユクに渡した。

「これはスイスのローザンヌ銀行の口座番号AZF七六〇九の取引記録です。お気づきになられると思いますが、提督、定期的にV・ボルパーという人間から多額の金が振りこまれています、ボルパーとはプレフロフという名のつづりを組み変えた稚拙な変名です」

スローユクは銀行の記録に詳しく目を通し終えると、マーガニンをひどく疑わしげな目つきで見た。「私の疑い深さを許してほしいんだがね、マーガニン大尉。これはどう見ても捏造《ねつぞう》されたものだ」

マーガニンは別の封筒を渡した。「これには、モスクワ駐在アメリカ大使がワシントンの国防総省に送った秘密の通信が入っています。そのなかで彼は、アンドレー・プレフロフ大佐が、ソ連海軍の秘密をさぐるうえで欠かせぬ情報源だと述べています。同大使は、われわれがアメリカに核兵器で先制攻撃を仕掛ける際の、わが艦隊の展開計画も知らせています」

ふだん無表情な提督が不安に襲われ、顔に皺を刻むのを見て、マーガニンは満足感が湧《わ》くのをおぼえた。「事態は明らかだと思います。この場合、捏造とはいっさい無縁です。私ごとき下士官には、このような高度の機密に属する艦隊配備に関する資料は、とうてい手に入りません。一方、プレフロフ大佐は、ソ連海軍戦略委員会の信頼を受けています」

障害は取り除かれ、道は開けた。スローユクは認めざるをえなかった。彼は当惑して首を振った。「党の偉大な指導者の息子が、金のために祖国を裏切る……そんなこと、とても信じられない」

「プレフロフ大佐の贅沢《ぜいたく》な暮らしを考えるなら、彼が金の必要にせまられていることなど、すぐに見当がつきます」

「プレフロフ大佐の好みについては、よく知っている」

「アメリカ大使の首席副官の妻だと名乗っている女性と、彼が関係していることもご存じですか?」

スローユクの顔をいらだちの色が横切った。「君はその女のことを知っているのか?」彼は用心深くきいた。「大使館勤めの夫から秘密を引き出させるために彼女を利用しているのだ、とプレフロフは私に言っていたが」

「そうじゃありません」とマーガニンは言った。「実は、彼女は離婚した女性で、アメリカ中央情報局の情報員なのです」マーガニンは一息入れて、核心をついた。「彼女の手を介して流されている秘密は、プレフロフ大佐が用意したものなのです。つまり、彼女の情報源になっているのは、彼のほうなのです」

スローユクはしばらく黙っていた。やおら、射抜くような目つきでマーガニンを見すえた。

「君はこうした情報のすべてを、どうやって入手したのだね？」

「情報提供者の身許は明かしたくないのです、同志提督。おたずねの件を無視するわけではないのですが、彼の信頼をほぼ二年がかりでつちかってきたのです。それに、彼の名前とアメリカ政府に占める地位は、口外しないと彼に固く誓っておりますので」

スローユクはうなずいた。彼はその点は認めた。「承知だろうが、当然ながら、これはわれわれをたいそう深刻な状態に突き落とす」

「ビザニウム？」

「そのとおり」スローユクは短く言った。「万一、プレフロフがアメリカ側にわれわれの計画を話していると、壊滅的なことになる。ひとたびビザニウムが彼らの手に渡り、シシリアン計画が実用に移されたら、むこう十年間、兵力のバランスは彼らの有利に傾く」

「たぶん、プレフロフ大佐はまだわれわれの計画を洩らしていないでしょう」とマーガニンは言った。「たぶん、彼は〈タイタニック〉が引き揚げられるまで待つことでしょう」

「あの船は引き揚げられた」とスローユクは言った。「三時間足らず前に、〈ミハイル・クルコフ〉のパロトキン大佐が、〈タイタニック〉は海上に浮上しており、曳航《えいこう》できる状態にあると報告してきた」

マーガニンは驚いて顔を上げた。「ですが、われわれの情報員シルバーとゴールドは、引き揚げはあと七十二時間実行に移されまいと請け合ったんですよ」

スローユクは肩をすくめた。「アメリカ人は、なにごとであれ急ぐのが常だから」

「では、われわれはプレフロフ大佐のビザニウム強奪計画は中止して、信頼のおける者に切り替えねばなりません」

プレフロフの計画――そういうとき、マーガニンはこみ上げる笑いを押し殺さねばならなかった。抜け目のない大佐の化け物のようなエゴが、彼の命取りになるのだ。これからは、細心のうえにも細心の注意を払って計画を演じなくてはならぬぞ、とマーガニンは自信をもって考えた。

「われわれの戦略をこれから変更するのでは遅すぎる」とスローユクはゆっくり言った。「要員と船はすべて配置についている。予定どおりに進めるのだ」

「では、プレフロフ大佐は？　あなたは彼の逮捕を命ずるのでしょうね？」

スローユクはマーガニンを冷やかに見つめた。「逮捕はしない、大尉。彼はいまの任務にとどまる」

「証拠をごらんになったでしょう――」

「彼は信用できません」とマーガニンは必死の思いで言った。

「どれもこれも、でっち上げたものばかりだ」とスローユクはそっけなくはねつけた。「君が持って来た包みは、やけにきれいに包装されており、馬鹿丁寧にリボンで結んであって、一目見ただけで買う気になれない。私が間違いなく見たのは、昇進の梯子をもう一段のぼりたいばかりに、直属上官をうしろから刺した若い成り上がり者だ。粛清《しゆくせい》は君が生まれる以前になくなっているんだ、大尉。君は危険な手を弄《ろう》し、敗れたのさ」

「私はあなたに請け合います！」

「もうたくさんだ！」スローユクの口調は断固たるものだった。「ビザニウムがこれから三日以内にソビエトの船に納まっているだろうことを、私は確信している。そうなればとりもなおさず、プレフロフ大佐の忠誠は証明され、君の有罪は確定する」

51

〈タイタニック〉は、絶え間なく打ち寄せてはその巨大な船体のまわりで逆巻き、隊列をたてなおして遠い未知の岸辺へ向かう波にもまれながら、じっと横たわっていた。彼女は波間に横たわり、潮の流れに身をまかせていた。その水びたしの木製の甲板からは、薄れはじめた夕べの日射しを受けて、水蒸気がたちのぼっていた。彼女は生ける世界へもどって来た死せる船だった。死せる船、しかし無人の船ではなかった。

一等ラウンジの上にかかっている甲板のコンパスタワーは、ヘリコプターの発着のために手早く取り払われていたし、船体の傾きを修正する困難な仕事と、同船をニューヨーク港まで曳《ひ》いて行く長旅の準備を開始するために、ほどなく要員と機具がつぎつぎに運ばれて来ることになっていた。

なかば死んだような状態になっていた〈ディープ・ファザム〉の乗組員が、ヘリで、〈カプリコーン〉へ運ばれて行ってからほんの二、三分の間だが、〈タイタニック〉にはジョルディーノ一人になった。この七十六年間でこの船の甲板に最初に足を印したのが、自分であることに彼はまったく気づかなかった。まだ日射しは明るかったが、彼は探検

ていぬらぬらしている地下墓地をのぞき見る思いにかられた。彼は、緊張して煙草に火をつけると、濡れた錨の巻き揚げ機に腰をおろし、間もなくやって来る連中を待った。

ピットは〈タイタニック〉におりたっても、不安は感じなかった。むしろ、うやうやしい気持ちになった。彼はブリッジへ歩いて行き、そこに一人たたずみ、〈タイタニック〉伝説に深く思いをめぐらした。八十年近い昔のあの日曜日の夜のことは、誰にも分かりはしない、と彼は何度も思った。船長のエドワード・J・スミスは、いま私がいるこの場所に立って、自分が指揮する偉大な船がゆっくりと、しかも止めるすべもなく沈んでいくのをさとったのだ。処女航海の船上には二二〇〇名の乗客と乗組員がいるのに、救命ボートは一一八〇名しか収容できないことを知ったとき、彼はどんな考えに襲われたろう？　つぎにピットは、もしも尊敬に値するあの老船長が、当時まだ生まれていなかった男たちが自分の船の甲板上を歩き回る日がくることを知っていたとしたら、どんな思いを抱いたことだろう、と考えた。

ピットは何時間も感慨にふけっていたような気がしたが、実際はほんの二、三分にすぎなかった。彼は現実に立ち返り、ボート・デッキの上の船尾に向かい、無線室の密閉されたドアの前を通りかかった。ここで一級無線士のジョン・G・フィリップスが歴史を通じて最初のＳＯＳを発信したのだ。その先には、第六救命ボート用の主《あるじ》を失った鉄柱があった。この第六ボートには、のちに『不沈船モーリー・ブラウン』と呼ばれ、長く名声を博することになるデンバーのＪ・Ｊ・ブラウン夫人が乗りこんで脱出した。ピットは大階段昇降口の先へ出た。ここで、グレアム・ファーレーをふくむ〈タイタニック〉の楽団が最後まで演奏していたのだ。さらに先へ行くと、そこは百万長者のベンジャミン・グッゲンハイムとその秘書が、死を平然と待って、立っていた場所だった。彼らは海中に飲まれるにしても紳士らしくあろうとして、正装に威儀を正していた。

ボート・デッキの一番端にあるエレベーター室に着くのに、ピットは十五分近くかかった。彼は手すりを乗り越え、下のプロムナード・デッキに跳びおりた。腐った船体外板から後部マストが、ぽつんと切株のように突き出ていた。それは〈シー・スラグ〉の海中ランプで切断され、八フィートほどの高さしかなかった。

ピットは上着のポケットに手を入れ、ビガロー司令官から渡された包みを取り出し、丁寧にそれをほどいた。彼は紐《ひも》かコードを持って来るのを忘れたので、包みの麻紐を代わりに使った。包みの中身をマストに取りつけ終わると、彼はかつて高くそびえていたマストの切株から離れ、応急処置の手際を見上げて確かめた。

古びていて色もあせていたが、ビガローがはるかな昔《ヽヽ》に忘却の淵《ふち》から救い出したホワイト・スター・ラインの赤い三角旗は、ふたたび不沈船〈タイタニック〉号の上で誇り高くはためいていた。

52

太陽がちょうど東の水平線上に射しはじめたころ、サンデッカーはヘリコプターの操縦席のドアから跳びおり、うなりをたてている主翼の下で、帽子をおさえながらからだをかがめた。遺棄船の上部構造では、まだポータブル照明が輝いていたし、さまざまな組立ての工程が行われている甲板には、機械を納めた木箱が散らばっていた。ピットとその仲間は、引き揚げ作業の目的を完遂するために、夜通し一心不乱に働いた。

ルディ・ガンが錆に腐食された通風筒の下から提督に挨拶した。

「〈タイタニック〉へようこそ、提督」ガンは笑いを浮かべながら言った。今朝は引き揚げ要員が、みな笑いを浮かべているようだった。

「状況はどうだね？」

「いまのところ、安定しています。ポンプが動きだししだい、この傾きはなおせるはずです」

「ピットはどこだい？」

「体育室にいます」

サンデッカーは歩きだした足を止めて、ガンを見つめた。「体育室、と言ったんだね?」

ガンはうなずき、隔壁の口を開けている部分を指さした。その縁はぎざぎざで、アセチレンランプで開けたことが分かった。「そこを通って行くんです」

その部屋は幅一五フィート、奥行きは四〇フィートほどで、内部には一〇人あまりの人間がいた。彼らはみなそれぞれの仕事に没頭していて、かつては色彩豊かだったリノリウムのブロックを敷きつめた床の上にすえつけられている、旧式な錆ついた道具類などは、眼中にないようだった。手のこんだ飾りをほどこした漕《こ》ぎ台、壁の円型の距離計にとりつけられた妙な格好の固定自転車、それに腐りかけている革製の鞍《くら》をのせた機械仕掛けの馬が数頭。さらには、サンデッカーの目には機械仕掛けのラクダとしか思えぬものもあった。彼はのちに、それが自分の思ったとおりのものだったことを知った。

引き揚げ要員はこの部屋に、すでに無線機、ガスで動くポータブル発電機三台、かなりまとまった数の台座のついた投光機、コンパクトな小さな調理室、アルミパイプの折りたたみ式の机や椅子、梱包《こんぽう》用の木箱、それに折りたたみ式の簡易ベッド数台を持ちこんでいた。

ピットはドラマーやスペンサーと額を寄せ合っていた。そこへサンデッカーは近づいて行った。彼らはこの船の内部構造を描いた大きな図面を詳しく調べていた。

　ピットは顔を上げ、手をふって挨拶した。「ビッグTへようこそ、提督」と彼は心をこめて言った。「マーカー、キール、それにシャベイスの具合はどうです？」

「無事に〈カプリコーン〉の病室のベッドに寝かされたよ」とサンデッカーは答えた。

「九割方は回復して、ベイリー博士に仕事にもどらせてくれとせがんでいる。もっともそのたのみは、無視されているがね。ベイリーは二十四時間、様子を見なくてはだめだと言っている。彼ほどからだが大きく意志の強い男を動かすことは、とうてい無理な相談さ」サンデッカーは口をつぐむと、空気の臭いをかぎ、鼻に皺を寄せた。「ひどいな、これはなんの臭いだい？」

「腐敗」とドラマーが答えた。「あらゆる隅々まで、しみこんでいます。逃れようはありません。この船と一緒に上がってきた海の生物が悪臭を放ちだすのも時間の問題です」

　サンデッカーは部屋のまわりを指さした。「居心地のよいところを見つけたね」と彼は言った。「しかし、司令室をブリッジじゃなく体育室においたのはなぜだい？」

「現実的な理由から習慣を破ったのです」とピットが答えた。「機能を失った船の場合、ブリッジはなんの役にもたちません。一方、体育室は船の中央にあり、船首にも船尾にも同じ距離です。それに一等ラウンジの上にある即席のヘリコプター着船台とも隣り合っています。補給に近い場所にいるほど、効果的に動けますから」

「ぜひ、聞いておきたいのだが」とサンデッカーが重々しく言った。「君はこの巨大な機械の博物館を、ただ単に運動を行うために引き揚げたのではないはずだが」

提督は体育室の前方の壁ぞいにうずたかく積もっている水びたしの残骸のなにかに目を止め、そっちへ歩いて行った。彼はそこにしばらく立ちつくし、かつての〈タイタニック〉の乗客か乗組員の遺骨らしきものを、押し黙って見つめていた。

「気の毒に、この人はどんな人だったのだろう？」

「永遠に分からないでしょうね」とピットが言った。「一九一二年の歯の記録は、とうの昔に処分されてしまっているでしょうから」

サンデッカーはしゃがみこんで、その遺骸《いがい》の骨盤を調べた。「こりゃあ、女だ」

「踏みとどまるほうを選んだ一等船客か三等船室の客で、ボート・デッキに着いたときには救命ボートが降りてしまっていたのでしょう」

「ほかに遺骸を見つけたか？」

「私たちは忙しくて、ちゃんとした調べはまだ行なっていません」とピットが言った。

「ですがスペンサーの部下の一人が、ラウンジの暖炉との間にもう一体、遺骸がはさまっていると報告しています」

サンデッカーは開け放たれている戸口のほうを向いた。

「あれはどこに通じているんだい？」

「大階段に通じています」

「ちょっと様子を見てこようじゃないか」

彼らはA甲板上の踊り場に出て、下を見た。階段には、船が船尾から沈んだときに落ちこんだ腐った椅子やソファーが散らばっていた。階段の手すりは昔そのままに、なだらかな優雅な線を見せていた。彼らは泥におおわれた階段をおり、特別室に通ずる通路の一つに出た。外の光が射しこまぬその場の光景は、不気味だった。どの部屋も腐り落ちた羽目板に埋まっており、ひっくり返りごちゃまぜになっている調度品が散乱していた。暗すぎてこまかな点まで見きわめることはできなかった。三〇フィートほど奥まで入って行ったところで、彼らは残骸の壁に行く手をはばまれた。そこで二人は向きを変え、体育室に向かって引き返した。

彼らが体育室の入口を通り抜けたその瞬間に、無線機の上にかがみこんでいた男が装置から顔を上げた。アル・ジョルディーノだった。

「どこへ行ったのかと思っていました。ウラヌス石油の者が、自社の潜水艇について知りたがっています」

「ニューヨークの乾ドック入りを果たしたらすぐに、〈タイタニック〉の前部上甲板から〈ディープ・ファザム〉を引き取って結構、と彼らに伝えてくれ」とピットは言った。

ジョルディーノはうなずくと、また無線機のほうに向きなおった。

「民間企業の連中は、こんな重大なおりにも、自社の貴重な財産についてうるさいことを言ってやがる」とサンデッカーは怒りに目をぎらつかせて言った。「ところで重大なおりといえば、諸君、ちょいとばかりアルコールで祝うのはどうかね？」

「アルコール？」ジョルディーノが、待ってましたと言わんばかりに顔を上げた。

サンデッカーはコートの下に手を伸ばし、瓶《びん》を二本取り出した。「ジェームズ・サンデッカーは乗員のためを思った例《ためし》がないなんて、言わせないぞ」

「贈り物を運んできた提督にはご用心」とジョルディーノがつぶやいた。

サンデッカーは、うんざりしたような目差しを向けた。

「残念だよ、厚板の上を歩かせて海に落とす方法がすたれてしまって」

「船底をくぐらせる習慣も」とドラマーがつけ加えた。

「われらが指導者を二度とあざけるような真似《まね》はしないと誓います。ただし、いうまでもなく、いつも私に酒をふるまってくれればね」とジョルディーノは言った。

「それくらいですむなら安いもんだ」とサンデッカーは溜息をもらした。「好きな酒を取りたまえ、諸君。ここにカティーサークの一フィフス瓶（中瓶）がある、これは都会出の抜け目のない連中用。ジャック・ダニエルの一フィフス瓶は、農村出の諸君用だ。コップを探してきて、やってくれたまえ」

ジョルディーノは、わずか十秒ほどで調理室からスチロフォームのコップを必要なだけ見つけてきた。酒がいき渡ると、サンデッカーはコップを上げた。

「諸君、〈タイタニック〉に乾杯。彼女が二度と安らかな眠りにつかぬよう」

「〈タイタニック〉に」

「そうだ、そうだ」

サンデッカーは折りたたみ式の椅子に腰をかけてくつろぎ、スコッチを口に含んだ。

そして、水びたしのこの部屋のなかにいるどの男が、ソビエト政府の禄《ろく》を食《は》んでいるのだろう、と考えるともなく考えた。

53

ソ連の書記長、ゲオルギー・アントノフは、せわしなく強くパイプを吸い、沈んだ目つきでプレフロフを見た。

「はっきり言っておくが、大佐、私は計画全体に自信がもてないんだがね」

「われわれはあらゆる方法を、細心に検討しました。これがわれわれに開かれている唯一の方法です」とプレフロフは言った。

「それには危険がともなっている。アメリカ側は船艙にある自分たちの貴重なビザニウムを盗まれて、黙ってはいないと思うんだ」

「いったんわれわれの手に入ってしまえば、同志書記長、アメリカ側がどんなに叫びたてようと、痛くもかゆくもありません。ぴしゃりとはねつけられます」

アントノフは、両手を閉じたり開いたりしていた。彼の背後の壁には、レーニンの大きな肖像画がかかっていた。

「国際的な反響を呼び起こすようなことがあってはならない。世界の目に、われわれがわれわれの権利から一歩も逸脱していないように映らねばならない」

「今回はアメリカの大統領も、返還を要求できないでしょう。国際法は、われわれの味方です」

「しかしこの手段に訴えると、いわゆる緊張緩和は終わりになる」とアントノフはゆっくり言った。

「同時に、超大国としてのアメリカの終焉《しゅうえん》の始まりともなります」

「愉快な見方だ、大佐。気に入った」パイプの火が消えていたので、彼はあらためて火をつけた。甘いよい香りが部屋に広がった。

「しかし万一、君が失敗したときには、アメリカ側もわれわれについて同じことを言えるわけだ」

「われわれは絶対に失敗しません」

「口先だけでは」とアントノフは言った。「優秀な弁護士は、自分の主張だけでなく検事の筋書も組み立てるものだ。避けがたい事態に立ち至ったとき、君はどんな手段に訴えるのかね?」

「ビザニウムを破壊します」とプレフロフは言った。「そのときはわれわれの手に入りませんが、アメリカ側の手にも入りません」

「〈タイタニック〉も含めての話か?」

「そうなるはずです。〈タイタニック〉を破壊することによって、ビザニウムを破壊する。破壊は二度と引き揚げることなどまったく不可能なように、徹底したものとなるでしょう」

プレフロフは黙りこんだ。アントノフは満足だった。彼はすでにこの任務の許可を心のなかで与えていた。彼はプレフロフを仔細《しさい》に観察した。大佐は失敗になれっこになっている男には見えなかった。彼のあらゆる動き、あらゆる身振りが、前もって徹底的に計算されたものであるかのように思えた。彼の言葉にまで、前もって考え抜いた自信のようなものが感じとれた。たしかに、アントノフは満足した。

「大西洋にいつ出発するんだね？」と彼はきいた。

「同志書記長、あなたの許可がおりしだいただちに。長距離偵察爆撃機が、ゴルキー空港で待機しております。私が十二時間以内に〈ミハイル・クルコフ〉のブリッジに立っていることが、この計画には絶対に必要なのです。幸いなことにハリケーンが発生しました。われわれはハリケーンの力を最大限に利用して、完全に合法的な体裁を備えたわれわれの〈タイタニック〉奪取工作から、彼らの注意をそらします」

「では君に足止めをくわせるのはよそう」アントノフは立ち上がり、両手を広げてプレフロフを抱きしめた。「ソ連邦の希望が君にかかっているのだぞ、プレフロフ大佐。たのむぞ、われわれをがっかりさせてくれるなよ」

54

引き揚げ作業から離れ、G甲板の第一船艙におりて行った直後から、この日のピットのつきは落ちはじめた。

目の前に広がっている暗い隔室のなかは、徹底的に破壊されていた。ビザニウムが収まっている金庫室は、崩れ落ちた前方の隔壁の下に埋まっていた。

彼はそこにしばらく立ちつくし、破れ、ねじれた鋼鉄のなだれの跡を見つめていた。これでは貴重な元素にたやすく近づくことなどおぼつかなかった。そのうちに、彼はふと、背後に人の気配を感じた。

「こいつは手強《てごわ》いようだな」とサンデッカーが言った。

ピットはうなずいた。「少なくともいまのところは」

「もしもわれわれが――」

「あの鋼鉄のジャングルをポータブルのアセチレンランプで切り開くには、二週間はかかるでしょうね」

「ほかに方法はないのか?」

「大きなドップルマンのクレーンなら、このがらくたを二、三時間で処理できますが」

「では君は、ニューヨークの乾ドック入りするまで手をこまねいて、辛抱強く待つしかないというのか」

ピットは薄暗がりのなかで相手を見つめた。サンデッカーは相手のいかつい顔に、いらだちのために皺が刻まれているのを見てとった。答えはあらためて聞くまでもなかった。

「ビザニウムを〈カプリコーン〉に移動できればよかったのだが」とピットは言った。

「そうできれば、われわれの苦労もずっと軽くてすむのですが」

「移動の偽装という手もあるぞ」

「ソ連のために働いているわれわれの仲間は、最初の木枠が船を離れるころには、ちゃんと偽物だとかぎつけるでしょうね」

「彼らは二人とも〈タイタニック〉の上にいるんだろうな、当然」

「明日のいまごろまでには、つきとめます」

「目星がついているというのかね？」

「二人のうちの一人、ヘンリー・ムンクを殺したやつの目星はついているんです。残る一人は、経験からくる純然たる推測です」

「君が探し出した男たちの正体には興味があるな」とサンデッカーは言った。

「私の証拠は連邦検事を納得させることはできないでしょうね、ましてや陪審員は。もう少し時間を与えてください、提督。彼らを二人とも、シルバーとゴールドを、間抜けな秘匿名がなんというのであれ、とにかく二人ともあなたに差し出しますから」

サンデッカーはピットを見つめ、やおら言った。

「君はそこまで追いつめているのか」

「ええ、そうです」

サンデッカーはもの憂げに顔をなでると、唇を噛みしめた。彼は金庫室をおおっている何トンもの鋼鉄を見つめた。「その件は君にまかせる、ダーク。私は最後の最後まで君のやり方を支持する。実のところ私には、選択肢がないのだ」

ピットには、ほかにも心配の種があった。ケンパー提督が送りこむと約束してくれた、海軍の曳船《ひきぶね》二隻の到着は、まだ数時間先のことだったし、午前中も遅くなってから、これといったはっきりした理由はないのに、〈タイタニック〉の右舷への傾きが一七度に強まっていた。

船体は波間にひどく沈んでいた。大きなうねりの波頭は排水口のちょうど一〇フィート下にあるE甲板の密閉された舷窓を洗っていた。スペンサーとそのポンプ班は、吸い上げポンプを荷積ハッチを経て船艙まで苦労のすえおろすにはおろしたが、機関室とボイラー室へは、甲板昇降口が残骸でふさがれていて、切り開いて進むことができなかった。ところが、この二つの部屋にまだ最大の量の水が残っていたのである。それなのに近づくすべがなかった。

この二十四時間、働きづめで、汚れ、疲れきったドラマーは、体育室の椅子に腰をおろして休んでいた。彼はココアをすすった。「八十年近くも水につかっていて腐ってしまっている」と彼は言った。「通路の羽目板は崩れ落ち、ジョージアの廃品置場よりひどい状態だ」

ピットは午後ずっと、無線機と隣り合っている机にかがみこんでいた。彼は赤く隈《くま》どられた目で、〈タイタニック〉の断面図を見つめていた。

「大階段かエレベーター・シャフトをぬって、下へおりては行けないかな？」

「D甲板の下まで行くと、大階段は山のような残骸で埋まっています」とスペンサーが言いきった。

「それに、エレベーター・シャフトを通り抜ける望みはもてません」とガンがつけ加えた。「どのシャフトも、腐食した鋼索や壊れた機械類が所狭しとつまっています。かりにそれほどひどくないとしても、下の隔室の防水用二重シリンダー式ドアは、がっちり閉まっていて、びくともしません」

「氷山とぶつかった直後に、一等航海士によって自動装置で閉められたのだ」とピットは言った。

その瞬間、頭のてっぺんから足の爪先《つまさき》まで油と汚れにまみれた、背の低いがっしりしたからだつきの男が、体育室によろめきながら入って来た。ピットは顔を上げると、わずかに笑いを浮かべた。「君か、アル？」

ジョルディーノは簡易ベッドにからだを投げ出すと、濡れたセメント袋のように倒れこんだ。「私のまわりで、マッチに火をつけるのは遠慮してくれ」と彼はつぶやいた。「栄光の燃えたつ炎に包まれて死ぬには、まだ若すぎるんでね」

「なにかいいことは？」サンデッカーがきいた。

「私はF甲板のスカッシュ・コートまで行ってきました。機関室からしみ出た油でいっぱいなんだ。まったくの行き止まり。下へ行く道はありません」

「ヘビなら機関室へ行けるかもしれないが、人間は絶対に無理だ」とドラマーが言った。

「少なくとも、一週間かけてダイナマイトで処理班が通路を開くまでは」

「なんらかの方法を講じなければならん」とサンデッカーが言った。「この船の下のどこかに、浸水個所がある。明日のいまごろまでに手をうたないと、この船は逆さまになって腹を出し、海底へ逆もどりしてしまう」

穏やかな海面にふたたび美しい姿を見せ、まともに浮かんでいる〈タイタニック〉を

全員は、胃の奥底にせつないほどの痛みを感じはじめた。この船はこの先、曳航していかなければならなかった。しかしこう言われて、体育室にいた失うことなど、彼らはまったく考えていなかった。しかしこう言われて、体育室にいた

ピットは相変わらずすわったまま、船の内部の何枚もの図面を見すえていた。それらは、うらめしいほど不完全なものだった。しかも、ニューヨークは一二〇〇海里の彼方《かなた》にあった。

〈タイタニック〉の詳細な青写真のセットは存在しなかった。いずれの青写真も、全景写真や建造資料とともに、ベルファストのハーランド・アンド・ウルフ造船所が第二次大戦中にドイツ爆撃機の爆撃を受けたさいに焼失してしまっていた。

「この船がこんなに大きくなければなあ」とドラマーがつぶやいた。「ボイラー室はボート・デッキのほぼ一〇〇フィートも下にあるんだからね」

「一〇〇マイル下にあるも同然さ」とスペンサーは言った。

ウッドソンが大階段の昇降口から現われた。彼が顔を上げたところへ、

「おっ、能面様のおでましだ。引き揚げ作業の正規の写真家は、なにをやっていたんだい？」

ウッドソンは首から何台ものカメラをはずすと、一時しのぎの作業台の上に丁寧に置いた。「後世のために、少し写真を撮っていただけさ」と彼はいつもの無表情な顔で言った。「ひょっとして、今度のことについて本を書かないともかぎらない。そのときは

もちろん、自分で撮った写真を使いたいし」

「そりゃそうだ」とスペンサーは言った。「ところで、ボイラー室へすんなりおりていける昇降口は見当たらなかったか?」

彼は首を振った。「一等ラウンジの写真を撮っていたんだ。びっくりするほど状態がいい。海水でカーペットや調度品はたしかに傷んでいるが、それを除けば、ヴェルサイユ宮殿の部屋にひけをとらん」彼はフィルムのカートリッジを取り替えだした。「ヘリコプターを借りられるだろうか? 曳船が着く前に、われわれの成果を俯瞰《ふかん》して、少し写真を撮りたいんだ」

ジョルディーノは、ほおづえをついた。「使えるうちにフィルムを使いきったほうがいいぞ。われわれの成果は、朝までに海底に逆もどりしないともかぎらないから」

ウッドソンは、眉《まゆ》をひそめた。「この船は沈んでいるのか?」

「そうは思わん」

みな、そう言った男のほうを見た。ピットが微笑んでいた。彼はゼネラル・モーターズの会長に就任した直後の男のような、自信にあふれた笑いを浮かべていた。

彼は言った。「キット・カーソンは多勢に無勢で先住民に囲まれたとき、『われわれはまだやられてしまったわけではない』と言っているが、情勢にびくつくな、そのとおりだ。十時間後に、機関室とボイラー室は、すっかり乾きあがっているさ」彼はテーブルにのっている図面を手早くめくり、探している一枚を見つけた。「ウッドソンは、俯瞰と言った。問題を解く鍵《かぎ》は、ずっとわれわれの鼻の先にぶら下がっていたのだ。内側からじゃなく、上から見るべきだったのさ」

「そうかな」とジョルディーノが言った。「空中から見るのが、どうしてそんなに面白いんだ？」

「誰も気づかないのか？」

ドラマーは、けげんな顔をした。「最後のところが分からない」

「スペンサーは？」

スペンサーは、首を振った。

ピットは彼に向かって笑いを浮かべると言った。「君の部下を上に集めろ。彼らには切断用の道具を持ってくるように言うんだ」

「あんたがそう言うなら、そうするが」とスペンサーは答えたが、入口のほうへ向かおうとはしなかった。

「スペンサーは腹のなかで、おれが狂ったと思っている」とピットは言った。「スクラップと化した八つの甲板を通って約一〇〇フィートもおりて行くために、どうしてこの船の一番高い個所に穴をうがたなくてはならないのか、彼は理解できずにいるんだ。そんなことをしようとしてるんじゃないんだ。つくりつけのトンネルが一本ある、残骸がまったくつまっていないやつが。それはボイラー室にまっすぐつながっている。実をいうと、トンネルは四本ある。かつて煙突が立っていたボイラーのおおいだよ、諸君。開口部をふさいでいるウェットスチールを取り除けば、船底へなにものにも邪魔されずにまっすぐ行けるわけさ。分かったか？」

スペンサーはよく飲みこめた。ほかの者もみな、納得した。彼らはピットの問いに答えず、ひとかたまりになって入口から出て行った。

二時間後に、ディーゼルポンプはがたがたという音と共に、接近中のハリケーンに押しやられてきた小山のようなうねりのなかへ、船内から一分につき二〇〇〇ガロンの海水を吐き出していた。

55

彼らはハリケーンをアマンダと名づけた。そしてその日の午後には、ハリケーンの予想進路を横切っている蒸気船の主要な航路から、大半の船が姿を消した。サバンナ、ジョージア、ポートランド、メイン間の海上にあったすべての貨物船、タンカー、それに定期客船は、タンパのNUMAハリケーン・センターの最初の警告が出された直後に、港にもどるよう命令を受けた。東部沿岸一帯の一〇〇隻に近い船は、すでに航海の予定を延ばしていたし、ヨーロッパから出航しすでに海上を遠くまで航海してきていた船はすべて、一時、船首を風上にむけ、ハリケーンが通り過ぎるのを待っていた。

タンパでは、プレスコット博士と気象官たちが壁面の海図のまわりに集まり、コンピューターに新しいデータを与え、ハリケーン・アマンダの進路のごくわずかなぶれも見逃さず記入していった。プレスコットが最初に予測した進路は、一七五マイルの地点までは、的中していた。

気象官が一人近づき、彼に一枚の紙を手渡した。「これは、ハリケーンの目のなかを飛んできた沿岸警備隊観測機の報告です」

プレスコットはその報告書を受け取り、その一部を声に出して読んだ。「目の直径は、ほぼ二マイル。進行速度、四〇ノットに増大。風速一八〇、それに……」彼の声は先細ってとぎれた。

プレスコットの助手は、大きな目をして彼を見つめた。「時速、一八〇マイルの風ですって？」

「それだけじゃないんだ」とプレスコットはつぶやいた。「このハリケーンに襲われる船のことが思いやられる」

報告書を持って来た気象官の目が、一瞬くもった。彼はさっととって返すと、海図を調べた。彼は真っ青になった。

「なんたることだ……〈タイタニック〉！」

プレスコットは彼を見つめた。「なんだって？」

「〈タイタニック〉とサルベージ船団。いずれもハリケーンの予定進路のまんまんなかにいます」

「そんな馬鹿な！」プレスコットはさえぎった。

気象官は壁面の海図に近づいたものの、しばらく躊躇していた。しかしやがて、彼は腕を伸ばしニューファンドランドのグランド・バンクスのすぐ下に×印を書きこんだ。

「ここです、ここがあの船が引き揚げられた場所です」

「君はその情報をどこから得たのだ？」

「昨日から新聞やテレビで大々的に報道されています。私の言うことが信用できなければ、ワシントンのＮＵＭＡ本部にテレタイプで確認してください」

「テレタイプなど必要ない」とプレスコットはどなった。彼は足早に部屋を横切り、受話器を取り上げ、大きな声で命じた。「ワシントンの本部と直通電話でつないでくれ。タイタニック計画の関係者と話したいのだ」

　電話がつながるのを待ちながら、彼は眼鏡のふちごしに海図に記された×印を見た。「彼らはついていないが、虫の知らせで気象係を乗せているかもしれない」彼はひとりつぶやいた。「さもないと、明日のいまごろまでに、彼らは海の怒りを永遠に味わわされることになってしまう」


　ファーカーはテーブルに広げた気象図をしまりのない表情で見つめていた。睡眠不足のために彼の頭の働きはひどく鈍り、ぼんやりしていた。自分がわずか二、三分前につけた記号の意味をはっきりとらえることさえできなかった。気温、風速、気圧、それに接近中の嵐の前線を示す記号が、すべて一つに溶け合ってぼうっと目に映った。

　彼は記号をはっきりとらえようと、目をこすったが、なんの役にもたたなかった。つぎに彼はすっきりさせるために首を振り、自分がなにについて結論を出そうとしていたのか、思い出そうと努めた。ファーカーは、自分が大変な計算違いを犯していたことに、しだいに気づいた。ハリケーンは進路を変えてハテラス岬《みさき》に向かうものと、彼は予測していた。ところがハリケーンは東海岸ぞいの高気圧団の影響で、海上を北に進路をとっていた。そのうえ悪いことに、北に向かってから速度が強まり、現在、四五ノットに近い進行速度で〈タイタニック〉の位置に向かって突進しつつあった。

彼は気象衛星が撮ったハリケーンの発生写真をよく観察し、NUMAタンパ気象台の警告も詳しく調べてあった。しかし長年、予報官をやってきた彼も、こんな短時間に、これほどの猛威と速度をもつ怪物になろうとは予想していなかった。

五月にハリケーン？　そんなことは、考えられなかった。やがて自分がピットに言った言葉が思い出され、気にかかった。なんと言ったんだったかな？「嵐をつくれるのは神様だけさ」ファーカーはにわかに気持ちが悪くなり、顔は玉の汗におおわれた。彼は両手を握りしめてはほどき、また握りしめた。

「主よ、今度は〈タイタニック〉を助けてください」と彼は心のなかでつぶやいた。「いまやあの船を救えるのは、神様だけだ」

56

アメリカ海軍のサルベージ用曳船〈トーマス・J・モース〉と〈サミュエル・R・ウォーレス〉は、午後三時ちょっと前に現場に着き、ゆっくりと〈タイタニック〉のまわりを回りはじめた。遺棄船の巨大さと一種独特な死を連想させる雰囲気に、曳船の乗組員は、一日前にNUMAの引き揚げ要員が経験したのと同じ畏《おそ》れに襲われた。

三十分にわたって観察してから、二隻の曳船は錆ついた巨大な船腹ぞいに平行に並び、大きなうねりのなかで、エンジンを止めた。つぎに、歩調を合わせるように、両船からカッターがおろされ、〈タイタニック〉のシェルター・デッキから急いでおろされた梯子に、船長たちは乗り移り、のぼりはじめた。

〈モース〉のジョージ・アップヒル大尉は、背が低く、よくふとっていた。彼は血色がよく、ビスマルク流の大きな口ひげをたくわえていた。一方、〈ウォーレス〉のスコッティー・ブテイラ少佐は、六フィート六インチもの身長があって、天井に頭が届きそうだった。顎は立派な黒いひげにおおわれていた。この二人は、こざっぱりとした海軍将校ではなかった。彼らは外観もその行動も、骨の髄からタフで一途《いちず》なサルベージ男だった。

「あなた方にお会いできて、非常に喜んでおります。ようこそ」とガンは二人と握手しながら言った。「サンデッカー提督とわれわれの特殊任務の最高責任者ダーク・ピット氏は、あなた方が、表現が妥当ではないかもしれませんが、われわれの司令室においでになるのをお待ちしております」

曳船の船長たちは、ガンについて階段をのぼり、ボート・デッキを横切りながら、かつては美しさを誇った船の残骸を我を忘れて見つめた。彼らは体育室に着いた。ガンが紹介の役をつとめた。

「とても信じがたい」とアップヒルがつぶやいた。「自分が〈タイタニック〉の甲板の上を歩くことになろうとは、夢にも思わなかった」

「私もまったく同じ思いだ」とブテイラが相槌《あいづち》をうった。

「みなさんを案内できるとよいのですが、この船がまた海底に沈んでしまう危険が、一分ごとに増大するもので」とピットが言った。

サンデッカー提督は、気象図、図表、それに海図がのっている長いテーブルのほうに、彼らを手招いた。彼らは湯気をたてているコーヒーカップを手に、腰をおろした。

「現時点におけるわれわれの最大の関心事は、気象である」と提督は言った。「〈カプリコーン〉に同乗しているわれわれの気象官は、呪われた運命の予言者になってしまった」

ピットは大きな気象図をテーブルの上に広げた。「悪い予報をかわす方法はありません。気象は急速に悪化しています。この二十四時間に、気圧は約半インチ下がりました。風力は四倍になり、北北東、なお強まりつつあります。われわれは、その進路上にいます。みなさん、この点、間違いのないように。奇蹟が起こり、ハリケーン・アマンダが急速に左へ曲がり西へ向かわないかぎり、われわれは明日のいまごろまでに、ハリケーン圏内の四分の一以上内部に入っていることになります」

「ハリケーン・アマンダ」ブテイラは名前を繰り返した。「どれくらいの勢力です?」

「ジョエル・ファーカー――われわれの気象官ですが――彼によれば、これほど猛烈なやつはないそうです」ピットは答えた。「ビューフォート風力階級で、すでに風力は一五と報告されています」

「風力一五?」と驚きのあまり、ガンは繰り返した。「なんたることだ、風力一二で最大級のハリケーンとされているのに」

「サルベージ関係者全員の悪夢が、現実になってしまった」とサンデッカーは言った。

「遺棄船は引き揚げたが、気まぐれな気象にさらわれてしまう」彼はきびしい表情で、アップヒルとブテイラを見た。「君たちははるばるやって来たが、なんにもならなかったようだ。君たちはそれぞれの船にもどり、ハリケーンから逃げ出したほうがいい」

「ハリケーンから逃げ出す？　冗談じゃない！」とアップヒルは声を張り上げた。「われわれはいま着いたばかりじゃないですか」

「まったくそのとおりだ」ブテイラは不敵な笑いを浮かべ、サンデッカーを見上げた。「〈モース〉と〈ウォーレス〉は、必要とあらば大暴風をついて航空母艦を曳くことだってできます。自然が生み出すどんな猛威にもうちかてるようにつくられているのです。われわれが〈タイタニック〉に鋼索をかけ、いったん曳きだしたら、この船が嵐を無事乗りきるチャンスはあります」

「四万五〇〇〇トンの船を、ハリケーンにさからって曳くって」とサンデッカーはつぶやいた。「ちょいと自慢がすぎるようだ」

「自慢しているのではありません」ブテイラは真剣だった。「鋼索を〈モース〉の船尾から〈ウォーレス〉の船首に固定し、われわれの力を合わせれば、一列に連結した一組の機関車が貨物列車を引っぱれるように、〈タイタニック〉を曳けます」

「しかも、三〇フィートの波浪をついて、五ないし六ノットの速さで曳けます」とアップヒルがつけ加えた。

サンデッカーは曳船の船長二人を見つめ、彼らに好きなように話させた。

ブテイラはさらに自説を展開した。「われわれの船は、用水池のような港に浮かんでいる類いの曳船ではありません、提督。どちらの船も、深海用の、外洋における救助用曳船なのです。長さは二五〇フィート、五〇〇〇馬力のディーゼルエンジンを備えています。それぞれが自重二万トンの船を一〇ノットの速度で、二〇〇〇マイル曳いていけるのです、燃料切れにならずに。もしも、ハリケーンをついて〈タイタニック〉を曳ける船が二隻あるとすれば、われわれの船をおいてほかにありません」

「君たちの意気はかう」とサンデッカーは言った。「しかし、不可能なことが目に見えている挙に出て、君たちや君たちの乗組員が生命を失っても、私は責任をとりかねる。私は君たち二人に、ここを離れ安全な海域に向かうよう命ずる。〈タイタニック〉が嵐のなかを漂流し、無事切り抜けるのを願うしかない。

アップヒルは、ブテイラを見つめた。「教えてくれませんか、少佐。提督の地位にある人の命令を最後に拒んだのはいつでしたか?」

ブテイラは、考えこむふりをした。「そうだね、朝めし以降は反抗していないな」

「私自身と引き揚げ要員の考えを申し上げます」とピットが言った。「われわれはあなたがたの参加を歓迎します」

「これで決まりですね、提督」とブテイラは笑顔を浮かべて言った。「それに、私はケンパー提督から、〈タイタニック〉を曳いて港に入るか早期退役の書類を提出するかの、いずれかにせよと命令を受けています。私は〈タイタニック〉のほうを取ります」

「これは反乱だ」とサンデッカーがきっぱり言った。しかしその声は、満足げだった。

話し合いが彼の計画どおり進んだことは、誰の目にも明らかだった。彼はたいそうきびしい顔でみんなを見まわして、言った。「よかろう、諸君。これはわれわれの葬式だ。そう決まったからには、ここにすわっていないで、〈タイタニック〉を救う仕事にかかりたまえ」

イワン・パロトキン船長は、〈ミハイル・クルコフ〉の左舷ブリッジ・ウィングに立ち、双眼鏡で空を探っていた。

彼は中背のやせぎすの男で、ほとんど笑いを浮かべたことのない、特徴のある顔をしていた。彼は五十代もなかばを過ぎていたが、禿《は》げ上がりだした髪には白いものがまったくなかった。彼は厚手のタートルネックのセーターに、厚手の毛織物のズボンというでたちで、膝までくる長靴をはいていた。

配下の副長が、パロトキン大佐の腕に軽くふれ、〈ミハイル・クルコフ〉の大きなレーダー・ドームの上空を指さした。四発の偵察爆撃機が、北東の空に現われ、やがてパロトキンがソ連のマークを確認できるほど近づいてきた。船の頭上に来たとき、飛行機は失速する速度を、時速にしてわずか二、三マイル上回る程度にゆっくり飛んでいるようだった。と思っているうちに、機体の下から小さな物体が飛び出した。何秒か後にパラシュートが開き、船首のマストの上空で漂いはじめた。やがてパラシュートの主は、船首の右舷およそ二〇〇ヤードの海上に着水した。小山のように大きく幅の広い波の上に、無事乗り出すと、パロトキンは副長のほうを向いた。「無事、本船に収容されしだい、プレフロフ大佐を私の居室に案内しろ」と言い終わると、彼はブリッジの台の上に双眼鏡を置き、昇降口をおりて姿を消した。

二十分後に、副長はよく磨き上げられたマホガニーのドアをノックして開けると、一人の男を通すためにわきに退いた。その男はすっかり水びたしになっており、海水が床にぽたぽたと滴《しただ》り落ちた。

「パロトキン大佐」

「プレフロフ大佐」

彼らはしばらく、無言のまま立っていた。二人はともに高度の訓練を受けたプロであり、互いに相手の値踏みをしていた。プレフロフのほうが有利な立場にあった。彼はパロトキンの軍歴を詳しく調べあげていた。一方、パロトキンは、評判を耳にしていただけの、初対面の男の容貌《ようぼう》から相手を判断するしかなかった。彼は目の前にいる男を、好きになれそうにもなかった。プレフロフはあまりにもハンサムだし、狡猾《こうかつ》な感じが強すぎた。パロトキンは暖か味や信頼感を感じとることができなかった。

「われわれには、時間的な余裕がありません」とプレフロフは言った。「私がこうしてやってきた目的について、さっそくお話したいのですが」

パロトキンは、手を上げて押しとどめた。「ものには順序があります。熱いお茶を飲み、服の着替えをなさい。われわれの首席科学官ロゴスキー博士が、背丈も体重も君に似かよっている」

副長はうなずき、ドアを閉めた。

「さてと、君のような高級将校で重要な人物が、大気現象であるハリケーンを観察するために、命がけで逆巻く海にパラシュートで降下するとは私も思っていない」とパロトキンは言った。

「それほど大げさなことじゃありません。個人的な危険など、私は問題にしていませんし。ところでお茶ですが、もっと強いものはこの船にはないんでしょうね？」

パロトキンは首を振った。「気の毒だが、大佐。私はアルコール類は禁止させている。乗組員は必ずしも歓迎はしていない。しかし、そのおかげで、偶発的な悲しみに出会わずにすんでいる」

「スローユク提督が、あなたは効率の権化だと言っておられます」

「私は運命にさからえるなどとは思っていません」

プレフロフが水びたしの降下服のファスナーを開くと、服が床にずり落ちた。「もうすぐ、あなたはその信条にそむいて例外をつくることになるでしょうね、大佐。われわれ、つまり、あなたと私は、これから運命にさからうことになります。それも、前例を見ないさからい方で」

57

ピットは〈タイタニック〉の前部上甲板に立ち、サルベージ船団が安全な海域を目ざし、西の水平線をさして進みはじめるのを見ているうちに、孤島に置き去りにされるような気分に襲われた。

〈アルハンブラ〉が最後尾について、横を通り過ぎた。船長は、「幸運を祈る」とフラッシュ信号を送ってよこした。報道関係者は、見納めになるおそれのある〈タイタニック〉を厳粛な気持ちでフィルムにしきりに収めていた。ピットは、手すりに群がっている人のなかにダナ・シーグラムを探した。しかし、彼女を見つけることはできなかった。彼は船団が鉛色の海上に小さな点になるまで見守っていた。あとに残ったのはミサイル巡洋艦〈ジュノー〉と〈カプリコーン〉だけだった。しかし引き揚げ用のはしけ〈カプリコーン〉も、曳船の二人の船長が沈没船に鋼索を掛け終わったと合図を送ってくると、すぐに出発しほかの船に合流することになっていた。

「ピットさん？」

ピットが振り向くと、さんざん打ちのめされたボクサーのような顔に、ビヤ樽《だる》まがいのからだつきの男が立っていた。

「下士官のバスコムです、〈ウォーレス〉の。鋼索を固定するため、要員を二人連れて乗りこんでまいりました」

ピットは親しみのこもった笑いを浮かべた。

「部下は君をバッド・バスコムと呼んでいる、そうじゃないかな」

「私のいないところでは。サンディエゴのあるバーを叩き壊して以来ずっと、その呼び名に取り憑かれています」バスコムは、肩をすくめた。そして、目を細めた。「どうして見当がついたのです?」

「ブテイラ少佐が君をほめちぎっていた……君のいないところで。そういうわけさ」

「いい人だ、少佐は」

「固定するのに、どれくらい時間がかかる?」

「つきに恵まれ、あなたのヘリコプターを借りられれば、約一時間で」

「ヘリコプターはかまわないよ。もともと、海軍のものなんだし」ピットは振り向き、〈ウォーレス〉を見おろした。

ブテイラは非常に慎重に曳船を後退させ、垂直に上下する〈タイタニック〉の船首一〇〇ヤード以内まで接近させた。

「ヘリコプターで鋼索をこの船に上げるのか?」

「そうです」とバスコムは答えた。「われわれが使う鋼索の直径は一〇インチ、重さは七〇フィートにつき一トンあります。軽くはありません。曳船の仕事をする場合、われわれはほぼ例外なく遺棄船の船首に細い鋼索を投げ上げ、それを一連の頑丈な鋼索につなぎます。そうした鋼索の直径は順に大きくなっていて、最後に主要な鋼索とつなぎます。しかし、その種の作業には、電子ウインチの助けがいります。ところで〈タイタニック〉はすべての機能を失っておりますし、人間の力ではとてもこの仕事はできませんので、楽な方法をとることにしました。ヘルニアの乗組員で病室をいっぱいにするのは、無意味ですから」

たとえ、ヘリコプターの助けがあっても、太い鋼索を固定するのはバスコムと彼の部下の手をかりてはじめてできることだった。スタージスは、手なれたプロのようにやってのけた。彼はヘリコプターを静かに制御して、この仕事を何年もやっているベテランのように、〈ウォーレス〉の曳航用鋼索を〈タイタニック〉の前部上甲板にぴたっとおろした。スタージスが鋼索をおろして〈カプリコーン〉に引き返し、バスコム下士官が船首艙の上に立ち、鋼索の固定が終わったことを、頭上で両手を振って合図するまで、わずか五十分足らずですんだ。

〈ウォーレス〉のブテイラは、曳船の汽笛を鳴らして合図を確認したことを知らせ、「微速前進」と機関室にどなった。〈モース〉のアップヒルも、まったく同じことを行なった。二隻の曳船は、ゆっくりと動きだした。〈モース〉と三〇〇ヤードの鋼索で連結された〈ウォーレス〉は、約四分の一マイル後方の、高さがます一方のうねりのなかで上下している〈タイタニック〉とつながっている主鋼索を繰り出していった。やがてブテイラが腕を上げると、〈ウォーレス〉の後部デッキの男たちが曳船用鋼索の巨大なウインチに静かにゆっくりとブレーキを入れた。鋼索がぴんと張った。

〈タイタニック〉のはるかな高みの頂から見おろすと、二隻の曳船は大きな波にもまれているボートさながらで、巨大な波頭に乗って浮き上がったかと思うと、つぎの瞬間には波間に姿を消し、マストの明かりしか見えなくなった。こんなに弱々しいものが、自重四万五〇〇〇トン以上もある船をとうてい動かせるとは思えなかった。しかしはじめのうちこそ、ゆっくりと感知できない程度であったが、両船あわせて一万馬力の力がものをいいはじめ、やがて〈タイタニック〉の色あせた満載吃水線《きっすいせん》の周囲に細かい泡が認められるようになった。

〈タイタニック〉は、まだほんのわずか動きだしたにすぎなかった。ニューヨークは、依然として一二〇〇海里西にあった。しかし〈タイタニック〉はついに、一九一二年のあの寒い夜にむかっていた航路をとり、ふたたび港を目ざしていたのである。

不吉な黒い雲がわきたち、南の水平線上に広がった。それはハリケーンの先端であった。ピットが見つめている間にも、それは広がり勢いをましていくように思えた。海面は、濁った灰色に変わった。おかしなことに、風は和らぎ、二、三秒ごとに風向きが変わった。彼は引き揚げ船のまわりをさきほどまで大群をなして飛んでいたカモメが、すっかり姿を消してしまったことに気づいた。〈タイタニック〉の舷側真横五〇〇ヤードの位置を終始守って移動している〈ジュノー〉の姿が、ただ一つ安心感を与えてくれた。

ピットはちらっと腕時計をのぞき、あらためて左舷の手すりのほうを見やり、ゆっくりと、しごくのんびりと体育室の入口に近づいた。

「全員ここにいるのか？」

「彼らはひどく落ち着きを失っている」とジョルディーノは言った。彼は氷のような風をよけるために通風筒に背を向け、からだを寄せて立っていたが、見たところ効き目はないようだった。「提督の抑えがなかったら、君は大々的な暴動に手を焼いていたことだろうよ」

「みんなに説明はしたのか？」

「一人残らず」

「大丈夫だろうね？」

「刑務所長ジョルディーノの言葉を信用しろよ。収容者は誰一人この部屋を離れていないし、用たしに行く者さえいない」

「では、今度は私の出番のようだ」

「われわれのお客さんたちからの苦情は？」

「相変わらずさ。設備がぜんぜんお気に召さないんだ。暖房が十分でなく、エアコンがきき過ぎているんだ。君も知ってのとおり」

「ああ、知っているとも」

「君は船尾へ行って、彼らの待ち時間を過ごしやすいものにしてやるといい」

「いったい、どうやって？」

「彼らに冗談を言ってさ」

ジョルディーノはピットに渋い顔を見せると、そっけなくなにやら一人でつぶやき、夕べの暮れなずむ光に向かって歩いて行った。

ピットはもう一度、腕時計を見て時間を確かめると、体育室に入って行った。曳航がはじまってから三時間たち、引き揚げ作業の最後の段階も、いまや軌道に乗っていた。サンデッカーとガンは無線機の上にかがみこみ、すでに五〇マイル西へ離れていた〈カプリコーン〉のファーカーに、ハリケーン・アマンダに関する最新の情報を口うるさく要求していた。ほかの者たちは、小さな、まるで頼りない石油ストーブの前に、肩を寄せ合うように半円を描いていた。

ピットが入って行くと、みんなは待ちかねていたように顔を上げた。やおら口を開いた彼の声は、ポータブルの発電機のうなりしか聞こえぬ異様な静けさのなかで、不思議なほど柔らかな響きをもっていた。「諸君、申し訳ない、君たちを待たせてしまって。しかし、コーヒーを飲んで少し休むのも、疲れきった体力を回復させるうえでよいだろうと思ったんだ」

「厭味《いやみ》はよしてくれ」とスペンサーが、いらだたしげにはねつけた。「あんたはわれわれを全員ここへ上がるよう招集しておいて、三十分もほっぽり出した、やらなければならない仕事があるのに。どういうわけです？」

「そのわけは簡単さ」とピットは落ち着いて言った。「二、三分後に、スタージス中尉がもう一度、ヘリコプターで飛んで来る。嵐に襲われる前の、最後の飛行だ。ジョルディーノと私を除き、君たち全員と、それにあなた、提督も、彼と一緒に〈カプリコーン〉にもどってもらいたい」

「気でも狂ったのか、ピット」とサンデッカーが穏やかに言った。

「ええ、ある程度まで。ですが提督、私は正しいことを行なっていると堅く信じています」

「ちゃんと説明したまえ」サンデッカーは、金魚をいままさに飲みこもうとするピラニアのように猛り狂った。彼は自分の役割を完全にこなしていた。それは自分の気質に合った役柄を演ずる、やりがいのある仕事だった。

「私は〈タイタニック〉の構造が、このハリケーンに耐えられないと信ずべきあらゆる根拠をにぎっています」

「この古い船は、ピラミッドをはじめとする人間がつくったいかなるものより、ひどい目にあってきている」とスペンサーが言った。「それに、未来の偉大な予言者であるダーク・ピットはいま、この老令嬢はいまいましい嵐の最初の一撃でまいってしまい、沈むと予言した」

「この船が荒れ狂う海で浸水し沈没しないと言いきれる保証はなに一つない」とピットはかわした。「いずれにせよ、必要最小限を超える人命をこれ以上、危険にさらすのは馬鹿げている」

「こういうことですか」ドラマーが身を乗り出した。彼の鷹《たか》のような顔は真剣で、怒りをはらんでいた。「あんたとジョルディーノ以外のわれわれは、この九カ月間、やりとげようと懸命に取り組んできたものをすべてなげうって現場を離れ、嵐の猛威が過ぎ去るまで〈カプリコーン〉に隠れていろと言うのですか？　そうなんですか？」

「君は分かりが早い、ドラマー」

「ほう、あなたは気が狂っている」

「不可能だ」とスペンサーが言った。「ポンプの監督だけで四人必要だ」

「それに吃水線下の船腹は、新しい浸水個所がないか、絶えず調べなければならない」

とガンがつけ加えた。

「あんたたち英雄は、みな同じだ」とドラマーが語尾をひきながら話した。「いつも他人を救うために、高貴な犠牲となりたがる。事実を直視しようじゃないか。二人でこの古い船を守りきるなんてできっこない。おれは、われわれ全員が残ることを支持する」

スペンサーは振り返り、自分の部下六人の顔色をうかがった。彼らは全員、睡眠不足のため赤く縁どられた目で見つめ返し、いっせいにうなずいた。そこでスペンサーは、あらためてピットのほうを向いた。「気の毒だが、偉大な指導者、スペンサーとその陽気なポンプ押し屋の一隊は、ここにとどまることに決めました」

「私も君たちと行動をともにする」とウッドソンが重々しく言った。

「おれもだ」とガンが言った。

バスコム下士官がピットの腕にふれた。「お許しください、私と私の部下も残ることにします。つないでいる鋼索は、嵐の間ずっと一時間ごとに、摩擦が生じていないかどうか調べなければなりませんし、鋼索用の通索孔には、鋼索が切れないようにグリースをたっぷり与えなければなりません」

「気の毒だが、ピット、君の負けだ」とサンデッカーはさも満足げに言った。

スタージスの操縦するヘリコプターが、ラウンジの屋根に着陸しようとする音が聞こえてきた。ピットはしようがないと言わんばかりに肩をすくめると、こう言った。「よかろう、これで決まった。われわれはみな沈むか一緒に泳ぐ」そして、疲れきった笑いを浮かべた。「君たちはみな少し休み、食物を胃のなかにつめこんだほうがいい。それが最後の機会になるかもしらんから。二、三時間後には、ハリケーンの圏内四分の一のところに入っていることになるだろう。どんなことになるやら、見当もつかん」

彼はさっと向きを変えると、ドアから出て、ヘリコプターの着船場所へ向かった。悪い出来ではなかった、と彼は心のなかで思った。どうしてどうして、なかなかの演技だ。アカデミー賞の候補にはあがらないだろうが、そんなことは問題でなかった。監禁状態にある聴衆は、おれの演技に動かされた。肝心なのは、その点だった。

ジャック・スタージスは背が低く、やせていて、女性に寝室での目差しを連想させる、憂《うれ》いを含んだやさしい目つきをしていた。彼は喫煙用の長いパイプをくわえ、フランクリン・ローズベルトのように顎を前に突き出していた。彼はヘリコプターのコックピットからおりたったばかりで、ピットが着船台の上にのぼって行くと、滑走部の下を、手探りでなにかを探しているふうだった。

スタージスは顔を上げた。「誰か乗る人は？」と彼はきいた。

「今回はいない」

スタージスはさりげなくパイプを軽くたたいて、灰を落とした。「〈カプリコーン〉の暖かくて、居心地のよいキャビンで寝ていればよかった」彼は吐息をもらした。「ハリケーンにさからって飛んで死ぬのは、まだごめんだ」

「飛びたったほうがいい」とピットは言った。「すぐにも、風が襲いかかってくるぞ」

「かまやしません」スタージスは、どうともなれといわんばかりに肩をすくめた。「私はどこへも行きません」

ピットは彼を見た。「それはどういう意味だね？」

「やられてしまったんですよ」彼は手で回転主翼をさした。一方の主翼の先端が二フィートのところから、力の抜けた手首のように垂れ下がっていた。「ここの誰かが、ヘリコプターにうらみをもっている」

「着陸するとき、隔壁にぶつけたのか？」

スタージスは、誇りを傷つけられたようだった。「ぶつけるものですか。繰り返しますが、着船のさい、ものにぶつけたりはしていません」彼は探していたものを見つけ、立ち上がった。「ほら、自分の目で確かめてください。誰かがハンマーを回転主翼に投げつけたんです。とんでもないやつだ」

ピットはそのハンマーを手に取って、調べた。取手をおおっているゴムの部分が、ぱっくり口を開けていた。主翼にぶつかったときに、できた傷だ。

「しかも、あなたの部下のためにこれだけ尽くしたというのに」とスタージスは言った。

「恩に報いるのに、こんなやり方がありますか」

「申し訳ない、スタージス。しかし君、テレビに出てくる探偵を真似ようなんて気は起こさないでくれ。君は残念なことに、物事を分析して考える習慣がないし、誤った結論にとびつきやすい」

「やめてくれ、ピット。ハンマーは投げ出されないかぎり、空中をひとりで飛ぶものか。あなたの部下の一人が、私が着船しようとしているとき、あれをひょいと投げこんだんだ。きっとそうだ」

「違う。私はこの船に乗りこんでいる全員の居場所をはっきり知っている。この十分間、ヘリコプターの着船場所のそばにいた者は誰一人いない。君の言う破壊屋が誰かは知らんが、そいつは君が運んで来たのじゃないかな」

「あなたは私をうすのろだと思っているんですか？　人が乗っていても、私が気づかないと思っているんではないでしょうね？　それに、いまあなたは自殺的行為をほのめかした。もしもあのハンマーが一分早く投げこまれたら、われわれは一〇〇フィートの上空にいて、あなたとあなたの部下は、残骸をかたづけるためにひどい目にあったことでしょう」

「意味を取り違えないでくれ」とピットは言った。「乗客じゃない、密航者のことを言っているんだ。それに、そいつもうすのろではない。やつはヘリコプターが着船し終わってから、ハンマーを投げこみ、荷物用のハッチから逃げ出した。やつがいまどこに隠れているかは、神のみぞ知るだ。まっくら闇の五〇マイルにおよぶ通路や隔室を徹底的に調べるのは不可能だ」

スタージスの顔が不意に青ざめた。「そうだ、侵入者はまだヘリのなかにいる」

「馬鹿なことを言うな。やつは君が着船した瞬間に逃げ出したさ」

「いや、違う。開いているキャビンの窓からハンマーを回転主翼のなかに投げこむことはできるが、脱出となると話は別だ」

「どういうことだね」とピットは静かに言った。

「荷物室のハッチは、電気で操作するようになっているので、操縦席のスイッチでしか作動しないんです」

「ほかに出口は？」

「操縦席に通ずるドアだけです」

ピットは、ぴったり閉まっている荷物室のハッチを、長い間、見つめていた。やがて彼は、スタージスのほうを振り向いた。彼の目は、冷静だった。「こういう扱いは、思いがけぬ客のもてなし方として、感心できないと思うがね？　客を新鮮な空気のなかへお連れするのが、われわれのなすべきことだ」

いつの間にかピットの右手に握られている、消音装置つきのコルト四五オートマチックを見ると、スタージスはぎょっとして甲板に立ちつくした。

「たしかに……たしかに……」彼は口ごもった。「あなたが、そうおっしゃるなら」

スタージスは、操縦席に通ずる梯子をのぼり、からだをなかに倒して、スイッチを押した。電気モーターがうなりをたて、七フィート四方のドアが、ヘリコプターの胴体の上にせり上がった。スタージスはドアの止め金がかかるのも待たずに甲板の上に引き返すと、ピットの幅広い背中のかげに立ち、油断なく構えた。

ドアが開いてから三十秒ほど経過しても、ピットは同じ場所に立っていた。その間が、スタージスにはひどく長く思えた。ピットは筋肉一つ動かすことなく、ゆっくりと整った息づかいをしながら、聞き耳をたてていた。聞こえてくるのは、船腹に叩きつけられる波の音、〈タイタニック〉の上部構造を襲う、しだいに勢いをます風の低いうなり、それに、体育室の入口から聞こえてくる、とらえどころのない話し声だけで、彼が聞きとめようとしている音はしなかった。足音や服地のすれる音、あるいは威嚇《いかく》や脱走を思わせるほかの音がしないことを確かめると、彼はヘリコプターに踏みこんだ。

上空が暗くなったため、内部は薄暗かった。たそがれどきの日射しを背に受けているので、自分が完全なシルエットになっていることに気づき、ピットは不安をおぼえた。室内を一わたり見回したピットは、荷物室はからだと思った。そのとき、彼は肩を軽くたたかれた。スタージスが、前方にある人間のような形のものにかぶせてある防水布を指さした。

「ちゃんとたたんでしまったんです、一時間足らず前に」とスタージスがささやいた。

ピットはかがみこみ、コルトを右手に握り、しっかりと狙いをつけ、左手で防水布をさっとひっぱがした。

厚手の悪天候用のジャケットをつけた人間が、荷物室の床の上に丸まって横になっていた。目は意識を失っているせいで、ゆるくとじられていた。髪の生え際のすぐ上に、出血し、紫に腫《は》れ上がっているひどい打撲症が認められた。この傷が気絶の原因であることは、明らかだった。

スタージスは驚きのあまり足がすくんで、根が生えたように立ちつくし、目を見張り、激しくまばたきを繰り返した。薄れいく一方の光に、彼の目はまだなじんでいなかった。やがて、顎を指で軽くこすり、信じかねて首を振った。「どうなっているんだ」と彼はつぶやいた。

「あれが誰か知っていますか?」

「知っているとも」とピットは落ち着いて答えた。「彼女の名はシーグラム。ダナ・シーグラム」

58

まったくだしぬけに、〈ミハイル・クルコフ〉の上空が、真っ暗になった……大きな黒雲が頭上に広がり、宵の星影はかき消されてしまった。風がふたたび吹きだした。風は速度をまし、時速四〇マイルのうなりをたてる強風になった。大波の波頭は風に引きちぎられ、泡が白い筋をくっきりと描いて北東に吹き流されていた。

ソビエトの調査船の大きな操舵《そうだ》室は、暖かく居心地がよかった。プレフロフは、パロトキンの隣りに立っていた。パロトキンは、レーダーに映し出される〈タイタニック〉の映像を見つめていた。

「この船長になったとき」とパロトキンは小学生に噛んで含めるように言った。「私の任務は調査と偵察を行うことだという印象を受けた。明白な軍事作戦の実施についてはなにも言われなかった」

プレフロフは、押しとどめるように片手を上げた。「どうぞ、大佐、軍事という言葉は忘れ、作戦という言葉は口にしないでください。われわれがこれから行おうとしているちょっとした冒険は、完全に合法的な市民活動で、西欧世界では経営陣の交替として知られているものです」

「あからさまな海賊行為というほうが、真相に近い」とパロトキンは言った。「それに、港を出るときに、君がご親切にも私の乗員に追加してくれた一〇人の海兵隊員を、君はなんと呼ぶのかね？　株主とでも？」

「またまた。海兵隊員ではありません。民間人の乗組員と呼んでほしいですな」

「そうだろうとも」とパロトキンはそっけなく言った。「しかも、みんな完全武装をしている」

「私の知るかぎりでは、船の乗組員に武器の所持を禁じている国際法の条項はありませんよ」

「かりにあったとしても、君なら免責条項を間違いなく見つけ出すことだろう」

「まあ、まあ、パロトキン大佐」とプレフロフは相手の背中を強くたたいた。「今夜の行動が終わったときには、われわれ二人はソ連邦の英雄ですよ」

「あるいは、死んでいる」パロトキンは無表情に言った。

「不安がることなどありません。この計画は完璧《かんぺき》なんですから。嵐がサルベージ船団を追い払ってくれたので、なおのことです」

「君は〈ジュノー〉を見落としているんじゃないかな？　われわれが〈タイタニック〉に接近し、乗りこみ、あの船のブリッジにソ連の国旗を上げるのを、〈ジュノー〉の艦長が手をこまねいて見ているわけがない」

　プレフロフは腕を上げ、腕時計を見つめた。「かっきり二時間二十分後に、わが国の核攻撃潜水艦の一隻が北方一〇〇マイルの海上に浮上し、〈ラグナ・スター〉という偽名を使いSOSを発信します。所属不明の不定期貨物船をよそおって」

「君は〈ジュノー〉がその餌《えさ》に飛びつき、救助に急航すると思っているのか？」

「アメリカ人というやつは、助けを求められたら絶対に断わらない」とプレフロフは自信ありげに言った。「彼らは善人であろうとするコンプレックスをもっている。そうです、〈ジュノー〉は反応するに決まっています。必ず救助に向かいます。〈タイタニック〉を離れるわけにいかない曳船を除けば、この三〇〇マイル以内の海上で救助に向かえるのは、あの艦だけですから」

「しかしわが国の潜水艦が潜水してしまったら、〈ジュノー〉のレーダー・スクリーンには、なにも映らなくなる」

「当然、あの艦の士官たちは、〈ラグナ・スター〉は沈没したものと判断し、いるはずのない乗組員の救助に間に合うよう、速度を倍増することでしょう」

「君の想像力には敬服するよ」とパロトキンは微笑んだ。

「しかし君の思惑どおりことが運んだとしても、アメリカ海軍の曳船が二隻、残っているし、この数年で最悪のハリケーンの最中に〈タイタニック〉に乗船し、引き揚げ要員のアメリカ人を制圧し、しかるのちに、遺棄船をソ連へ曳いてもどらなくてはならない。しかも、国際紛争を呼び起こさずに」

「あなたのおっしゃったことは、四つの部分からなっています、大佐」プレフロフは言葉を切って煙草に火をつけた。「一つ。曳船はいま現在、アメリカのサルベージ要員に化けているわが国の二人の工作員によって、排除されます。二つ。われわれがハリケーンの目のなかに入ったとき、われわれは〈タイタニック〉に乗船し、同船を制圧します。この海域では風速が一五ノットを超すのはまれなので、私の部下と私はさしたる困難もなくあの船に近づき、船腹の荷積用のドアから乗りこめるでしょう。ドアは計画どおり、わが工作員の一人によって開け放たれます。三つ。こうして乗船した私たち一行は、サルベージ要員を手早く、手際よく処分します。そして最後に、四つ。アメリカ人が嵐の最中に船を棄て、海で命を落としたように世界の目に映るように工作します。したがって、〈タイタニック〉は遺棄船となります。そこで、その後、あの船に最初に鋼索をかけた船長は、引き揚げの権利を与えられます。あなたがその幸運な船長となるわけです、同志パロトキン。国際海洋法では、あなたには〈タイタニック〉を曳いていくあらゆる合法的な権利があるのです」

「そんなこと、絶対にやりとげられはしない」とパロトキンは言った。「君がやろうとしているのは、まぎれもない大量殺人だ」彼の目は、虚ろで、倦《う》んでいた。「失敗した場合のことも、同じくらい真剣に考えてみたのかね？」

プレフロフは相手を見つめた。いつも絶やさぬ彼の微笑がこわばっていた。「失敗も計算に入っています、同志。だが、われわれが最後の手段を取らずにすむよう、強く祈ろうじゃありませんか」彼はレーダー・スクリーンに映し出されている大きな映像を指さした。「世界でもっとも伝説に彩られている船を、また沈めなければならないとすれば、残念だ。しかも、永遠に葬ることになるのだから」

59

年ふりた遠洋定期客船の内部深いところで、スペンサーとその部下のポンプ班は、ディーゼルポンプの作動を保つために奮闘していた。寒く暗い鋼鉄の窪《くぼ》みのなかで終始働いているのは、彼らだけだった。彼らに心の安らぎを与えてくれるものといえば、あわれなほどか細い投光機の明かりだけだった。しかし、彼らは愚痴《ぐち》一つこぼさず、船を浮上させておく任務と取り組んでいた。いくつかの隔室では、浸水量にポンプの処理能力がおいつかないことが分かり、彼らはいささかあわてた。

七時になるころには、天候は悪化の一途《いっと》をたどっていた。気圧計は二九・六インチをわり、なおも急激に落ちこみつつあった。〈タイタニック〉は縦横に揺れはじめ、船首と貨物デッキの手すりに、海水がどっと襲いかかってきた。視界は夜の帷《とばり》とたたきつける雨のために、ゼロに近かった。二隻の曳船の乗員の目に映るものといえば、ときおり走る稲妻を受けてぼんやりと浮かび上がる、巨大な船の亡霊さながらなシルエットだけだった。しかし彼らの最大の関心は、狂ったように逆巻いている船尾の海中に姿を没した鋼索のことだった。この曳航用の鋼索に絶えずかかっている張力は、並はずれたものだった。〈タイタニック〉が大きな波をまともに受けるたびに、彼らは鋼索が海中からアーチを描いて浮かび上がり、張力にさからってきしる様子を、不吉な思いにかられて見守っていた。

ブテイラはブリッジから一度も離れず、後部甲板のケーブル室の要員と常に連絡をとっていた。突然、外を吹き荒れている風のうなりをついて、スピーカーから声が流れ出た。「船長？」

「こちら船長」彼はハンドフォンに向かって答えた。

「ケーブル室のケリー少尉です、船長。後部でひどく奇妙なことが起こりつつあります」

「説明してくれ、少尉」

「承知しました、船長。鋼索が怒り狂っているようなのです。最初、鋼索は左舷にふれたんですが、いまのところ右舷に転じています。その角度は、船長、危険な角度だと申し上げねばなりません」

「了解、常時、連絡してくれ」ブテイラはスイッチを切ると、別のチャンネルにスイッチを入れた。「アップヒル、私の声が聞こえるか？　こちらブテイラ」

〈モース〉号のアップヒルは、ほぼ間をおかずに答えた。

「つづけてください」

「〈タイタニック〉は右舷にそれたようだ」

「あの船の位置を確認できますか？」

「無理だ。唯一の手掛かりは、鋼索の角度だ」

数秒間、沈黙がおとずれた。スピーカーから流れてきた。新しい局面を頭のなかで反芻《はんすう》していたのだ。やがて彼の声が、アップヒルは、「現在のわれわれの速度は、四ノットそこそこです。このまま曳いて行くしかありません。あの船の様子を見るために止まったりしたら、横倒しになり、ひっくり返るおそれがあります」

「君のレーダーで、あの船をとらえることができるか？」

「できません。アンテナが二十分前に波に持って行かれてしまいました。そちらのはどうです？」

「アンテナはついている。しかし、おなじく波のために回路がショートしてしまった」

「だとすると、われわれは盲目状態ということになりますね」

ブテイラは無線用マイクを受け台にもどすと、ブリッジの右舷に通ずるドアを注意深く押し開いた。片方の腕で目を守り、彼はよろめきながら外に出ると、目をこらして荒れ狂っている夜の闇のなかを見通そうとした。サーチライトはなんの役にもたたなかった。明かりは叩きつける雨を照らし出すだけで、なにものもとらえなかった。稲妻が、船尾方向で光った。雷鳴は風のうなりにかき消された。ブテイラの鼓動は乱れた。背後から襲った束の間の明るさを通して見ても、〈タイタニック〉の姿はまったく見当たらなかった。〈タイタニック〉など、はじめからいなかったように、影も形も見えなかった。防水服から水が流れ落ちた。彼はあえぎながら、ドアを押してなかに引き返した。ちょうどそこへ、ケリー少尉の声が、スピーカーからきしるようにまた流れてきた。

「船長？」

ブテイラは目からしぶきをぬぐい取ると、マイクを取り上げた。「なんだ、ケリー？」

「鋼索が、ゆるんでしまいました」

「切れたのか？」

「違います、船長、鋼索はいまもつながっていますが、海中数フィートのところにあります。鋼索がこんな状態になるのを、私はこれまで見たことがありません。あの遺棄船がわれわれを追い越そうとしているみたいです」

「われわれを追い越そうとしている」という言葉にはっとした……ブテイラは不意に事態をさとったときの衝撃を、いつまでも忘れはしないだろう。はっと思い当たると同時に、つぎからつぎへと悪夢が心に浮かび上がった。不安に駆られ、さまざまな事態が想定された。不安な思いは広がり、やがてその最大の原因に注意が向けられた。兆しは歴然としていた。鋼索はひどく右舷にかたより、不意にゆるんだ。全体の光景が、まざまざと彼の心に映し出された。〈タイタニック〉は少し前進し、〈ウォーレス〉の右舷真横に平行に並んだ。しかし、それは束の間のことで、鋼索の引く力によって遺棄船は、すっと後退した。そのとき、ブテイラは悪夢から我に返り、茫然《ぼうぜん》自失の状態から抜け出た。

彼は無線用のマイクをわしづかみにすると同時に、機関室に向かってどなった。「全速前進！　聞こえたか、機関室？　全速前進！」今度は、〈モース〉に呼びかけた。「全速で、君の船のほうに向かう」と彼は叫んだ。「私の言うことが分かったか、アップヒル？」

「繰り返してください」アップヒルは求めた。

「全速前進を命じるんだ。さもないと、おれの船が追いついてしまうぞ」

ブテイラはマイクを置くと、また風雨にさからって右舷のブリッジ・ウィングに出た。荒れ狂っているハリケーンにもまれ、海は泡立ち、空気に水が混じり合っていた。彼は手すりにしがみついているのが精いっぱいだった。

そのとき、〈タイタニック〉の巨大な船首がたたきつける水のカーテンのなかから浮かび上がった。それも、右舷船尾方向一〇〇フィートそこそこの場所にぬっと現われたのだった。いまや彼は恐れおののきながら、巨大な塊《かたまり》が情容赦なく〈ウォーレス〉に近づいてくるのを見守るしかなかった。

「よせ！」彼は風に向かって声を張り上げた。「薄汚れた古い沈没船！　おれの船に近づくな！」

すでに遅すぎた。〈タイタニック〉が〈ウォーレス〉の船尾を避けて通るのは、不可能に思えた。だが、ありえぬことが起こった。六〇フィートある巨大な船首が山をなす波に乗って持ち上げられた。その間に曳船のスクリューは海水をつかみ、かろうじて〈タイタニック〉の船首から脱出できた。やがて、〈タイタニック〉は波間に沈みこんだ。〈ウォーレス〉の船尾と〈タイタニック〉の船首の間は三フィートとなかった。小さな船は〈タイタニック〉があげた大波にすっぽりと包まれ、救命ボート全部と通風筒の一つを持って行かれた。

その大波を受けて、ブテイラはこらえきれずに手すりの手を離した。彼はブリッジを押し流され、操舵室の隔壁にたたきつけられた。倒れこんだ彼は、大波に飲まれ息がつまり、あえいだ。彼は朦朧《もうろう》としていたが、甲板から伝わってくる〈ウォーレス〉のエンジンの力強い震動に、力を得た。波がやっとひくと、彼はもがきながら立ち上がり、胃の腑《ふ》がからになるまで吐いた。

彼は這《は》いずって安全な操舵室へ入って行った。〈ウォーレス〉が奇蹟的に助かったことに呆然としてしまい、全身の力が抜けてしまったブテイラは、巨大な黒い亡霊〈タイタニック〉をただ見つめていた。〈タイタニック〉は、船尾を滑るように通り抜け、風に吹き荒れる雨の帷のなかにふたたび姿を消した。

60

「ハリケーンに襲われている外洋の真ん中で、ご婦人を拾うなどという神業は、ダーク・ピットにしかできぬことだ」とサンデッカーは言った。「どんな秘訣《ひけつ》があるんだね？」

「ピットの呪い」とピットは、ダナの頭の腫れ上がった個所にやさしく包帯をしながら答えた。「女は、私がその気になれぬ不可能な状態のときにかぎって私に惹《ひ》かれる」

ダナが低くうめきはじめた。

「彼女が意識をとりもどしそうだ」とガンが言った。体育室の古い器具の間に押しこんで、船の上下左右の揺れにも動かないように固定した簡易ベッドのわきに、彼はひざまずいていた。

ピットはダナに毛布をかけてやった。「彼女はひどくなぐられたが、たぶん、豊かな髪の毛のおかげで、脳震盪《のうしんとう》ですんだのだと思う」

「どうやってスタージスのヘリコプターに乗ったんだろう？」ウッドソンがきいた。

「彼女は〈アルハンブラ〉で報道関係者の相手をしていたのでしょう」

「そうなんだ」とサンデッカー提督が言った。「テレビ会社数社の記者たちが、〈タイタニック〉がニューヨークへ曳航される間の様子を〈カプリコーン〉の船上から取材させてくれと、許可を求めてきたんだ。それで私は、ダナが彼らに同行することを条件に許可を与えた」

「私が彼らを運んで行ったのです」スタージスが言った。「しかも、〈カプリコーン〉に着いたとき、私はシーグラム夫人がおりるのを目撃しました。私が気づかぬうちに、彼女がどうやってヘリコプターにもどったのか、私には謎です」

「本当に、謎だ」とウッドソンが皮肉な調子で繰り返した。「君は飛ぶ前に荷物室を調べないのかね？」

「おれは営業用ヘリを飛ばしているんじゃない」とスタージスは切り返した。彼はウッドソンを張り倒しかねない見幕だった。彼がちらっとピットを見やると、ピットがやめとけと言わんばかりの表情で彼を見つめていた。それでスタージスは、やっとの思いで自分の気持ちをしずめ、ゆっくりと、しかもはっきり言った。「私は外にあるあのヘリを二十時間、飛ばしづめだ。私は疲れた。それで、荷物室は調べるにおよばんと、いとも簡単に自分を納得させたのさ。からっぽだと、自信があったから。ダナ・シーグラムがこっそりヘリに乗りこむなんて、思うわけがないじゃないか？」

ガンは首を振った。「なぜ、彼女はしのびこんだのだろう？　なぜ、そんなことをする気になったんだろう……」

「おれに分かるわけがないだろう……そうだろう？」とスタージスが言った。「どうして彼女がおれのヘリの回転主翼のなかにハンマーを投げこみ、防水布にくるまり、自分で自分の頭をなぐったのか、君にしたところで見当はつくまい？　必ずしも、いま言ったとおりの順序とはかぎるまいが」

「彼女にきいてみたらいいじゃないか？」とピットが言った。彼は簡易ベッドを見おろしてうなずいた。

ダナが男たちを見上げていた。彼女は面食らっている様子だった。彼女はまるで疲れきって眠っていたところを起こされでもしたような感じを与えた。

「すみません……こんな変なことをきいて」とダナはつぶやいた。「ですが、ここはどこなんです？」

「ねえ、君」とサンデッカーは、彼女のわきに膝を折りながら言った。「君は〈タイタニック〉の上にいるんだよ」

ダナは提督を呆然と見つめ、一瞬、信じられないといった表情を見せた。「まさか？」

「いや、たしかなことさ」とサンデッカーは言った。「ピット、スコッチが少し残っている。グラスについで持って来てくれ」

ピットは言われたとおりにすると、サンデッカーにグラスを渡した。ダナはカティーサークをごくりと飲むと、むせて咳《せき》をし、不意に頭のなかに広がった痛さを我慢しようとするのか、頭を持ち上げた。

「これはこれは、ねえ、君」サンデッカーが女性の扱いに、いささか手を焼いていることが、その様子からはっきり見てとれた。「ゆっくり休むのだ。君は頭をひどく打っているんだから」

ダナは自分の髪に巻きつけられている包帯に手でさわり、提督の手を握りしめた。そのはずみで、床の上に酒がこぼれた。

ピットはスコッチがこぼれるのを見て、縮みあがった。女というものは、酒のありがたみがまるで分かっちゃいない。

「いいえ、なんともありません。大丈夫です」ダナは苦労をして簡易ベッドの上にからだを立てると、不思議そうに奇妙な機械装置を見つめた。「タイタニック」と彼女はその名をうやうやしく口にした。「私は本当に〈タイタニック〉の上にいるのですか?」

「そうとも」ピットの声には刺《とげ》があった。「ところで、君がどうやってここへ来たのか知りたいんだが」

彼女は自信なげな、なかば混乱した表情を浮かべてピットを見つめた。「分かりませんわ。本当に分からないんです。〈カプリコーン〉にいたところまでしかおぼえていません」

「私たちは君を、ヘリコプターのなかで見つけたんだ」とピットは言った。

「ヘリコプター……私、化粧入れをなくしてしまったの。〈アルハンブラ〉から飛びたったときに落としてしまったのだわ」彼女は強いて弱々しい笑いを浮かべた。「そうよ、そうだわ。化粧入れを探しにヘリコプターに引き返したの。あれが折りたたんだ座席の間にはさまっているのを見つけたんだわ、私があれを引っぱり出そうとしていると……そうよ、きっと、私は気を失って倒れるときに頭を打ったんじゃないかしら」

「気を失った？　たしかなことかな、君が――」ピットは途中でやめて、別のことをきいた。

「気絶する前に、記憶にある最後のものはどんなこと？」

ダナはおぼろげに、なにかを見つめているかのように目をこらしながら、しばらく考えていた。彼女の顔色は青白く、緊張した表情をしているので、コーヒー色の目がひどく大きく見えた。

サンデッカーは彼女の手をいたわるように、軽くたたいた。「ゆっくり考えるがいい」

やがて彼女は声にならぬ言葉を口にした。「ブーツ」

「もう一度」とピットが命じた。

「ブーツです」と彼女はそれを目の前に見ているように言った。「そうです。いま思い出しました。先のとがったカウボーイ・ブーツです」

「カウボーイ・ブーツ?」ガンはあっけにとられた表情を浮かべて言った。

ダナがつけ加えた。「いいですか、私は四つん這いになって、化粧入れを取り出そうとしていたんです、そのとき……分からないわ……ブーツが目の前に見えたように思うの……」彼女は口をつぐんだ。

「どんな色をしていた?」ピットはせかした。

「黄色っぽい色、クリーム色」

「その男の顔を見た?」

ダナは首を振りはじめた。そしてはじめて、彼女は頭痛に襲われた。「いいえ、そのとき、なにもかも闇に包まれてしまったのです……目の前が真っ暗になってしまったの……」彼女の声は、小さくなってとぎれた。

ピットは、これ以上きいても、得ることがないとさとった。彼はダナを見おろし、微笑んだ。彼女はピットを見上げ、おずおずと微笑み返した。

「われわれ薄汚れた男どもは、ここから出て行くから、君はしばらく休むといい」と彼は言った。「なにか必要なときは、われわれの仲間の一人は必ずそばにいるから、声をかけてくれ」

サンデッカーはピットのうしろから大階段のおり口までついて行った。「今度の件をどう思う?」サンデッカーがきいた。「誰かしらんが、なぜダナを傷つけようなんていう気を起こしたんだろう？」

「ヘンリー・ムンクを殺《や》ったのと同じ理由から」

「君は彼女がソビエトの工作員の一人を知っている、と思っているのか？」

「そうじゃなくて、彼女の場合は、悪いときに悪い場所に居合わせた線が強い」

「よりによってこんなときに、負傷した女なんてかんべんしてもらいたいものだ」とサンデッカーは溜息をもらした。「私の無線電信で、自分の女房の身の上に起こったことをジーン・シーグラムが知ったら、おおごとになるぞ」

「提督、まことに申し訳ないのですが、私はあなたの伝言を打電しないようガンに命じました。最後の最後になって、計画の変更をきたしかねない危険を冒すわけにいきません。女がからんでいると、男は慎重な決定を下すものです。われわれは何十人もの男の命を平気で危険にさらしますが、女性を一人でも危険に巻きこむとなると、きまって尻ごみする。シーグラムにしろ、大統領、ケンパー提督、それにワシントンのほかの人たちにしろ、知らなければ傷つくこともありません、少なくとも、これから十二時間は」

「私の権限も、ここではなんの意味ももたないようだな」とサンデッカーはにがにがしく言った。「ほかに私に報告していないことはないのか、ピット？　たとえば、あの風変わりなブーツは誰の持ち物なんだい？」

「あのブーツは、ベン・ドラマーのものです」

「私は彼がはいているのを見たことはないが。どうするつもり……どうしてそうだと分かったんだね？」

「〈カプリコーン〉の彼の居室を調べたとき、見つけたのです」

「君は夜盗の才能ももっているのか」とサンデッカーは言った。

「ドラマーだけではありません。ジョルディーノと私は、この一カ月間にサルベージ要員全員の所持品を調べ上げました」

「なにか面白いものが見つかったかね？」

「犯罪をにおわすようなものは、なにも」

「誰がダナに傷を負わせたと思う？」

「ドラマーじゃありません。それだけは、はっきりしています。彼には、あなたや私を含む少なくとも一〇人以上の証人がいます、提督。彼が昨日から〈タイタニック〉にいることは、彼ら証人が証明するでしょう。彼が五〇マイル離れた船上にいたダナを襲うことは不可能です」

そこへウッドソンが近づき、ピットの腕に手をかけた。「お邪魔してすみません、ボス。〈ジュノー〉から緊急連絡がいま入りました。悪い知らせのようです」

「聞こうじゃないか」とサンデッカーは、もの憂げに言った。「これ以上、事態が悪化するはずなどありえないさ」

「いえ、ありえます」とウッドソンは言った。「伝文の発信人は、ミサイル巡洋艦の艦長で、こう伝えております。東へ向かっている貨物船、〈ラグナ・スター〉よりSOSを受信。あなたの位置より〇五度の角度で、一一〇マイル北。救助に向かう。繰り返す。救助に向かう。あなたのもとより離れ、申し訳ない。〈タイタニック〉の幸運を祈る！」

「〈タイタニック〉の幸運を祈る」サンデッカーはおうむ返しに言った。その声は鈍く、生気を欠いていた。「この船から、『泥棒と海賊と殺し屋歓迎。来たれ、全員来たれ』とフラッシュ信号でも出そうか」

いよいよはじまったな、とピットは心のなかで思った。

そのとき彼は、不意に、無性に手洗いに行きたくなった。

61

ペンタゴンのジョージフ・ケンパー提督の執務室の空気は、葉巻の煙と食べさしのサンドウィッチのせいで濁っていたし、執務室そのものは目に見えぬ緊張に耐えきれずに崩れ落ちかねないような感じを与えた。

ケンパーとジーン・シーグラムは、提督の机の上に肩を寄せ合い、低い声で話し合っていた。メル・ドナーとCIAの長官、ウォーレン・ニコルソンは、ソファーに並んで腰をかけ、コーヒーテーブルに脚をのせて仮眠をとっていた。しかし、ケンパーの赤い電話に特に取りつけてある一風変わったブザーの音が、押し殺したような沈黙を破ると、彼らはぱっちり目覚めて、さっとからだを起こした。ケンパーは受話器に向かってぼそとなにやら言うと、受話器を受け台にもどした。

「機密デスクからだ。大統領がこっちに向かっている」

ドナーとニコルソンは、ちらっと顔を見合わせると、ソファーからたいぎそうに立ち上がった。コーヒーテーブルにのっている夕方とった残りもののあとかたづけをし、ネクタイの曲がりをなおし、上着を着けた。そのときドアが開き、大統領が首席顧問のマーシャル・コリンズをしたがえてずかずかと入って来た。

ケンパーは机の奥から出て来て、大統領と握手を交わした。「お目にかかれて光栄です、大統領。どうぞおくつろぎください。なにか持って来させましょうか？」

大統領は腕時計をちらっと見ると、にっこり笑いを浮かべた。「バーが閉まるまで、まだ三時間ある。ブラディ・メリーでもたのもうか」

ケンパーは微笑み返し、副官にうなずいた。「ケース中佐、頼みをきいてくれるか？」

ケースはうなずいた。「ブラディ・メリーを一杯、お持ちします、提督」

「諸君、私も君たちと夜通しつき合わせてもらうよ」と大統領は言った。「私もこれには大きな望みをたくしているんだ！」

「お気づかいなくどうぞ、大統領」とニコルソンが答えた。「あなたがおいでになられたことを、われわれは喜んでおります」

「現在の状況は？」

ケンパー提督が大統領に逐一報告した。ハリケーンの予想外の猛烈さを述べ、各船の位置を壁に映し出した海図の上に示し、〈タイタニック〉の曳航作業そのものについて説明した。

「〈ジュノー〉はどうしても持ち場を離れなければならなかったのか？」と大統領がたずねた。

「なにしろSOSですから」とケンパーが重々しく答えた。「付近の海域にいるすべての船は、状況のいかんを問わず救助に向かわなくてはなりません」

「ハーフ・タイムまでは、相手方のチームのルールに従うしかありません」とニコルソンが言った。「それが過ぎれば、あとはわれわれのやり方でいきます」

「ケンパー提督、君は〈タイタニック〉がハリケーンの猛威に耐えられると思うかね?」

「曳船が船首を風と波に向けているかぎり、あの船がハリケーンを切り抜ける見込みはあります」

「では、なんらかの理由から、曳船が横波を船腹に受けるような位置に押しやられたら?」

ケンパーは大統領の視線を避け、肩をすくめた。「そのときは、神様次第です」

「うつ手はまったくないのか?」

「ありません、大統領。ハリケーンにつかまった船を救う方法は、まったくありません。その船の運次第です」

「なるほど」

ドアをノックする音がして、別の士官が入って来た。彼は紙を二枚、ケンパーの机にのせると出て行った。

ケンパーは書きつけを読むと、顔を上げた。彼はきびしい表情をしていた。「〈カプリコーン〉からの伝言だ」と彼は言った。「君の奥さん……シーグラム君……君の奥さんが行方不明とのことだ。同船の調査隊は、彼女の所在をつきとめられなかった。彼らは彼女が船から落ちたのではないかと案じている。気の毒に」

シーグラムはコリンズの腕のなかに、崩れ落ちた。あまりの驚きに、彼の目は大きく見開かれていた。「なんということだ！」と彼は叫んだ。「そんなはずはない。なんてことだ！　私はどうしたらいいんだ。ダナ……ダナ……」

ドナーが彼のわきに急いで近づいた。「しっかりするんだ、ジーン。しっかり」彼とコリンズはシーグラムをソファーのほうに連れて行き、静かにクッションの上にすわらせた。

ケンパーは、身振りで大統領の注意を自分のほうにひいた。「もう一つ伝言がありまず、大統領。〈サミュエル・R・ウォーレス〉からのものです。〈タイタニック〉の曳船の一隻です。曳船用の鋼索が」とケンパーは言った。「切れてしまいました。〈タイタニック〉は、ハリケーンの中心を漂流しています」

鋼索は死んだ蛇のように、〈ウォーレス〉の船尾の上に長々と伸びていた。切れた鋼索の先端は、黒い淵の四分の一マイル下でゆらゆらと揺れていた。

ブテイラは現に自分の目に映っていることを信じかね、大きな電子ウインチのわきに凍りついたように立っていた。「どうしてだ?」と彼はケリー少尉の耳のなかにどなった。「どうして切れたんだろう? もっと激しい張力にも耐えられるようつくられているのに」

「わけが分かりません」ケリーは嵐にかき消されぬよう、どなり返した。「切れたときには、極端な力はかかっていませんでした」

「引き上げろ、少尉。調べてみよう」

少尉はうなずくと、命令を出した。制動がゆるめられ、輪が回りはじめ、鋼索が海中から上がって来た。大きなしぶきが、ケーブルハウスに襲いかかった。鋼索の重さが錨《いかり》の働きをするので、〈ウォーレス〉の船尾は沈んだ。近づいてくる水柱はみな、操舵室より高くそびえ、すさまじい音とともに操舵室の上に落ちこんだ。そのつど、曳船全体が衝撃で揺さぶられた。

ついに鋼索の末端が船尾に上がって来て、うねうねと輪に巻き取られた。制動がかかるやいなや、ブテイラとケリーは近より、ほぐれた先端を調べた。

それをじっと見つめていたブテイラは、まったく理解できずに、顔を歪めた。彼は焼き切られた先端にふれ、無言のまま少尉を見つめた。

少尉はブテイラと異なり、黙りこまなかった。「こんなことがあっていいものだろうか」と彼はかすれ声を張り上げた。「アセチレンランプで焼き切られている」

〈タイタニック〉を曳いていた鋼索が海中に落ちこんだとき、ピットはヘリコプターのなかで四つん這いになり、折りたたまれた椅子の下を、懐中電燈で調べていた。

外では風が狂ったように吹き荒れていた。ピットは知るよしもなかったが、曳船の固定する力が作用しなくなったので、〈タイタニック〉の船首は逆巻く波に押されて風下に向かい、いまや吹き荒れている自然の猛威に船腹全体をさらしていた。〈タイタニック〉は、舷側に風雨と波を受けはじめた。

ピットはわずか二分で、ダナの化粧入れを見つけた。それは操縦席背後の隔壁のすぐうしろに並んでいる、前列の折りたたんだ椅子の一つの陰にしっかりはさまっていた。彼女がそのブルーのナイロンの入れ物をなかなか取り出せなかった理由が、彼にはすぐのみこめた。機械類に強い女性は、めったにいない。ダナがそうした女性でないことは、きわめてはっきりしていた。止め金をはずし、椅子を広げることに、彼女は気づかなかったのだ。ピットが椅子を広げると、化粧入れは彼の手のなかに落ちてきた。

ピットはそれを開けてみなかった。彼には関心がなかった。彼の関心は、前方の隔壁の窪んだ仕切りに向けられた。そこには、二〇人乗れる救命用筏《いかだ》が納まっていた。納まっているはずであった。黄色いゴム貼《ば》りのおおいはちゃんとあった。しかし、筏はなくなっていた。

ピットには、自分がつきとめた事実の裏に隠されている意味を、推しはかる時間がなかった。彼がからっぽのおおいを隔室から引き出しているとき、巨大な波が無力な〈タイタニック〉の船腹を襲ったのだ。〈タイタニック〉の巨体は、このまま右舷に傾きつづけるように思えた。ピットは必死になって椅子の支柱をつかまえようとしたが空を切り、傾く一方の床の上をジャガイモの袋のように滑り落ち、すこし開いていた荷物用のドアに激しくぶつかったため、頭に長さ四インチにわたる傷を受けてしまった。

幸いなことにそれから二、三時間、ピットはいっさいの記憶を失っていた。彼はヘリの胴体のなかに冷たい強風が吹きこんでくるのは感じたが、ほかのことはほとんど分からなかった。彼の頭には灰色の霞《かすみ》がかかり、自分のまわりのものから遠く切り離されてしまったような感じをおぼえた。彼はヘリコプターが三重の繋留《けいりゅう》索からはずれて横向きに投げだされ、一等ラウンジの屋根からボート・デッキの上に落ち、後部がひしゃげ、回転主翼が引きちぎれ、やがて、手すりを越え、波たち騒ぐ海へ向かって落ちていくのを知るよしもなかったし、感じとることもできなかった。

62

ロシア人は、嵐が凪《な》いでいる間に〈タイタニック〉に乗りこんだ。ずっと下にある機関室とボイラー室内部にいたスペンサーとその部下のポンプ要員は、抵抗する機会がまったくなかった。反撃するいとまが、ぜんぜんなかったのだ。彼らがまったく不意をつかれたということは、裏を返せばプレフロフの計画が正確をきわめており、手ぬかりなく実行に移されたことを物語っていた。

上甲板で起こった戦い――虐殺と言ったほうがより正確だろう――は、始まった瞬間に終わったも同然だった。乗船したソ連側の勢力の半数にあたる五名の海兵隊員は、水兵帽を深くおろし、大きなマフラーで顔を隠し、自動小銃を構え、狙いをつけて、体育室に現われた。部屋にいた者は、なにが起こったのかまるで見当がつかなかった。

オマー・ウッドソンが、最初に反応を示した。無線機から振り向き、事態を見抜いた彼は、目をかっと見開いた。ふだん無表情な彼の顔に、隠れもない怒りの色が広がった。

「この野郎!」と彼はうめくように口走ると、一番そばにいた侵入者にとびかかった。

しかし相手の手には、ナイフが握られていた。彼はナイフをウッドソンの胸にたくみに突き立て、胸をほぼ二つに切り裂いた。ウッドソンは殺し屋をわしづかみにしたが、やがて相手のブーツをはいた足もとにゆっくりと崩れ落ちた。彼の目には、衝撃の色、つぎに信じがたさ、そして苦痛の色が表われ、最後に、絶命して虚ろになった。

ダナは簡易ベッドの上にからだを起こし、何度も金切り声を上げた。残る引き揚げ要員は、彼女の金切り声に刺激されて、はじめて行動を起こした。ドラマーはウッドソンを殺した男の横っつらにこぶしで一撃を加え、返礼として自動小銃の銃身で顔をなぐりつけられた。スタージスは身をひるがえして侵入者を押さえこもうとしたが、タイミングが遅れた。狙いをつけた相手にとびかかった瞬間に、彼はこめかみのすぐ上に小銃の台座で一撃を受けた。彼らは重ねもちになって床に倒れた。襲撃者は素早く立ち上がったが、スタージスは死んだようになって倒れていた。

ジョルディーノは、別のロシア人の頭上にレンチを振りおろそうとした。そのとき、耳をつんざく銃声が一発とどろいた。銃弾が振り上げた彼の手を貫通し、レンチが音をたてて床をころがった。その一発で、すべての動きがまるで金縛りの状態になったようだった。サンデッカー、ガン、それにバスコム下士官と彼の部下は、それぞれの動きをそのなかばで止めた。彼らは小銃をたずさえたとびきりすご腕の殺し屋を相手に、素手の自分たちがこの船を守ることなどできっこない、とさとったのだ。

その瞬間に、男が一人、ずかずかと部屋に入って来た。男は鋭い灰色の目差しで、その場の状況をあますところなく把握した。彼には三秒でことたりた。アンドレー・プレフロフは、いかなる状況を把握するにも、三秒あれば十分で、それ以上の時間を必要としなかった。彼は金切り声をあげつづけているダナをじっと見おろし、やさしく微笑んだ。「失礼ですが、あなた」と彼はなめらかに、こなれた英語で話しかけた。「パニックにとらわれると、女性の場合、不必要な緊張が声帯にかかりますよ」

ダナの丸い目は、恐怖にうちひしがれていた。彼女は口を閉じ、簡易ベッドの上でからだを丸め、ウッドソンのからだの下に広がる血だまりを見つめ、抑えようもなく震えていた。

「そうです、そのほうがずっといい」プレフロフは彼女の視線を追ってウッドソン、つぎに、ドラマーを見やった。ドラマーは床にすわりこみ、折れた歯を吐き出していた。そして、出血している手をかかえてにらみかえしているジョルディーノを見つめた。「あなた方の抵抗は、馬鹿げている」とプレフロフは言った。「死者一名、負傷者二名。しかも、なんの役にもたたなかった」

「君は誰だ?」サンデッカーが返事をせまった。「君はどんな権利があってこの船に乗りこみ、私の部下を殺したんだ?」

「こんな遠隔の、不愉快な環境のもとでお会いしなければならないのは、残念なことです」とプレフロフは釈明した。「あなたは、もちろん、ジェームズ・サンデッカー提督ですね、そうでしょう?」

「私がきいたことに、まだ答えていない」とサンデッカーはたけだけしく言った。「あなたのもう一つの質問に対する答えは、分かりきっています。私はソビエト社会主義共和国連邦の名において、この船を接収しているのです」

「わが政府は手をこまねいて、君がこの船を曳いていくのを許すような真似はしないぞ」

「考え違いですな」とプレフロフはつぶやいた。「お国の政府は手をこまねいているでしょうね」

「君はわれわれを甘く見ている」

プレフロフは首を振った。「そんなことはありませんよ、提督。私はお国の方がなしうることを十分に承知しております。同時に私は、遺棄船に対する合法的な乗船をめぐって、お国の方が戦争をはじめたりしないことも承知しております」

「合法的な乗船?」とサンデッカーはおうむ返しに言った。「民間サルベージ法は、遺棄船を、海上で乗組員が引き返す意思ないしは回収する意思なく放棄した船、と規定している。本船に依然として乗組員が残っている以上、君がこうしてここにいることは、まぎれもなく公海上における海賊行為だ」

「海洋法の合法性に関する講釈は、やめていただきましょう」プレフロフは手を上げて押しとどめた。「あなたのおっしゃるとおりです、もちろん。いまのところは」

言わんとしていることは、はっきりしていた。「ハリケーンの最中に、われわれを放り出し漂流させるなんてことはできまい」

「そんなありきたりなことはいっさいしません、提督。それに、私は〈タイタニック〉が浸水していることをよく心得ています。私はあなたのサルベージ技師を必要としています。スペンサー、たしかそんな名でしたね、それに彼の部下が必要です。嵐がしずまるまで、ポンプを動かしてもらうために。嵐がしずまったら、あなたとあなたの部下には、救命筏を提供します。そこで、みなさんが離船することにより、われわれのサルベージ権は保証されるわけです」

「われわれが生き延びて証言できるはずなどない」とサンデッカーは言った。「君の政府がそんなことを許すはずなどないじゃないか。君はそのことを承知だ。それに、私も承知している」

プレフロフは、落ち着きはらい平然と提督を見つめた。それから彼は、ぷいと振り返り、まるで歯牙《しが》にかけぬように、サンデッカーを無視した。彼は海兵隊員の一人に、ロシア語で語りかけた。相手はうなずくと、無線機に近づき、自動小銃の台座で打ちすえ、金属とガラスとコードのがらくたに変えてしまった。

「これであなたの司令室は、無用の長物となりました」とプレフロフは輪を描いて体育室をさし示した。

「私はD甲板の大食堂に通信施設をすえつけました。あなたと残りの方、私について来ていただけますか。天候が回復するまでみなさんが居心地よく過ごせるよう、お世話させていただきます」

「もう一つ、ききたいことがある」とサンデッカーは動かずに言った。「君は答える義務がある」

「喜んで、提督。どうぞ」

「ダーク・ピットはどこだ？」

「お気の毒ですが」とプレフロフは、皮肉な同情をこめて言った。「ピット氏はヘリコプターが舷側から海に落ちたとき、なかにおりました。たちまちのうちに死んだことでしょう」

63

ケンパー提督は、深刻な顔をしている大統領の向かいにすわっていた。彼は自分のコーヒーカップに、さりげなくスプーンで四杯砂糖を入れた。

「航空母艦〈ビーチャーズ・アイランド〉が、捜索海域に近づきつつあります。艦載機は、明るくなりしだい、捜索を開始することになっています」ケンパーは、うっすらと笑ってみせた。

「心配なさらないでください、大統領。正午までにわれわれは〈タイタニック〉の曳航を開始できます。私の言葉を信じてください」

大統領が顔を上げた。「この五十年で最悪の嵐のなかを漂流し、行方不明になった無力な船。海底に七十六年も沈んでいたので、半分錆ついている船。ソ連政府があらゆる口実をもうけて手中に収めようと狙っている船。ところが君は、心配するなという。提督、君はゆるぎない自信に満ちた男か、さもなければ楽観主義の化け物だ」

「ハリケーン・アマンダ」ケンパーは、嵐の名前を溜息まじりに口に出した。「われわれは、あらゆる不測の事態を計算に入れてあったのですが、こんな強力な風が五月のなかばに発生しようとは夢にも思っておりませんでした。風のあまりのものすごさ、それに急激な発達のために、われわれの態勢と時間表を組み替える時間的な余裕がまったくなかったのです」

「ソ連側が自分たちの出番だと判断し、現に〈タイタニック〉に乗りこんでいるなんていうことはないかな？」

ケンパーは首を振った。「時速一〇〇マイル以上の風と七〇フィートもの波のなかで、船に乗りこむ？　長年海上で過ごしてきた私の経験からすると、そんなことは不可能です」

「一週間前、ハリケーン・アマンダも、ありえないとみなされていた」ウォーレン・ニコルソンが向かいのソファーに腰をおろしたので、大統領はもの憂げに顔を上げた。

「なにか知らせか？」

「〈タイタニック〉からは、なにも」とニコルソンは言った。「ハリケーンの目に入ってからは、連絡はまいっておりません」

「で、海軍の曳船は？」

「両船とも〈タイタニック〉を目撃しておりません――さして驚くには当たりません。いずれの船のレーダーも操作不能なので、目視に頼らざるをえないからです。視界ゼロに近い状況のなかでは、目撃の可能性は絶望的だと思われます」

しばらくの間、部屋は重苦しい沈黙に包まれた。やがて、ジーン・シーグラムが沈黙を破った。「いまになって、あの船を失うわけにはいかん。もう一歩のところまできているのに」と彼はよろよろと立ち上がりながら言った。「恐ろしいまでの代償をわれわれは払った……私は払った……ビザニウム、そうとも、あれを二度と失ってなるものか」彼の両肩は落ちこんでいた。ドナーとコリンズは、彼をゆっくりソファーにかけさせた。彼はしぼんで、ひどく小さくなってしまったような感じを与えた。

ケンパーは、ささやくように言った。「大統領、もしも最悪の事態に立ち至ったら、そのときは、どうします?」

「サンデッカー、ピット、そのほか全員を見捨てる」

「それで、シシリアン計画は?」

「シシリアン計画」と大統領はつぶやいた。「そうとも、それも抹消する」

64

厚い灰色の靄がしだいに薄れはじめ、ピットは、自分が硬くて少し濡れているなにかのなかに、さかさまになって横たわっていることに気づいた。彼はそのまま長い間、意識と無意識の狭間を漂っていた。やがて、ゆっくりと目を開けようとした。少なくとも、片方の目だけは開いた。もう一方の目は、固まった血でふさがっていた。とても暗いトンネルをやっと抜け出て日射しのなかに出た男のように、彼は見えるほうの目を細く開けて、上下左右を見た。彼はまだヘリコプターのなかにいたのだ。爪先と脚は床にそって上のほうに曲がって伸び、背中と両肩は後方の隔壁によりかかっていた。

それだけで、事態の容易ならざることは分かった。水気も、馬鹿にできなかった。深さ数インチの水が、彼のからだのまわりを前後に揺れていた。どうしてこんなおかしな格好にからだをねじまげることになったのか、と彼はぼんやり考えた。

ピットは、何人もの小さな人間が頭のなかを駆けずり回り、脳に熊手《くまで》を突き立てているような痛みをおぼえた。彼は顔に水をかけた。塩水がしみるのをこらえて、水を顔にかけつづけた。やがて血糊が溶けて落ち、ふさがっていた目が開いた。彼はすみずみまで見られるようになったので、からだをひねり、隔壁の上にすわり、床を見上げる姿勢をとった。まるで遊園地の娯楽館の不思議な部屋を見つめているような感じだった。

荷物室のドアから出るすべはなかった。ヘリは〈タイタニック〉の甲板を横切っているうちに胴体を打ち、ドアは押し潰され開かなくなっていた。操縦席のハッチから出るしかなかったので、ピットは荷物を固定するための輪を手掛かりに、床を這いのぼった。

輪の一つ一つに手をかけて、ピットは自分のからだをいまは天井になっている前方の隔壁のほうに、引っぱり上げた。頭が痛んだ。二、三フィートのぼるごとに休んで、靄が晴れるのを待たねばならなかった。ついに、彼は天井に届き、ドアの掛け金に手をかけた。ドアはびくともしなかった。彼はピストルを手にすると、それで掛け金をたたいた。ドアにたたきつけた拍子に、濡れた手に握られていたピストルがするりと抜け、音をたてて後方の隔壁の上に落ちてしまった。ドアは依然、しっかり閉まっていた。

いまやピットは、大きくあえいでいた。疲れのために、いまにも気絶しそうだった。彼は振り向き、下を見た。後方の隔壁が、ずいぶん遠くにあるように思えた。荷物を固定するための輪を両手で握りしめてぶら下がり、からだを振ってだんだんに弧を大きくしていった。そして、これが最後だと思い定め、全身の力を振り絞って両脚で蹴り上げた。

掛け金ははずれ、ドアが勢いよく上に向かって開き、三〇度の角度まで開いたが、引力に引かれてばたんという音とともにもとにもどり、閉まってしまった。しかし戸口に手を差しこみ、指をかけるのには、ほんのわずかな間、開いていてくれるだけで十分だった。手の甲にドアが落ちてきたときの痛みに、ピットはあえいだ。彼は痛みをこらえながら、ぶら下がったまま、最後の跳躍に備えて体力を振り絞った。彼は深く一つ息をすると、落とし戸をくぐって屋根裏部屋に上がるときのように、からだをひるがえして戸口を通り抜けた。そこで彼はまた休み、目まいがおさまり、鼓動がほぼ正常にもどるのを待った。

ピットは血が流れ出ている指を水びたしのハンカチで包み、操縦室を調べた。脱出するには、問題はなかった。操縦席のハッチは蝶番《ちょうつがい》からはずれ、窓ガラスは飛び散ってなくなっていた。脱出できることがはっきりしたので、彼はどれくらい気を失っていたのだろうと考えだした。十分？　一時間？　夜の半分？　腕時計をなくしていたので、知るすべがなかった。時計はたぶん、腕からねじり取られたのだろう。

なにがあったんだ？　ピットは可能性を分析していった。ヘリコプターが海のなかへ吹き飛ばされたのだろうか？　ありそうにもない。それならば、ヘリコプターがいまごろは、海の深みでおれの棺桶《かんおけ》になっているはずだ。しかし、荷物室の水はどこから来たのか？　たぶん、ヘリコプターが繋留索からはずれ、この遺棄船のボート・デッキの隔壁の一つにたたきつけられたのだろう。それも、つじつまが合わない。それだと、ヘリコプターが完全に垂直な状態で立っている理由が説明できない。ただ一つだけ、はっきりしていた。ハリケーンの最中にすわりこみ、謎解き遊びに余分に一秒費やすごとに、もっとひどい怪我《けが》をするおそれがあるし、命を落とす危険が強まる。答えは外に出れば分かる。そう思って、彼は操縦席を乗りこえ、操縦席の粉ごなになった窓ごしに、前方に広がる闇の奥を見つめた。

彼は〈タイタニック〉を真横から見上げていた。船腹の巨大な錆ついた鋼板が、ぼんやりとした明かりを受けて左右に伸びていた。ひょいと下を見ると、怒り狂っている海が浮かび上がった。

波は巨大な渦を描いて逆巻いており、集中砲火のような音をあげて、しきりにぶつかり合っていた。視界は、よくなっていた。雨の激しさも衰え、風速もせいぜい一五ノット程度まで落ちていた。ピットは自分が眠っている間にハリケーンが通り過ぎたにちがいないと思った。だが、やがて、波が一定の方向を失い、空に向かって跳び上がっている理由を察知した。〈タイタニック〉は、ハリケーンの目のなかを漂っているのだ。あとほんの二、三分もすれば、波にもまれているこの船が、また嵐の猛威にさらされるのは明らかだった。

ピットはヘリコプターの先端の破れたガラス窓の一つを注意深くくぐり抜け、〈タイタニック〉の甲板におり立った。古い定期客船の水びたしになった甲板を自分の足で踏みしめたときのおののきには、世界一の美女とねんごろな関係をもつときめきも遠くおよばなかった。

だが、この甲板はどこの甲板だろう？　ピットは手すりから身を乗り出し、周囲を見回し、上を見た。上の甲板の手すりは折れ曲がり、壊れていて、ヘリコプターの一部がひっかかっていた。それから判断すると、B甲板のプロムナードに立っていることになる。彼は下を見た。そしてヘリコプターがぶざまな姿勢をとるにいたった理由に思い当たった。

ヘリコプターはわきたつ海へ向かって落ちる途中で、滑走部がひっかかって急に動きが止まった。その後に、プロムナード・デッキぞいの展望用の開口部に、滑走部がくいこみ、壁に取りついている大きなかぶと虫のように、上を向いてぶら下がったのだった。その後、ヘリコプターは胴体に大きなうねりを受けて押され、船体にますますへばりつく格好になった。

自分が奇蹟的に助かったことを感心している暇など、ピットにはなかった。甲板に立っていると、ハリケーンの後半が近づいたため、風が強まるのが感じとれた。ピットはちゃんと立っていられなかった。〈タイタニック〉が傾いていることに彼は気づいた。右舷に、また大きく傾いたのだ。

そのとき、右舷方向二〇〇ヤードたらずのところを通りすぎる別の船の航行燈が目にた。海と空がまた一つになりはじめ、雨がたたきつけるように降りだし、彼の顔を紙ヤスリをかけるような激しさで襲った。あれは曳船の一隻だろうか、と彼は思った。あるいは、〈ジュノー〉がもどって来たのかもしれない。ピットは、はっと気づいた。明かりはいずれの船のものでもなかった。稲妻が一筋、明るく光った。彼は、まごうかたなきドームを見届けた。それは〈ミハイル・クルコフ〉のレーダー用アンテナのおおいにちがいなかった。

階段をのぼり、よろめきながらボート・デッキのヘリコプター着船場にたどり着くころには、相変わらずびしょ濡れのピットは疲れのためあえいでいた。彼はひざまずき、繋留索の一本を取り上げ、ナイロン繊維の両方の切れ端を調べた。彼はやおら立ち上がると、うなりを生ずる風に向かってからだを折って歩きだし、船をおおいかくしている水のカーテンのなかに姿を消した。

65

〈タイタニック〉の一等船客大食堂は広く、その天井は明かりの届かぬ闇のずっと奥まで伸びていた。自信満々のロシア人たちの銃に監視されて立っている、骨の髄まで疲れうちのめされた男たちの姿が、残り少ない鉛ガラスの窓に不気味に歪んで映し出されていた。

スペンサーは、力ずくでこの仲間に加えられた。わけが分からず呆然としていることが、その目差しからうかがえた。彼は信じかねてサンデッカーを見つめた。

「ピットとウッドソンが死んだ？　そんな馬鹿な」

「まぎれもない事実さ」とドラマーが腫れ上がった口を動かして低い声で言った。「そこに立っているサディスティックなろくでなしの一人が、ウッドソンの胸にナイフを突き立てたんだ」

「君の友達の計算違いさ」とプレフロフは肩をすくめた。彼はおびえきっている女性と自分の前に立っている九人の男をまじまじと見つめ、血糊のついた彼らのけわしい顔を見やった。〈タイタニック〉が船腹に巨大なうねりを受けるたびに、彼らがからだのバランスを取ろうと苦労している様子を、彼は冷やかに楽しんでいるふうだった。「それに、計算違いといえば、スペンサーさん、あなたの部下はポンプの監督にすっかり熱がなくなったようですね。わざわざ私が申し上げることもないでしょうが、吃水線の下から浸水している海水を海へ送り返さないかぎり、この資本主義社会の浪費の古い記念碑は沈んでしまいますよ」

「じゃ、沈むにまかせるがいい」とスペンサーがあっさり言ってのけた。「少なくとも、あんたとあんたの部下のろくでなしの共産主義者も、この船と一緒に沈むわけだ」

「そうはならないでしょうな。そうした緊急事態に備えて、〈ミハイル・クルコフ〉が待機していますし」プレフロフは金のケースから煙草を一本取り出すと、もの思わしげに煙草を軽くたたいた。「これでお分かりでしょう。分別のある男なら、避けがたい事態は受け入れ、自分の義務を果たすものです」

「なんと言おうと、あんたはその薄汚れた手を、この船にかけることはできない」

「われわれは誰一人として、おまえさんの汚ない仕事に手を貸すものか」とサンデッカーが言った。その声には、断固たる響きがこもっていた。

「たぶん、そうはいかないでしょう」プレフロフは、落ち着きはらっていた。「それどころか、この私の要求はかなえられると思っています。それも、ごくほどなく」彼は護衛の一人に合図し、ロシア語でつぶやいた。その護衛はうなずき、食堂のなかを足早に横切ると、ダナの腕をわしづかみにして手荒に引っぱり、ポータブル照明の下へ連れて行った。

サルベージ要員はいっせいに足を踏み出したが、腰だめに構えた四丁の非情な自動小銃にさえぎられた。彼らはなすすべもなく、立ち止まった。煮えくり返るような怒りと敵意が、彼ら全員の目に浮かんでいた。

「もしも彼女を痛めつけたら、ただじゃおかんぞ」とささやくサンデッカーの声は、静かな怒りに震えていた。

「おっしゃいましたな、提督」とプレフロフは言った。「暴行は、精神病患者のやることです。そんなお粗末《そまつ》な企みであなたやあなたの部下を脅かそうとするのは、大馬鹿野郎のすることです。アメリカの男性はいまだに、女性をうやまっておられる。あなたが たは彼女の名誉を守ろうと無駄なあがきをして、全員喜んで死ぬことでしょう。そんなことになったら、私はどうなります？ そうですとも、残酷な方法や拷問は、説得というすばらしい技術のなかでは生硬な方法です。はずかしめ……」彼は言葉を切って、その言葉の響きを味わっていた。「そうです、はずかしめです。これこそ、あなたの部下を持ち場に返し、船が沈まないようにさせるすばらしい動機となります」

プレフロフは、ダナのほうを見た。彼女は相手を見返した。彼女はあわれっぽく、当惑していた。「さてと。それでは、シーグラム夫人、身につけているものを脱いでいただきましょうか、全部」

「なんのために、そんな汚ないトリックを使うんだ?」サンデッカーがきいた。

「トリックじゃありません。シーグラム夫人を裸にしていくのです、一枚一枚。あなたがスペンサー氏とその部下に協力を命ずるまで」

「従うな!」とガンがたのみこんだ。「そんなことするな、ダナ!」

「お願いです、訴えかけるのはよしてください」とプレフロフは、もの憂げに言った。「必要とあらば、私の部下の一人に、力ずくで彼女の衣服を剝《は》ぎ取らせますよ」

ダナの目に闘争心の異様な光が、見てとれないほどゆっくりと広がりはじめた。そして、なんの躊躇もなく、彼女は悪天候用のジャケット、ジャンプスーツ、さらには下着を脱ぎ捨てた。一分とたたぬうちに、彼女のしなやかで生気に満ちた全身が、光の輪のなかに浮かび上がった。

サンデッカーは背を向けた。サルベージ要員の強者たちがつぎつぎに、彼にならって背を向け、暗闇に顔を向けた。

「みんな彼女を見るのだ」とプレフロフは冷やかに言った。「みんなの思いやりは感動的だ。しかし、まったく無意味だ。こちらを向きたまえ、諸君。上演はいまはじまったばかりだ……」

「そんな愚かな、愛国心の発露は、おおげさすぎるのじゃなくて」

ダナの声に全員が、人形使いの糸で引っぱられた操り人形さながらに、振り向いた。彼女は脚を開き、手を腰に当て、胸を突き出して立っていた。彼女の瞳《ひとみ》は、意識的なあざけりの色に燃えたっていた。彼女の頭には不体裁な包帯が巻かれていたが、それでも彼女は美しく堂々としていた。

「入場は無料よ、みんな、好きなだけ見なさいな。女のからだなんか、べつに珍しくもないでしょう。あなたたちはみんな、女の裸を見たことがあるし、きっとさわったこともあるはずだわ。なぜみんな、恥ずかしそうに盗み見しかしないの？」そう言い終わったダナの瞳には、抜け目ない鋭さが浮かんだ。彼女は口を開け歯を見せて、声をたてて笑いだした。

プレフロフは彼女を見すえた。彼女は舞台をプレフロフから完全に奪い取ってしまった。演技だ、シーグラム夫人。実にたいした演技だ。しかし、西欧的なデカダンスの典型的な見世物は、およそ面白いとは思えない」

「共産主義者は、馬鹿ばっかりそろっているのね」とダナは彼をなじった。「あなた方が、西欧的なデカダンス、帝国主義の好戦主義者、ブルジョア支配などというマルキスト流のたわごとを口にするたびに、あなた方のすりきれた背中の背後で、世界じゅうが声をあげて笑っていることを知ったら、あなた方の行いも少しはましになり、まともな振舞いができるでしょうに。ところが、あなた方のやっていることは、私たちが木からおりて以来、人間が演じたものとしてはもっとも悪魔的な茶番だわ。あなたに勇気があるなら、それを直視することね」

プレフロフの顔面が、蒼白《そうはく》になった。「調子に乗るな」と彼はどなった。彼は用心に用心を重ねて保ってきた冷静さを失いそうだった。そのことに、彼はいらだちをおぼえた。

ダナは長身の豊かなからだをそらして言った。「どうしたの、イワン？　レンガ運びの筋肉のはったロシア女になれすぎてしまって、驚いているの？　自由の土地と勇士の故郷の解放された女性に、自分のお粗末なやり口を笑い飛ばされたことがかんにさわるの？」

「あなたの品の悪さです、いただきかねるのは。少なくともわが国の女性は、あさましい娼婦《しょうふ》のような振舞いはしません」

「本当かしら」とダナは甘く微笑んだ。

プレフロフは、なに一つ見落とさなかった。彼はジョルディーノとスペンサーがちらっちらっと視線を交わしており、スタージスが手を固く握りしめ、ドラマーが頭を少しかしげたことも見届けていた。ダナがなにげなさをよそおってじわじわと仲間たちから離れ、ロシア人の護衛の背後に近づいているのは、無意識でもなければ計算がなくてやっていることでもないことを、プレフロフはいまやはっきりと見抜いていた。ダナの演技は完璧に近かった。ソ連の海兵隊員たちは、首をひねって見とれていた。銃を握った彼らの手は、下がりはじめた。プレフロフは、ロシア語で号令をかけた。

護衛たちは姿勢をぴしっと立てなおすと、さっと頭の向きをもとにもどし、サルベージ要員と向かい合い、武器をしっかり持ちなおして狙いをつけた。

「見事でした、ご婦人」プレフロフはお辞儀をした。「あなたの芝居がかったちょっとした仕草は、すんでのところで成果を収めるところでした。実にたくみにあざむいたものだ」

プレフロフの顔には、奇妙にさめた満足感があった。悪知恵を思いついたときのように、からだがぞくぞくした。彼はあっさりふたたび指導権を握った。

彼はダナを見つめ、その表情に敗北のかげりを確かめた。彼女はいまだに笑顔をくずさずにいた。彼女は少し震え、肩をすくめていた。しかし、彼女は震えを振り払い、またからだをしゃんと伸ばし、誇りと自信を取りもどした。

「なんのことをおっしゃっているのか、私には分かりませんわ」

「もちろん、分からないでしょうね」プレフロフは溜息まじりに言った。彼はしばらくダナを見つめていたが、やがて向きを変え、護衛の一人になにやら言った。相手はうなずくと、ナイフを取り出し、ゆっくりダナに近づいた。

ダナはからだを硬くし、ひどく青ざめた。「なにをする気なの?」

「彼にあなたの左の乳房を切り取れと命じたのです」とプレフロフは、平然と答えた。

スペンサーがぽかんと口を開けて、サンデッカーを見つめた。彼は目顔で、提督に降状を訴えた。

「なんだと！」サンデッカーは必死になって言った。「そんなことは許さんぞ——君は約束したじゃないか、残酷なことや拷問はいっさいしないと——」

「野蛮な行為が気がきいていないことを、私は誰にもまして認めます」とプレフロフは言った。「しかし、こんなことをするのは、あなたのせいです。これは、頑固なあなたを屈伏させる唯一の方法です」

サンデッカーは横に足を踏み出し、一番そばの護衛に近づいた。「私を先に殺したまえ——」

護衛は自動小銃の銃身でサンデッカーの腎臓《じんぞう》を突いた。提督は膝からくずれ落ちた。顔は苦痛に歪んだ。彼はあえぎながら空気を吸いこんだ。

ダナは両手で脇腹を強く握りしめた。両脇は、白く色が変わった。最後の切札まで使い果たした彼女は、いまや途方に暮れていた。ナイフを彼女の肩に当て、彼女をわきにおしやった護衛の目に、不意に混乱の色が映し出された。その目を見て、彼女のコーヒー色の美しい目は、憎悪に燃えた。ピットが、ゆっくり光のなかに現われた。

66

ピットは、水地獄の深みからはいのぼって来た口のきけない亡霊のように、じっと立ちつくしていた。彼は頭のてっぺんから足の爪先まで水びたしで、彼の黒い髪の毛は、血だらけの額にへばりついていた。彼は口を歪めて悪魔のような笑いを浮かべていた。照明の明かりを受けて、彼の濡れた服を伝って落ちる水滴がきらきらと輝きを放って、床に散った。

プレフロフは、真っ青になって呆然としていた。彼は静かに金のケースから煙草を取り出して火をつけ、煙を長く吐き出した。

「あなたの名は……ダーク・ピット？」

「出生証明書には、そう記されてある」

「あなたは並はずれて丈夫にできているようだ、ピットさん。あなたは死んだものと思っていました」

「船上の噂話はあてにならんことが、これで分かったでしょう」

ピットは濡れた上着を脱ぐと、ダナの肩にやさしくかけてやった。「すまないが、君、いまのところこれ以上のことはしてやれないんだ」そう言い終わると、彼はプレフロフのほうに向きなおった。「異議がありますか」

プレフロフは、首を振った。ピットの開けっぴろげな物腰に、彼は面食らった。彼はダイヤモンドの切断家が石を調べるようにピットをためつすがめつしたが、青緑色の目からはなにも読み取れなかった。

プレフロフの合図を受けて、部下の一人がピットに近づいた。「念のため調べるだけです、ピットさん。異議がありますか」

ピットはどうぞといわんばかりに肩をすくめ、両手を上げた。護衛はピットの服の上下に両手を手際よく素早く滑らせ、うしろに退き、首を振った。

「武器は携帯していない」とプレフロフは言った。「大変賢明だ。しかし、あなたほどの定評のある方ですから、これくらいのことは先刻予期していました。私はあなたの実績に関する書類を、かなり興味深く読みました。もっと対立関係にない状況で、あなたに会いたかったと強く思っています」

「悪いが、賛辞のお返しはしないよ」とピットは楽しそうに言った。「ところで、君のようなタイプのならず者は友達にする気になれないな」

プレフロフは二歩前へ出て、手の甲でピットを力いっぱいなぐりつけた。

ピットはうしろに一歩よろめいたが、そこで踏みとどまった。相変わらず笑いを浮かべている彼の唇の片隅から、血が一筋にじみ出た。「これは、これは」と彼は静かに、くぐもり声で言った。「音にきこえたアンドレー・プレフロフがついに冷静さを失ったか」

プレフロフはからだを前に寄せた。彼は目を細めて、慎重に思いめぐらした。「私の名前を?」彼はまるでささやくように言った。「君は私の名前を知っている?」

「お互いさまだよ」とピットは答えた。「君が私について知っているように、私も君のことは知っている」

「君は私が思っていたより頭がいい」とプレフロフは言った。「君は私の正体をつきとめた——認識力が鋭いのだ。その点、君は立派なものだ。しかし、知ったかぶりをしても無駄ですよ。私の名前以外、君はなにも知っちゃいないでしょう」

「どうかな。たぶん、ちょっとした民話について教えてやれると思うがね」

「私はお伽話《とぎばなし》には、我慢がならん」とプレフロフは言った。彼はナイフを握っている護衛に合図した。「さてと、君のポンプ要員にもっと働けと命じてくれるよう、サンデッカー提督を説得する仕事に協力してくれると、たいへんありがたいのですがね」

背が高く、まだマフラーで顔を隠している例の護衛が、あらためてダナに近づいた。彼はナイフを突きつけた。ナイフの刃が、ダナの左の乳房から三インチと離れていないところで光を受けてきらめいた。彼女はピットの上着をしっかりと引き寄せ、恐ろしさにすっかりおびえて、ナイフを見つめていた。

「君がお伽話を好きでないとは、なんとも残念だ」とピットはくだけた調子で言った。「この話なら、君にも面白いと思うんだが。間抜けなシルバーとゴールドという一組の男の話なんだ」

プレフロフはピットをちらっと見て、ちょっと躊躇したものの、護衛に向かってうなずいた。すると護衛がうしろにひきさがった。「聞かせてもらいましょう、ピット君。五分間やるから、君の根拠を証明したまえ」

「証明に、長くはかからない」とピットは言った。彼は言葉を切ると、血糊《ちのり》のためにふさがっていた目をこすった。「それでは、はじめよう。昔あるところに、スパイが金になる副業であることを知ったカナダ人の技術者が二人いた。それで彼らは罪の意識をいっさいかなぐり捨てて、文字どおりの意味でのプロのスパイになり、アメリカの海洋計画に関する機密資料の入手に専念し、秘密をいくつかのチャンネルを通じてモスクワに送りつづけた。シルバーとゴールドは、金を儲《もう》けたことは確かだった。この二年以上、ソ連側はNUMAのあらゆる計画をごく細部まで知っていた。そうこうするうちに、〈タイタニック〉の引き揚げ話が持ち上がると、ソビエト海軍対外情報課——君の課だよ、プレフロフ——は、かぎつけた。君は、アメリカで最高の深海サルベージの技術を入手し、報告するうえで申し分ない立場にいる人間が、一人でなく二人まで自分の手先のなかにいることを、なんなく見つけた。もちろん、別の重大な配慮も働いているのだが、さすがの君も、その時点ではまだそれには気づいていなかった」

「シルバーとゴールドは、独創的な方法で沈没船の引き揚げに関する情報を定期的に送った」とピットは話しつづけた。「彼らはバッテリーで動く送信機を使った。この装置は、ソナーに似た海中音波を送ることができる。〈カプリコーン〉のソナー係が、その発信をつきとめたときに、私は気づくべきだったのに、深海海流でゆるんだ残存物が〈タイタニック〉のどこかにぶつかっているのだろうと判断して放置した。ところが実は、誰かがわれわれには皆目見当のつかない暗号電文を送っていたのだ。意味をなさないノイズを、誰も解読しようとはしなかった。誰もといっても、〈ミハイル・クルコフ〉の船上で水中音波用のマイクを両耳に当ててすわっている男は例外だ」

ピットは一息入れ、大食堂を一まわり見回した。みんなが彼に注目していた。「われわれはヘンリー・ムンクが間の悪いときに自然の要求を感ずるまで、どちらのネズミも臭いとは思っていなかった。ムンクは〈サッフォー〉二号の最後尾から船首のほうへもどる途中に、送信中の送信装置の音を聞きつけ、調べた。彼はスパイの一人が送信しているところを見とがめた。君の手先はたぶん、嘘《うそ》を言ってその場を言い逃れようとしたことだろう。しかしヘンリー・ムンクは、機器の専門家だ。彼は見たとたんに送信装置だと見破り、すぐにことの次第に気づいた。好奇心が命取りになった。ムンクを黙らせないとやばい。それで君の手先は、ウッドソンの三脚の一つで、首筋をなぐりつけた。その結果、殺害者は苦しい立場に立たされた。したがって彼は、事故に見せかけるため、ムンクの頭を発電機のおおいにぶつけた。だがしかし、魚は餌《えさ》に飛びつかなかった。ウッドソンは疑ってかかった。私も変だと思った。そのうえ、ベイリー先生が、ムンクの首に痣《あざ》を見つけた。しかし殺害者をつきとめるすべがないので、私は決め手を握るまで事故だったということにしておいた。事件ののちに、問題の潜水艇に出向いた私は、友情にあつきわれらが内なるスパイが、奇妙なことに、ムンクの所持品用ロッカーのなかに、あまり使っていないのにひどく曲がっている三脚と一緒に送信装置をかくしてあるのを発見した。陸《おか》で両方の品物についている指紋を調べてもらっても、まず間違いなく時間の無駄に終わったことだろう――相手がプロなことくらいは先刻承知していたからさ。私は三脚と送信装置は、発見したときとまったく同じ状態にしておいた。君の手先がしめしめと思って、〈ミハイル・クルコフ〉とまた交信するのは時間の問題だと読んだのさ。それで、私は待った」

「面白い話ですな」とプレフロフは言った。「だが、状況証拠に寄りかかりすぎている。絶対的な決め手は、現われそうにもありませんな」

ピットは謎めいた笑いを浮かべると、話しつづけた。「証拠は、消去法で現われた。殺害者は、あの潜水艇に乗船していて、休息時間で眠っていたはずの三人のうちの一人だと、私は目星をつけていた。そこで、私は、〈サッフォー〉二号の乗組員の組み合わせを二、三日ごとに変え、彼らの二人が海上任務についているとき、三人目の男は潜水して沈没船の仕事につくようにした。ソナー係が送信装置からあらためて送られた発信をとらえたとき、私はムンクの殺害者をつきとめた」

「それは誰だ、ピット?」スペンサーが、ものすごい見幕で言った。「ここに、われわれは一〇人いる。われわれのうちの一人か?」

ピットは一瞬、プレフロフと見つめ合った。そしてぷいと顔をそむけると、照明の下にかたまっている疲れきった男の一人に向かってうなずいた。

「紹介するにあたって、ファンファーレ代わりになるものは船腹に砕ける波の音だけだとは残念だが、我慢して、とにかくお辞儀をしてくれよ、ドラマー。これが、君の受ける最後のアンコールだ。あとは電気椅子での乾杯が待っているだけだ」

「ベン・ドラマー!」ガンは息を飲んだ。「そんなこと信じられない。ウッドソンを殺した男に飛びかかってなぐり倒され、血まみれになってそこにすわっている彼が、まさか」

「仲間うちの芝居さ」とピットは言った。「彼の正体を明かすのは、時期尚早だったからさ。少なくとも、われわれ全員が厚板の上を歩かされ、海に落ちるまでは伏せておこうとしたのだ。それまでは、われわれがこの船を奪い返そうと画策した場合に連絡してくれる通報者を、プレフロフは確保しておきたかった」

「彼は私をだましたんだ」とジョルディーノが言った。「彼は〈タイタニック〉が沈まないように、私の仲間の誰にも負けずよく働いていた」

「そうかな？」とピットがまた話に加わった。「たしかに、彼は忙しそうにしていたし、汗にまみれ、からだも汚れてさえいた。しかし、われわれがこの船に乗りこんでから彼がやりとげたことを、君は自分の目で目撃したことがあるか？」

ガンは首を振った。「ですが彼は……彼は日夜、この船を調べているのだと私は思っていました」

「船を調べるだって、とんでもない。ドラマーはポータブルのアセチレンランプを持って駆けずり回り、この船の底に穴を開けていたんだ」

「それはどうかな」とスペンサーが言った。「船のなかを走り回ってそんなことをするのはおかしいじゃないか。彼の仲間のロシア人がこの船を強奪しようと思っていたんなら？」

「曳航を遅らせるための危険な賭《かけ》だよ」とピットは答えた。「肝心なのはタイミングだ。ソ連の連中が〈タイタニック〉に乗船できる唯一の機会は、ハリケーンの目のなかにある間にかぎられている。これはすぐれた着想だ。ソ連側がそうした挙に出ようとは、われわれはまったく思っていなかった。もしも曳船がなにごともなくこの船を曳航しつづけたら、われわれはハリケーンの目から三〇マイルはずれた海上にいたはずだ。しかし、ドラマーのおかげで、曳航されているこの船は安定を失い、曳航はめちゃめちゃになってしまった。鋼索が切れる以前に、この船は左右にぶれたので、曳船は曳航の速度を最低線まで落とさざるをえなくなった。そして、君たちの目の前に、プレフロフとその殺し屋たちがいること自体が、ドラマーの工作が成功した事実を物語っている」

そう言われてみれば、思い当たることがあった。サルベージ要員は誰一人として、ドラマーがポンプと取り組んで懸命に働いたり、自分の分担を果たそうとしているところを目撃した例《ためし》がなかった。そういえば、彼はしばしば姿を消したし、姿を見せたと思うと、決まっていらだたしげに文句を言っていたが、あれは船を調べて歩くのをありもしない障害にはばまれたと称して、こぼしていたのだ。彼らはドラマーを、別世界から来た人間でも見るように見つめ、憤然として否定する言葉が返ってくるのを待った。

否定の言葉も、無実の訴えも返ってこなかった。ほんの一瞬、彼は気まずげな表情を見せただけだった。ドラマーの変身のあまりの見事さに、みんな息を飲んだ。悲しげな伏目がちな目は、姿を消した。彼の目は、不意に、きらきらと鋭い輝きを見せた。しまりのない口もと、だらしのない投げやりな姿勢も、いまや消え去った。しまりのない見せかけは消え、しゃんと背を伸ばした、貴族を思わせる容貌の男が現われた。

「失礼だが、ピット」とドラマーは、はっきりした口調で言った。「あなたの観察力程度では、一流のスパイは誇りを感ずるだけだ。ところであなたは、この状況を一転させる鍵を見つけていない」

「どうだい」とピットは言った。「われわれの元同僚は、急にこれまでの巻き舌口調でなくなった」

「なかなかうまかったでしょうが」

「君がマスターしたのは、それだけではないさ、ドラマー。君はスパイになりたてのころ、秘密を盗み友人を殺す方法も身につけた」

「この商売には欠かせないことさ」とドラマーは言った。彼はゆっくりサルベージ要員から離れ、プレフロフの隣りに立った。

「教えてくれ、どっちなんだ君は、シルバーか、それともゴールド？」

「そんなこと、もうどっちだって問題ではない」とドラマーは肩をすくめた。「私はゴールドだ」

「では君の弟が、シルバーか」

ドラマーのしたり顔が、こわばった。「そのことも知っていたのか？」と彼はゆっくり言った。

「君に目星をつけてからのことだが、私はつかんだ証拠を、とはいってもわずかなものだが、ＦＢＩに提出した。私はそれをプレフロフとソ連海軍情報部の彼の同志に、握らせる必要にせまられていた。ソ連の連中は、君をアメリカ人、というよりジョージア出身の生粋の南部人と思えるように、君の経歴をでっち上げていた。ところでFBIは、君のまったく無傷の何通かの忠誠調書を見つけ、それが偽造されたものであることをつきとめた。そして君を追いつめていき、君の古い故郷が、ノバスコシアのハリファックスであることを確認した。その地で、君と君の弟は、生まれたわけだ……申しそえるなら、十分以内の間隔をおいて」

「驚いた！」スペンサーはつぶやいた。「双子だ」

「そうとも、しかし、似ていないんだ。彼らは兄弟だとさえ、思えないほどなんだ」

「それで、双子の一人が分かったので、もう一人も簡単につきとめられた」

「それほど簡単ではなかった」とピットは答えた。「彼らは抜け目のない二人組なんだ、ドラマーと彼の弟は。彼らの場合、簡単にいくと思ってはいかんのだ。そう思ったのが、私の最大の失敗で、好き嫌いが共通しており、居室で一緒に過ごしたり、連れだって歩いている片割れを見つけようとした。しかし、シルバーとゴールドは、徹底して正反対の役を演じていた。ドラマーはだれとも仲よく、一人で暮らしていた。私はいきどまりに突き当たってしまった。FBIはドラマーの弟をつきとめる作業のかたわら、サルベージ要員全員の忠誠調書をあらためて調べたが、はっきりと結びつく人間は一人も浮かんでこなかった。そのうちに、現場であやうく悲劇に終わりかねないひび割れ事故が発生し、とんまのしっぽを押さえることができたわけさ」

「〈ディープ・ファザム〉事件」とガンが、冷やかにドラマーをじっと見つめながら言った。「しかし、ドラマーは、あの潜水艇には関係していなかった。彼は〈サッフォー〉二号の乗組員だ」

「彼は実に深い関係をもっていた。分かるだろう、彼の弟が〈ディープ・ファザム〉に乗っていたのさ」

「どうして、見当がついたんだ?」とドラマーがきいた。

「双子の間には、奇妙なつながりがある。考え方も感じ方も同じだ。君たちはまったく関係のない人間をよそおっていた、ドラマー。しかしそれでも、君たちの絆《きずな》は強く、双子の一人が死の瀬戸際に立っているときには、隠しおおせなかった。君は弟の苦しみを感じとった。まるで深淵で彼と一緒にいるみたいに」

「そうだったのか」とガンは言った。「われわれはみな、いらだっていた。そしてドラマーは、まるでヒステリー状態だった」

「この場合にも、乗員三人に消去法を適用した。今回の三人は、シャベイス、キール、それにマーカーだった。シャベイスがメキシコ系であることははっきりしていた。それは間違いなかった。キールは、八歳も若い。これも、たしかなことだった。それで、サム・マーカーが残った」

「なんたることだ！」スペンサーがつぶやいた。「どうしてこんなに長い間、気づかなかったのだろう？」

「そんなことすぐ分かるだろう、われわれはソ連が送りこんだ最高の二人を相手にしていたからさ」ピットの唇に笑いが浮かんだ。「ところで、スペンサー、君はさっき、ここにわれわれの仲間が一〇人いると言った。君はかぞえ間違いをしている。一一人だ。君はそこにいる切り裂きジャックを計算に入れていない」彼は相変わらずダナの前に立ち、ナイフを握りしめている護衛のほうを向いた。「変装を取ったらどうだい、マーカー。そして、仲間に加われよ」

護衛はゆっくり帽子を脱ぎ、自分の顔の下半分を隠してあったマフラーをほどいた。

「ウッドソンをナイフで殺したとんでもない畜生め」とジョルディーノが怒りをこめて言った。

「あれは申し訳ない」とマーカーは静かに言った。「ウッドソンの第一の誤りは、私の正体に気づいたことだ。それだけだったら、彼は生きていられたかもしれない。彼の第二の誤り、しかも致命的な誤りは、私に襲いかかってきたことだ」

「ウッドソンは、君の友達だ」

「スパイ稼業では、友達だからといって大目に見ることはできないのさ」

「マーカー」とサンデッカーが言った。「マーカーとドラマー。シルバーとゴールド。

私は君たち二人を信頼していた。しかるに君たちは、NUMAを裏切っていた。二年もの間、君たちはわれわれを売ってきたわけだ。なんのために？　わずかばかりの金にありつくためだ」

「わずかばかりの金ではありませんよ、提督」マーカーは、ナイフをさやにゆっくり納めた。「兄と私が、この先ずっと贅沢な暮らしをしても、ありあまるだけの金です」

「そうだ、彼はどこから来たんだろう？」とガンがきいた。「マーカーは〈カプリコーン〉のベイリー先生の病室にいるものと思っていたが」

「彼はスタージスのヘリコプターにこっそり乗りこんで、やって来たのさ」とピットは、濡れたハンカチで血が流れている額を軽く押さえながら言った。

「そんなはずはない！」スタージスが思わず声を出した。「ピット、あなたはあそこにいたじゃないですか、荷物室のハッチを開けたときに。シーグラム夫人以外、誰もいなかった」

「マーカーは、あそこにちゃんといたんだ。ベイリー先生のところを脱け出すと、彼は自分の居室は避けて、兄ドラマーの居室へ行き、兄の服を借りてすっかり着替えた。カウボーイ・ブーツも、そのとき借りたものさ。つぎに彼はヘリコプターに忍びこみ、緊急脱出用の筏を投げ出し、そのカバーの下に隠れた。不運なことにダナは、化粧入れを探していた。化粧入れを取ろうとしてかがみこんだとき、彼女は救命筏のカバーの下から突き出ていたマーカーのブーツを見てしまった。脱出の邪魔をさせまいとして、彼はどこかそばにあったハンマーで彼女の頭をなぐりつけ、防水布で彼女をくるむと、這いずって自分の隠れていたもとの場所へとって返した」

「だとすると、われわれがシーグラム夫人を見つけたとき、彼はまだ荷物室にいたことになる」

「そうではない。あのときには、彼はいなかった。おぼえているかな、君がスイッチを入れて荷物室のドアを開けてから、われわれはなかで物音はしないかと耳を澄まして、ややしばらく待っていたろう。物音はしなかったが、それはドアを開けるモーターの音にまぎれて、マーカーがすでに操縦席に忍びこんでいたからなのさ。そして、君と私が追跡を開始し、荷物室に入ったときに、彼は操縦席の外側の梯子をおり、なにくわぬ顔で夜の闇のなかに姿を消したんだ」

「ですが、なぜ回転主翼にハンマーを投げこんだのだろう?」スタージスが食い下がった。「なんの目的で?」

「あんたは、〈カプリコーン〉からなにも積まずに飛び立ったからさ」とマーカーが言った。「したがって、荷物をおろす必要はないから、あんたが荷物室を開けずに、また飛び立つおそれがあった。あんたは私を後部に閉じこめていながら、そのことに気づいていなかった」

「それから君は、ビーバーそこのけに、船のなかを駆け回った」とピットはマーカーに言った。「ドラマーが用意した図表を手掛かりにしていたことに、疑いの余地はない。まず君は、兄のポータブル切断工具を手にすると、バスコム下士官と部下が見回りの合間に体育室で休息をとっているおりを見はからって、曳航用の鋼索を焼き切った。つぎに君は、ヘリコプターの繋留索を切った。君は、ヘリコプターが私を乗せたまま押しやられ、舷側から落ちる様子を思い描いて、さぞや満足したことだろうな」

「一石二鳥というわけさ」とマーカーは認めた。「否定するいわれなど——」

下の甲板でこだまする自動小銃の鈍い響きを耳にして、マーカーは話をやめた。プレフロフは肩をすくめ、サンデッカーを見やった。

「下にいる私の部下は、どうも手を焼いているようだ」彼はパイプから煙草を抜くと、ブーツで踏んで火を消した。

「この話し合いには、十分、時間をかけたように私は思う。嵐は二、三時間後には、静まりはじめ、〈ミハイル・クルコフ〉は、曳航するため所定の位置に移動することになります。サンデッカー提督、あなたの部下がポンプの稼動に協力するよう仕向けてください。ドラマーが吃水線の下で穴を開けた個所をあなたに明示します。そうすれば、残るあなたの部下は、浸水をくいとめられるわけです」

「じゃ、拷問遊びをまたはじめるんだな」とサンデッカーはさげすむように言った。

「遊びはやめだ、提督」プレフロフは決然とした顔をしていた。彼は護衛の一人に話しかけた。その護衛は、荒々しさを感じさせる背の低い男だった。サンデッカーの脇腹に、自動小銃を押しつけた護衛だった。「これはブスキーです。彼は非常に忠実なやつで、連隊一の射撃手でもあります。彼は多少、英語も分かります、とにかく数字の意味ぐらいは十分に分かります」プレフロフは、隊員のほうを向いた。「ブスキー、私は数をかぞえはじめる。五までかぞえたら、おまえはシーグラム夫人の右腕を撃つんだ。一〇で、左腕。一五で右膝と、サンデッカー提督が協力する気になるまで、撃ちつづけろ」

「手際のよいやりかただ」とピットが口をはさんだ。「そして、残るわれわれ全員を、ご用済みになったら射殺し、われわれの死体におもりをつけ、絶対に見つからないように海へ沈める。そして君は、われわれが船を見捨ててヘリコプターで脱出したと主張する。ところでヘリコプターは、もちろん、都合のよいことにつぶれている。君は証人を二人も用意してある。ドラマーとマーカーさ。彼らは奇蹟的な生還後に、三度目に沈むところを親切なロシア人たちが海から引き上げてくれたと証言する」

「苦しみをこれ以上、引き延ばすことはない」とプレフロフは、わずらわしげに言った。「ブスキー」

ブスキーは自動小銃を上げ、ダナの腕に狙いをつけた。

「あなたは不思議な人だ、プレフロフ大佐」とピットは言った。「私がドラマーとマーカーの秘匿名をつきとめた方法や、彼らの正体が分かったのに、船内営倉に投げこまなかった理由に、あなたはほとんど関心を示さない。あなたの名前をつきとめた方法についてさえ、興味がないようですね」

「興味はあります、ありますとも。しかし、知ったところでどうということはありませんな。状況はいっさい、変わるわけじゃなし。なにものも、それに誰も、あなたとあなたの仲間を救えないのです、ピット。いまは、CIAも、アメリカ海軍の総力をもってしても。賽は投じられた。言葉の遊戯はこれでおしまいです」

プレフロフはブスキーに向かってうなずいた。「ワン」

「プレフロフ大佐が四つかぞえると、おまえは死ぬ、ブスキー」ピットが言った。

ブスキーは悠然と横目で見ただけで、返事をしなかった。

「ツー」

「われわれは、君の〈タイタニック〉強奪計画を知っていたんだ。サンデッカー提督と私は、四十八時間前から知っていたのさ」

「最後の脅しか」プレフロフは言った。

「スリー」

ピットは、気にとめるふうもなく肩をすくめた。「では、血を見るのは君の部下のほうだぞ、プレフロフ」

「フォー」

耳をつんざくような銃声が、大食堂全体にとどろいた。銃弾はブスキーの額の真ん中を撃ち抜いた。彼の頭蓋骨の四半分が、朱に染まってゆっくりと飛び散った。彼の頭はぐいと持ち上げられた。つぎの瞬間、彼は手足を広げて、プレフロフの足もとにたたきつけられていた。彼はすでにこと切れていた。

ダナは甲板に投げつけられ、驚きと痛さのあまり大声を上げた。彼女を投げつけたことを、ピットはあやまらなかった。彼は一九〇ポンドのからだを押しかぶせて、彼女を守ろうとした。彼女は息ができなかった。ジョルディーノはサンデッカーを目がけてからだをひるがえし、全力を振り絞ってタックルをかけて提督を倒した。残るサルベージ要員は、とっさにそれぞれの方法で自分を守ろうとした。彼らは嵐に舞う木の葉のように散らばり、そして伏せた。彼らにすぐつづいて、ドラマーとマーカーが、足かせでつながれでもしているように、一緒に倒れこんだ。

大食堂の遠くの隅で、まだ銃声がとどろいていた。護衛たちはやっと我に返り、大食堂の入口がある闇に向かって自動小銃を撃ちはじめた。そんな行動は、無意味だった。間髪《かんはつ》をいれず、護衛が一人殺された。彼は前のめりに倒れた。第二の護衛は、自動小銃を空中に放り出し、首筋から噴き出し流れ落ちる血を手で押さえた。第三の護衛は、不意に自分の服の中央に開いた小さな二つの穴を呆然と見つめながら、膝からゆっくりと崩れ落ちていった。

いまや立っているのは、プレフロフ一人だった。彼は彼ら全員を、そして、ピットをじっと見おろした。彼の表情は、敗北を認め死を覚悟した者のそれだった。彼はピットにうなずいて別れを告げると、落ち着いて自動ピストルを革のケースから取り出し、闇に向かって撃ち出した。彼は弾倉の弾を撃ちつくしてしまった。彼はじっと立ったまま、襲ってくるにちがいない痛みに備えて気持ちをひきしめ、銃が火を噴く瞬間を待った。しかし、なんの反撃もなかった。食堂は静まり返っていた。あらゆる動きが鈍ったように思えた。そのときはじめて、不意に彼は思い当たった。私を殺す気はないのだ。罠だったのだ。私は虎穴に入って行く幼な子のように、無邪気に罠のなかに踏みこんだのだ。

ある男の名前が、彼の心を引き裂き、彼の頭にこびりつき、何度も頭のなかに浮かんだ。マーガニン……マーガニン……マーガニン……

67

アザラシ（SEAL）は水棲《すいせい》の食肉性の哺乳動物で、水掻《みずか》きのついた前足をもっており、柔らかな毛皮におおわれている、とふつう定義されている。しかし、プレフロフと倒れた護衛たちのまわりに生霊さながらに忽然《こつぜん》と現われた彼らは、同じアザラシという名がついていても、まるで似ていなかった。海、空、陸の頭文字を組み合わせた、アメリカ海軍のSEALは、並はずれて優秀な戦闘グループの面々で、海中における破壊工作からジャングル戦にいたるあらゆる戦いの訓練を受けていた。

目の前には、真っ黒なゴム製のウェットスーツ、フード、それに軽い上靴に似たぴったりのブーツ姿の彼らが五人いた。彼らの顔は、真っ黒に塗ってあるので見分けがつかず、ウェットスーツと皮膚の境の見極めもつかなかった。四人は銃身が折りたたみ式のM-二四自動ライフルを持っていた。五人目の男は、凄味《すごみ》のある二連銃をわしづかみにしていた。彼らの一人が仲間から離れ、ピットとダナが立ち上がるのに手をかした。

「痛いわ」とダナはうめいた。「一カ月は、黒ずんだ痣がとれないわよ、きっと」彼女は、ピットがかけてくれた上着の前がはだけていることに気づくゆとりなどなかった。

呆然とした状態で、五秒ほど痛むからだをさすっていた。そのうちに、上着の前が開いていることにはっと気づき、こと切れて醜く横たわっている護衛たちを見やると、彼女は声を落とし、ささやくように言った。「ああ、いや……ああ、いやだ……」

「このご婦人は、無事のようだ」とピットはうっすらと笑いを浮かべながら言った。彼は手をかしてくれた隊員と握手を交わすと、彼をサンデッカーに紹介した。提督はジョルディーノの肩につかまって、おぼつかない様子で立っていた。

「サンデッカー提督。われわれを救ってくれたファーガス中尉です、アメリカ海軍SEALの」

サンデッカーはファーガスのスマートな敬礼に喜ばしげにうなずき、ジョルディーノにかけていた手を放し、直立不動の姿勢をとった。

「中尉、本船は、本船は誰の支配下にある?」

「私が間違っていなければ、提督、あなたが支配――」ファーガスの言葉は、船のずっと下のどこかでする一連の銃声のこだまによってさえぎられた。

「最後の執拗《しつよう》な抵抗」ファーガスは微笑んだ。そうであることは、明らかだった。彼の白い歯が、深夜のネオンサインのように輝いた。「本船は確保されました、提督。私が間違いなく請け合います」

「で、ポンプ要員は？」

「無事です、ふたたび仕事についております」

「君の部下は、何名か？」

「コンバット二小隊です、提督。私を含め、総員一〇名です」

「この種の出動には、通常、コンバット一小隊を当てます」とファーガスはたんたんとした口調で言った。「ですが、ケンパー提督が、安全をとって勢力を二倍にしたほうがよいと判断なされたのです」

サンデッカーは、眉をつり上げた。「たった一〇名、君はそう言ったのか？」

「私の現役当時より、海軍はいくらか進歩したようだ」とサンデッカーは、感慨深げに言った。

「死傷者は？」ピットが言った。

「五分前の時点で、負傷者は二名。ひどくはありません。一人、行方不明」

「君はどこから来たんだ？」こうきいたのは、マーカーだった。彼は警戒怠《おこた》りないSEALの一員を肩ごしに敵意もあらわに見つめた。「この海域には、船は一隻もいないし、飛行機も見当たらなかった。どうやって……？」

ファーガスは、どうしましょうというようにピットのほうを見た。ピットは、うなずき返した。「われわれの元の仲間に、事実を伝えることを許す、中尉。彼は死刑囚用独房で……君の答えを繰り返し考えることができるわけだ」

「われわれは、思い切った手段でこの船に乗りこんだ」とファーガスは教えてやった。

「海面から五〇フィートのところを、原子力潜水艦の魚雷管でやって来た。それで、部下の一人を失ったわけです。海がひどく荒れていたので。ピット氏が舷側におろしてくれた梯子をのぼっているとき、〈タイタニック〉の船腹に波でたたきつけられたのでしょう」

「あなたたちが乗船するところを、ほかに誰も目撃しなかったのは不思議だ」とスペンサーがつぶやいた。

「なにも不思議じゃないよ」とピットが答えた。「ファーガス中尉と彼のチームが、船尾の荷物用デッキの手すりを越えて乗船するのに私が手をかし、C甲板の司厨長《しちゅうちょう》の古い居室に彼らをかくまっているとき、君たちは自己犠牲をかえりみない私の感動的な演説を聞くために、体育室に集まっていたんだから」

　スペンサーは首を振った。「全員を、一時、だましたわけか」

「ここは君にまかせる。君がわれわれ全員をぺてんにかけたんだから」とガンが言った。

「それにしても、ソ連側はすんでのところで勝利を収めるところだった。彼らは嵐が収まってから行動を開始するものと、われわれは思っていた。ハリケーンの目に入って、静まっている間に乗船するとは、見事だった。成功寸前だった。ジョルディーノ、あるいは提督か私が中尉に知らせなければ――われわれ三人だけは、SEALの存在を知っていたんだ――ファーガスはこの船を乗っ取っている連中に攻撃をしかける時期を知ることはできなかった」

「正直なところ、一瞬、私は失敗に終わるのかと思ったよ」とサンデッカーは言った。

「ジョルディーノと私は、プレフロフの捕虜になっていたし、ピットは死んだものと思われていた」

「そうなっていたかもしれません」とピットは言った。「もしも、ヘリコプターがプロムナード・デッキにひっかからなければ、私はいまごろは海底深くで眠っていることでしょうね」

「実際の話、司厨長の部屋によろめきながら入って来たときのピットさんは、よみがえった死人のようでした。勇敢な人だ、この方は。なかば溺れ、頭がぱっくり口を開けているのに、この浮かぶ博物館のなかを、私のチームを案内するとゆずらず、ついにソ連からの訪問者の居所をつきとめたのですからね」

ダナはピットを奇妙な目差しで見つめていた。「あなたはさっそうと登場する前に、物陰のなかにどれくらい隠れていたの？」

ピットは、にやりと笑った。「君のストリップショーがはじまる一分前」

「ひどい人ね。あなたは影のなかに立ったまま、私に馬鹿な真似をさせたわけね」と彼女は怒りをぶちまけた。「彼らが私を肉屋のショーウィンドウに出ている牛肉のように利用しているのに、あなたは手をこまねいていたのね」

「私も君を利用したんだ、必要にせまられて。ウッドソンの死体と体育室のたたき潰された無線機を目撃したので、ジプシーに占ってもらうまでもなく、ウクライナ出身の連中がこの船に乗りこんだことは分かった。そこで、私はファーガスとその部下を集め、下にあるボイラー室へ行かせた。ロシア人がすでにポンプ要員を見張っているにちがいないと判断したからさ。私の読みは正しかった。肝心なことからやる。ポンプを押さえる者が、この遺棄船を制圧できる。私は自分がやつらをかたづける助けになるどころか足手まといだと気づいたので、ＳＥＡＬの隊員を一名さいてもらい、あなたたちの様子を見にもどって来た。そして、この船の半分くらいを歩き回った後に、やっと大食堂から洩れてくる人の声を聞きつけた。そこで私は、一緒にいた隊員に、援軍を求めに急いで下へ行くように命じた」

「では、時間をかせぐための便法だったのね」とダナが言った。

「そのとおり。ファーガスがやって来て形勢が互角になるまで、私はあらゆる方法を使って一秒でも多く時をかせがなくてはならなかった。それで私は、姿を現わすのを最後の最後まで延ばしたのさ」

「非常に危険な賭だ」とサンデッカーは言った。「君は第二幕を見事に演じた。そうじゃないかね？」

「私には二つの味方がついていました」とピットは説明した。「一つは、あわれみの気持ちです。私はあなたの人柄を知っています、提督。あなたはいかめしい外見をしていますが、横断歩道でお年寄りの婦人に手をかし、迷いこんだ動物に餌をやったりなさる。あなたは最後の瞬間まで屈伏しないでしょう。しかし、結局屈伏することは分かっていました」ピットはダナに両手をかけ、彼女の肩にかけられていた上着のポケットから、見るからに恐ろしげな武器をゆっくり取り出した。「二つ目の味方は、私の護衛策です。ファーガスが、パーティーのはじまる前にこれを私に貸してくれたのです。これはストナー兵器というものです。これからは、小さな針のようなものがたくさん飛び出し、プレフロフと彼の部下の半分を、一撃のもとに殺すことができます」

「ところが私は、あなたを紳士だと思っていたわ」ダナはいまいましさをよそおって言った。「あなたが私に上着をかけてくれたのは、身体検査を受けても、その銃が見つからないようにするためだったのね」

「君も認めてくれよ、その、君の……ほら……裸の状態が、注意をそらすにはもってこいだったのさ」

「一つおたずねします」とバスコム下士官が言った。「いったいなぜソ連側は、ボルトで止めたこの錆ついた古くさい船に関心を寄せているのです？」

「まったく同感です」とスペンサーがつけ加えた。「どんな重要なことがあるんです？」

「もう隠す必要はないと思う」ピットは肩をすくめた。「ソ連が求めているのは、この船ではない。狙いは一九一二年に〈タイタニック〉と一緒に沈んだビザニウムという珍しい元素だ。正しい方法で精製して精巧な国防機構に応用すると、私の聞いているところでは、大陸間弾道ミサイルは空飛ぶディノサウルスのような時代遅れの代物《しろもの》になるんだ」

バスコム下士官は、長く低く口笛を吹いた。「それで、その物質が下のデッキのどこかにあるというのですね？」

「数トンもの残骸の下に埋まっているが、いまでも下にある」

「君はけっしてそれをおがむことはできない、ピット。君たち誰一人……われわれも誰一人見られない。〈タイタニック〉は、明日の朝までに全面的に破壊されてしまう」プレフロフの顔に、怒りの色はなく、おだやかな満足の色が、かすかに浮かんでいた。

「君はいかなる緊急手段も通用しないと、本気で考えているのかね？　失敗した場合に備えて、代案の用意がないとでも思っているのかな？　われわれがビザニウムを入手できない場合は、君も入手できないのだ」

ピットはもの思いにふけっているような表情をしていた。「騎兵隊が、君の場合、コサックといったほうがいいかな、君を助けに駆けつけてくれるなんて思うのはやめたまえ。君はよくやった。しかも君は、非常に不利な条件に立ち向かったわけだ。君はすべての事態に備えた。すべての事態に。しかし、裏切りに備えていなかった。裏切り計画がどのようにしてはぐくまれたかは、私は知らない。あれは抜け目のない驚くべき奸計《かんけい》だ。君はその餌と糸とおもりにひっかかったのだ。気の毒に思う、プレフロフ大佐。しかし、戦利品は勝者のものだ」

「ビザニウムは、ソビエト国民のものだ」とプレフロフは、重々しく言った。「あれはわが国土から君の政府によって強奪されたものである。泥棒はわれわれではない、ピット、君のほうだ」

「それはどうかね。かりにあれが歴史的な美術品とか国家的な宝物というのであれば、わが国の国務省は間違いなく、つぎの船でムルマンスクへ送り返すことだろう。しかし、戦略兵器に欠かせない元素となると、そうはいかない。互いの立場を逆にして考えてみれば分かるだろう、プレフロフ。君だって渡しはしないだろう――われわれにしても同じさ」

「では、あれを破壊するしかない」

「君は間違っている。人命を奪わず、もっぱら人命を守る兵器を、絶対に破壊させるものか」

「君たちお得意の高潔気取りの哲学は、わが国の指導者たちが昔から知っていたことをあますところなく裏づけている。君たちはわれわれに勝てないのだ。いつかは、そう遠くない将来、君の国の民主主義の貴重な実験は、ギリシアの元老院の二の舞となるだろう。共産主義者の学生が学ぶある時代の一つのテーマ、それ以上のなにものでもなくなるのだ」

「そう力むなよ、同志。君たちはもっともっと洗練されないと、世界を支配することはできないね」

「歴史の本を読みたまえ」とプレフロフは、不吉な笑いを浮かべながら言った。「洗練された諸国から何世紀にもわたって野蛮な民族と呼ばれてきた者たちが、必ず最後には勝っている」

ＳＥＡＬに引き立てられて、大階段をのぼり、厳重な監視下におかれるある特別室へ向かうプレフロフ、マーカー、それにドラマーに向かって、ピットは思いやりをこめて微笑を返した。

しかしピットの笑いは、心からの微笑ではなかった。プレフロフの言うとおりだった。野蛮な民が、常に最後には勝利を収めてきた。

5 サウスビー

68

一九八八年六月

ハリケーン・アマンダは、ゆっくりとしかし確実に、収まりつつあった。一九八八年の大暴風として長く記憶されることになるであろうこのハリケーンは、三日と半日の間に、海上を三〇〇〇マイルにわたって荒れ狂い、破壊の爪跡を残したうえに、最後の猛威をふるった。分解し消えてしまう直前の超新星の最後の輝きのように、ハリケーンはにわかに東へ向かい、ニューファンドランドのアバロン半島に突入し、レース岬を北上しパウチ湾にいたる沿岸を襲った。

数分後には、ハリケーンの雲の大群から降りそそぐ雨のためにつぎつぎに町々が洪水に見舞われた。沿岸の小さな数村は、轟音とともに峡谷を流れ下ってきた濁流のために、海のなかへ押し流されてしまった。漁船は陸にたたきつけられ、船腹は原形をとどめていなかった。セントジョン市の中心街の建物の屋根は吹き飛ばされ、通りという通りを、洪水が奔流となって流れ下っていた。断水と停電が、数日にわたった。救助船が着くまで、食糧は値上がりし、配給制をとらねばならなかった。

記録をたどってもこんな猛威をふるったハリケーンの前例はなく、その恐ろしいまでの風はたちまちのうちに、はるか遠くにまで影響をおよぼした。厖大《ぼうだい》な被害額は、誰にも算定できなかった。推定によると、二億五〇〇〇万ドルにも達するとされていた。このうち、一億五五〇〇万ドルは、ほぼ壊滅状態のニューファンドランドの漁船の被害であった。九隻の船が、海上で沈没した。六隻は生存者がなかった。嵐が過ぎ去った後に打ち鳴らされた弔《とむら》いの鐘の音は、三〇〇ないし三二五に達した。

金曜日の朝早い時間に、ライアン・プレスコット博士は、NUMAハリケーン・センターの本部に、一人ですわっていた。ハリケーン・アマンダは、ついにその進路を駆け抜け、破壊し尽くし、その勢力を失い、いまやセント・ローレンス湾の上空で消滅しつつあった。戦いは終わった。同センターの気象官にできることは、もうなに一つなかった。七十二時間にわたって、不眠不休で進路を追いつづけた彼らはみな、睡眠をとるためにそれぞれ家路についた。

プレスコットは疲れきって充血した目で、海図、資料用図表、コンピューターがはじき出したプリントアウト、飲み残しのコーヒーカップなどがのっている机や、気象学者たちにとってはおなじみの記号や奇妙な符号がびっしり記入されている紙で埋めつくされている床を見つめた。彼は壁に貼られた巨大な海図を眺め、心の中でこのハリケーンを罵《ののし》った。ハリケーンがだしぬけに東へ曲がったのには、彼らは不意をつかれた。まったく理屈に合わぬ動きだった。そんなことは、ハリケーンの歴史に前例がなかった。記録に残されている嵐で、あんな急激な進路の変化を見せたものは、一つもなかった。

進路がそれることをうかがわせるささいなヒントも、狂ったような行動を予想させるわずかな手掛かりも、とらえることができなかった。さもなければ、彼らは情報を提供し、ニューファンドランドの住民は、ハリケーンによりよく備えることもできたろう。少なくとも犠牲者の半分、一五〇人は死なずにすんだかもしれない。気象予測用の最高の科学的な手段も、大自然の気まぐれな行動の前では、まるで役にたたなかった。こんなことにならなければ、一五〇人の男女や子どもは、いまも生きているかもしれなかった。

プレスコットは立ち上がり、壁の海図を最後にもう一度見やった。ハリケーン・アマンダは管理人たちの手で消され、その混乱を招いた進路は、この先あらたに発生する嵐に備えて、きれいにぬぐわれることになっていた。ある小さな記号に、彼は目を止めた。それは小さな×印で、〈タイタニック〉と記入されていた。

彼がワシントンのNUMA本部から得た最後の報告によれば、遺棄船は海軍の二隻の曳船によって曳航されており、曳船はハリケーンの進路から遺棄船をそらすために、必死の努力をしているとのことだった。その後二十四時間の間、遺棄船に関する情報はまったく入っていなかった。

プレスコットは、冷めたコーヒーカップをかかげて、乾杯した。「〈タイタニック〉に」と彼はがらんとした部屋のなかで声をあげた。「アマンダのあらゆる強襲にも耐え、依然として立ち向かっていることを祈って」

彼は香りの抜けたコーヒーを下に置くと、渋い顔をした。彼は向きを変えると、部屋を通り抜け、湿気をおびた早朝の戸外に出た。

69

太陽がさしはじめたとき、〈タイタニック〉はまだ浮いてはいた。しかし、このまま浮いていると信ずべき理由は、まったくなかった。〈タイタニック〉は、依然として船腹に波と風を受けて大きく揺れながら漂い、遠のきつつあるハリケーンの影響をとどめ、泡立ち騒いでいる波にもまれていた。

激しい攻撃を受け、ぼうっとなってロープにしがみついているボクサーのように、〈タイタニック〉は大波の間をぬい、ボート・デッキ全体に水しぶきを浴びながら、三〇フィートもある波の上に酔っているように押し上げられると、波から逃れ出ようともがき、つぎの攻撃に備えて、態勢をなんとか立てなおそうとしていた。

双眼鏡でじっと見つめていたパロトキン大佐には、〈タイタニック〉の命運はすでに尽きたように思えた。〈タイタニック〉の錆ついた古い船腹の鋼板は、その耐久力をはるかに超える力を受けているように彼には思えた。飛び出したリベットや口を開いた接合部が、彼の目に映った。船腹の多くの個所から浸水しているにちがいない、と彼は考えた。

ところで、パロトキン大佐の目にとまらぬ、吃水線下の暗い地獄の底では、疲れきったサルベージ要員、SEAL隊員、それに海軍の曳船の乗員たちが、遺棄船を浮上させておくために、肩を並べて必死の努力をしていた。

〈ミハイル・クルコフ〉の安全な操舵室にいたパロトキンにすれば、〈タイタニック〉が夜の間に海中に没しなかったのは、奇蹟のように思えた。しかし〈タイタニック〉は、船首がゆうに二〇フィート沈みこみ、右舷に三〇度近く傾いた状態になりながらも、依然として生き延びようとがんばっていた。

「プレフロフ大佐から、なにか連絡は？」彼は双眼鏡でのぞきこみながらきいた。

「まったくありません、船長」と副長が答えた。

「最悪の事態が生じたようだ」とパロトキンは言った。「プレフロフがあの船を支配している気配は、まったくない」

「あそこを！　船長」と副長は指さして言った。「後部マストの残骸のてっぺんです。ソ連のペナントのようですが」

パロトキン大佐は双眼鏡で、風にはためいているほつれた小さな布地をよく見た。

「残念ながら、あのペナントの星は、わが国の国旗の赤ではない。白だ」彼は溜息をもらした。

「乗船工作は失敗に終わったと判断せざるをえない」

「同志プレフロフは、状況を報告するひまがないのでしょう」

「時間が残っていない。アメリカの捜索機は、一時間以内にこの上空に到着するだろう」パロトキンはいらだち、ブリッジのカウンターをこぶしでたたきつけた。「プレフロフのやつめ!」と彼は怒りをこめてつぶやいた。「最後の手段をとらずにすむよう、強く祈ろうじゃありませんか。彼はたしかそう言っていた。彼は運のいい男だ。彼が死んでしまったとすれば、〈タイタニック〉を破壊し、船上に残っている全員を葬る責任は、私が負わねばならない」

副長は青ざめ、からだをこわばらせた。

「ほかに方法はないのですか、船長?」

パロトキンは首を振った。「命令は、はっきりしている。われわれはあの船をアメリカ側に渡すくらいなら、消してしまわなければならないのだ」

パロトキンはリンネルのハンカチをポケットから取り出し、目をぬぐった。「核ミサイル弾を用意させ、〈タイタニック〉の北一〇マイルに移動し、発射態勢をとれ」

副長は、パロトキンを長い間じっと見つめた。その顔は、まるで無表情だった。やがて彼はゆっくりと向きを変えると、無線電話に近づき、舵手に一五度北に船首を向けるよう命じた。

三十分後に、すべての準備が完了した。〈ミハイル・クルコフ〉は、ミサイル発射に備えて大きなうねりのなかで船首を所定の位置にとり、パロトキンはレーダー係のうしろに立っていた。「明確な映像は?」と彼はきいた。

「ジェット機、八機、西一二〇マイル、急速に接近中」

「海上に船は?」

「小さな船二隻、二四五度、南東二一マイルの海上」

「もどってくる曳船だろう」と副長が言った。

パロトキンはうなずいた。「気がかりなのは、飛行機だ。十分後には、頭上にやって来るだろう。核弾頭は取りつけたか?」

「はい、船長」

「では、カウントダウンをはじめろ」

副長は、電話で船長の命令を伝えた。そして二人は、外に出ると、右舷のブリッジ・ウィングから、前方の貨物室のハッチが滑らかに開き、長さ二六フィートの地対地ミサイル〈ストスキー〉が、強風の吹き荒れている夜明けの空に向かって、収納容器のなかからゆっくりと頭をもたげるのを見つめた。

「発射一分前」ミサイル技師の声が、ブリッジのスピーカーを通して流れた。

パロトキンは遠くに浮かんでいる〈タイタニック〉を双眼鏡で見た。水平線上に広がっている灰色の雲を背に浮かび上がる〈タイタニック〉の輪郭を、彼はとらえることができた。

かすかな震えが彼のからだを走り抜けた。彼の目には、ほのかな悲しみが宿っていた。救出されたばかりの無力な遠洋定期客船を海底の墓場へ送り返した船長として、自分が未来永劫《えいごう》に船乗りの間で呪われることを、彼はわきまえていた。彼はミサイルの推進エンジンの轟音、そして、〈タイタニック〉を木端微塵《こっぱみじん》にする大爆発の瞬間を、緊張のうちに待った。そのとき、操舵室のほうから駆けてくる足音が彼の耳に入った。無線技士がブリッジ・ウィングに飛びこんで来た。

「船長！」と彼は叫んだ。「アメリカの潜水艦からの緊急発信です！」

「発射三十秒前」船内通話器から単調な声が流れ出た。

伝文をパロトキンの両手に押しこむ無線技士の目には、まぎれもなくパニックの色が浮かんでいた。伝文には、つぎのように記されていた。

合衆国軍艦ドラゴンフィッシュよりソ連船ミハイル・クルコフへ。遺棄船、イギリスの蒸気船〈タイタニック〉は、アメリカ合衆国海軍の保護のもとにあり、貴下の明白な攻撃行為はただちに、繰り返す、ただちに、報復攻撃を受けるであろう。

合衆国潜水艦ドラゴンフィッシュ艦長

「発射十秒前、カウント継続中」ミサイル技師の声が、スピーカーから伝わってきた。

「七……六……」

パロトキンは、顔を上げた。その顔は、書留で一〇〇万ルーブル受け取ったばかりの男のように、明るく、晴れやかだった。

「……五……四……三……」

「カウントダウンをやめよ」と彼は、誤解や取り違えのないように、はっきりした口調で命じた。

「カウントダウンをやめよ」副長が伝声器に同じことを伝えた。その顔には、玉の汗が浮かんでいた。

「ミサイルを納めよ」

「よし」とパロトキンは、手短かに言った。微笑が彼の顔に広がった。「私が受けた命令どおりの処置ではないが、ソビエト海軍当局も、私と同じ立場をとるものと思う。なんといっても、〈ミハイル・クルコフ〉は、この種のものとしては世界最高のものだ。間違いなく死んでしまった男が出した無意味で馬鹿げた命令のために、この船を失う気などわれわれにはない、そうだろう？」

「私は船長に全面的に賛成です」副長は、微笑んで相槌をうった。「上層部は、われわれの探知装置がすぐれているにもかかわらず、現実にすぐそばにいた外国の潜水艦を発見できなかったことにも関心を寄せるものと思われます。アメリカの海中潜入法は、かけ値なしにたいそう進歩しているにちがいありません」

「アメリカ側は、わが国の海洋学研究船がミサイルを隠し持っていることを知り、同様に関心をもつにちがいない」

「命令は？　船長」

パロトキンはストスキー・ミサイルが頭を下げ、収納容器に納まるのを見守っていた。

「進路を母国へとれ」彼は向きを変え、〈タイタニック〉の方向をじっと見つめた。プレフロフとその部下は、どうしたのだろう？　彼らは生きているのだろうか、それとも死んでしまったのだろうか？　自分が真相を知る日がくるだろうか？

頭上の雲は、灰色から白色に変わりはじめた。風は収まり、さわやかなそよ風になっていた。明るくなった空に、カモメが一羽現われ、ソビエト船の上で輪を描きはじめた。そのうちに、南へ急いで渡る必要でもあるかのように、いったん降下すると〈タイタニック〉の方向に飛び去った。

70

「われわれは、疲れきってしまった」スペンサーが低い声で言った。ピットははっきり聞きとれなかった。

「もう一度、言ってくれ」

「われわれは疲れきってしまった」とスペンサーは弱々しく繰り返した。彼の顔は油とねばねばした鉄錆のようなもので汚れていた。「絶望的な状態です。われわれは、ドラマーが切断用ランプで開けた穴の大半はふさぎました。しかし船腹が波に激しくもまれて、この老朽船は水につけたざるよりひどい状態にある」

「曳船がもどって来るまで、この船を浮上させておかなくてはならない」とピットは言った。「われわれのポンプに曳船のポンプが加われば、浸水より排水のほうがまさり、やがて損傷個所はふさげるだろう」

「この船が何時間も前に沈んでしまわなかったのは、まったくの奇蹟です」

「あとどれくらいもつ？」ピットは答えをせまった。

スペンサーは自分の踝《くるぶし》のあたりをひたしている海水を、もの憂げに見つめた。「ポンプ用エンジンの燃料が、底をつきはじめています。燃料タンクがからになったら、ポンプは止まります。冷酷にして、厳然たる、悲しい事実」彼は顔を上げ、ピットの目をのぞきこんだ。「一時間か一時間半はもつでしょう。ポンプが止まった場合、それ以上の時間は約束できません」

「それでは、ディーゼルエンジンを動かす十分な燃料があったら?」

「助けをかりなくても、この船をたぶん、正午まで浮上させておくことができるでしょう」

「そのために、燃料はどれくらいいる?」

「二〇〇ガロンあれば、十分でしょう」

二人は顔を上げた。ジョルディーノが甲板昇降口からおりて来て、第四ボイラー室の甲板をおおっている水をはね散らしており立った。

「いやになってしまうよ」と彼はうめいた。「上空には飛行機八機がいて、この船の上を旋回している。海軍の戦闘機六機とレーダー偵察機二機。まっぱだかになって頭で立つ以外のことは一つ残らずやってみたが、彼らは通過するたびに手を振るだけさ」

ピットは悲しみをよそおって首を振った。

「君のチームには、仕草で意思を伝えないよう肝に銘じておくとしよう」

「なにか考えはありませんか」とジョルディーノは言った。「時速四〇〇マイルの速度で飛行している連中に、われわれが助けを必要としていることを、しかも、多くの助けを必要としていることを知らせる方法を、教えてくれませんか」

ピットは顎をかいた。「実際的な解決策が必要だ」

「そうですとも」とジョルディーノは、皮肉っぽく言った。「自動車協会に修理に来てくれと電話すればいいんだ」

ピットとスペンサーは、目を大きく見開いて、互いに見つめ合った。不意に、まったく同じ考えを、同時に思いついたのだ。

「すばらしい」とスペンサーは言った。「本当にすばらしい」

「修理工場へ出向けないのなら、修理工場にこっちへ来てもらえばいいのだ」とピットは笑いを浮かべて言った。

ジョルディーノは、あっけにとられた表情を浮かべた。「疲れのせいで、君たちの頭はおかしくなってしまった」と彼は言った。「君たちはどこで公衆電話を探すのかね？　無線の代わりに、なにを使う気なんだい？　ソ連のやつらがわれわれの無線をたきつぶしてしまったし、ヘリコプターのものは、すっかり水びたしになっている。プレフロフの送信機は例の騒ぎの間に弾を二発受けた」彼は首を振った。「それに君たちは、空を飛んでいるパイロットのこともあきらめた方がいい。はけとペンキの入ったバケツがなくては、熱意あふるる彼らに、意思を伝えることはできない」

「そこが君の困ったところだ」とスペンサーは見下すように言った。「君は下を見るべきときに、決まって上を見回している」

ピットはからだを伸ばし、道具の山のなかに混ざっている大鎚を取り上げた。「これでうまくいくはずだ」と彼はさりげなく言い、〈タイタニック〉の船腹の鋼板を鎚でたたいた。耳ざわりな音が、ボイラー室いっぱいにこだました。

スペンサーはボイラーのせり上がっている鉄格子の一つに、しんどそうに腰をおろした。「彼らはこの信号を本気にしないでしょうね」

「そりゃ、分かるものか」とピットは鎚を振りながら言った。「ジャングル用電信。コンゴではいつも役にたった」

「ジョルディーノの言ったことが正しいようだ。疲れでわれわれの頭はおかしくなってしまったのだ」

ピットはスペンサーを無視して、鎚を振りつづけた。二、三分後に、彼は鎚を握りなおすため一瞬手を休めた。「仲間の一人が大地に耳を当てていてくれることに、希望をたくし、祈ろうぜ」と彼はあえぎながら言った。そしてまた、鎚を振った。

潜水艦〈ドラゴンフィッシュ〉の勤務についているソナー係は二人だった。その一人は、受動聴取機に波長を合わせ、機械の上にかがみこんでいた。彼は首をかしげ、イヤホーンから伝わってくる奇妙な連続音を熱心に分析しようとしていた。やがて彼は軽く首を振ると、イヤホーンを自分の肩口に立っている士官に渡した。

「はじめ、私はシュモクザメかと思いました」とソナー係は言った。「彼らはものをたたくような妙な音をたてるのです。しかしこの音には、明らかに金属的な響きがあります」

士官は、ヘッドセットを一方の耳に押し当てた。やがて彼は、けげんな表情を見せた。

「SOSに似た響きをもっている」

「私にもそう思えました。誰かが船腹をたたいて遭難信号を出しているのです」

「どの方角から送られているんだ？」

ソナー係は潜水艦の船首にあるセンサーを作動させ、小さなつまみを回し、自分の前にあるパネルを見つめた。「方位は三〇七度、西北二〇〇〇ヤード。〈タイタニック〉にちがいありません。〈ミハイル・クルコフ〉が去ったので、この海域に残っているのはあの船だけです」

士官はイヤホーンをソナー係にもどすと、向きを変えて隔室を出て、幅の広い螺旋《らせん》階段をのぼり、〈ドラゴンフィッシュ〉の中枢、展望塔に入って行った。彼は、丸顔に白さが目立ちはじめた口ひげをたくわえた中背の男に近づいた。襟章には、艦長であることを示す樫《かし》の葉がついていた。

「間違いなく〈タイタニック〉です、艦長。あの船は、SOSをハンマーで打電しています」

「間違いあるまいな?」

「ありません、艦長。発信音ははっきりしています」士官は一瞬間をおいてからきいた。「救助に向かいますか?」

艦長はややしばらく考えている様子だった。「われわれの受けている命令は、SEALを送りこみ、〈ミハイル・クルコフ〉を追い払うことだ。それにわれわれは、ソ連側が潜水艦を用いて最後の手段に訴える決定を下すさいに備え、海中にひそんでいなければならない。われわれが浮上し、持ち場を離れることは、あの船を守るうえで不利になる」

「最後に目撃したとき、あの船は相当ひどい状態のように思えました。沈みかけているおそれがあります」

「もしもそうだとすると、乗りこんでいる連中はあらゆる無線を通じて助けを声高に求めるはずだ――」艦長は口ごもり、目を細めた。彼は無線室へ行き、なかをのぞきこんだ。

「〈タイタニック〉からきた最後の通信はいつだ?」

無線士の一人は、航海日誌のあるページに目を走らせた。「昨日の十八時ちょっと前です、艦長。彼らはハリケーンの速度と方向に関する、最新の情報を要求してきました」

艦長はうなずくと、士官のほうを振り返った。「彼らはもう十二時間以上も発信していない。無線の故障かもしれない」

「おおいに考えられます」

「調べてみたほうがよさそうだ」と艦長は言った。「潜望鏡を上げろ」

潜望鏡がうなりを発しながら、ゆっくりと所定の位置まで上がった。艦長は取手をつかみ、接眼レンズを通してじっと見つめた。

「実に静かなものだ」と彼は言った。「右舷に大きく傾いている。船首の部分が沈みこんでいる。しかし、まだ危険だと判断するほど状況は悪くない。遭難旗は、はためいていない。甲板には人影はない――ちょっと待て、前言は撤回。ブリッジ・ハウスの屋根の上に、男が一人立っている」艦長は拡大率を大きくした。「なんたることだ！」と彼はつぶやいた。「女だ」

士官は信じかねて、艦長を見つめた。「女と言ったのですか、艦長？」

「自分で見てみろ」

士官は自分の目で確かめた。たしかに〈タイタニック〉のブリッジ・ハウスの上に、若い金髪の女性がいた。彼女はブラジャーを振っているようだった。

十分後に、〈ドラゴンフィッシュ〉は浮上し、〈タイタニック〉の陰に寄りそっていた。三十分後に、潜水艦の補助用ディーゼルエンジンの予備燃料が、いまだに打ちつけている大きなうねりの上に弧を描いて差し渡された一本のパイプを介して、〈タイタニック〉の船腹に急遽《きゆうきよ》開けられた穴のなかにきちんと送りこまれつつあった。

71

「〈ドラゴンフィッシュ〉からの連絡です」と最新の長い伝文を読みながら、ケンパー提督は言った。「あの艦の艦長は、ピットとサルベージ要員を助けるため、〈タイタニック〉に作業班を送りこんだ。遺棄船は、浸水個所がたくさんあるが、曳航中に沈没するようなことはありえない――もちろん、またハリケーンにあったら話は別である、と彼は言っている」

「主よ、加護を感謝します」とマーシャル・コリンズはあくびをしいしい、つぶやいた。

「彼はこうも報告している」ケンパーは語りつづけた。「シーグラム夫人は、〈タイタニック〉の船上にいる。変わった舞台衣装を着ているそうだ。どんな意味か分からんが」

メル・ドナーが浴室から出て来た。彼の腕には、まだタオルがかかっていた。「さっきのところを、もう一度言ってもらえませんか、提督?」

「〈ドラゴンフィッシュ〉の艦長は、シーグラム夫人が無事で元気だと言っている」

ドナーは急いで近づくと、シーグラムのからだを揺すった。シーグラムは、簡易ベッドの上でまどろんでいた。

「ジーン！ 起きるんだ！ ダナが見つかった！ 彼女は無事だ！」

シーグラムは、まばたきをしながら目を開けた。そしてしばらくドナーを見上げていた。やがてゆっくりと、驚きの色が彼の顔に広がった。「ダナ……ダナが生きている？」

「そうだよ、彼女は嵐の間、〈タイタニック〉にいたにちがいない」

「でも、どうやってあの船に行ったのだろう？」

「そんな詳しいことは、まだなにも分からない。はっきりするのは、これからさ。しかし肝心なのは、ダナが無事で、〈タイタニック〉がまだ浮いているということだ」

シーグラムは頭を両手に埋め、からだを丸め細めるようにしてすわっていた。彼はさめざめと泣きだした。

ひどく疲れた様子でケース中佐が入って来て、別の伝文を渡してくれたので、ケンパー提督は話題を変えるきっかけができ、ほっとした。「今度は、サンデッカー提督からだ」とケンパーは言った。「彼の報告に、あなたは関心を寄せることと思います、ミスター・ニコルソン」

ウォーレン・ニコルソンとマーシャル・コリンズは、シーグラムのところからゆっくり離れ、ケンパーの机を取り囲んだ。

「サンデッカーはこう言っている。『訪ねて来た縁者はもてなし、客用の寝室に案内した。昨夜のパーティーの席で私の目になにか入ったが、〝金の糸と銀の糸〟のようなすばらしい古いお気に入りの歌を大声でうたって楽しんだ。いとこのウォーレンによろしく。彼には贈り物があると伝えてくれ。快適に過ごしている。みんなも一緒だったらと思っている。サンデッカー』」

「提督の表現法は変わっているねえ」と大統領は言った。「いったい、彼はなにを伝えようとしているんだろう？」

ケンパーは大統領をおずおずと見つめた。「ロシア人たちは、まぎれもなく、ハリケーンの目に入っている間に乗船したのです」

「まぎれもなく」と大統領は冷やかに言った。

「金の糸と銀の糸」とニコルソンは興奮して言った。「シルバーとゴールド。彼らは例のスパイ二人をつかまえた」

「そして、君への贈り物だが、いとこのウォーレン」とコリンズは歯を見せて笑いながら言った。「アンドレー・プレフロフ大佐にちがいない」

「私はできるだけ早く、あの船に乗船しなくてはなりません」とニコルソンはケンパーに言った。「私の移動手続きを、どれくらいでやってもらえます、提督？」

ケンパーはすでに、電話に手をかけていた。「三十分以内に、君を海軍のジェット機に乗せることができる。そのジェットは、君を〈ビーチャーズ・アイランド〉におろして、そこからはヘリコプターが〈タイタニック〉へ運ぶ」

大統領は大きな窓際に歩み寄った。東の地平線上には朝日がのぼり、ポトマック川のゆったりとした流れに光を投げかけていた。彼は気持ちよさそうに、ながながとあくびをした。

72

ダナは〈タイタニック〉のブリッジの前方の手すりに寄りかかり、目を閉じた。海の上を渡ってくるそよ風が、甘い香りを放つ彼女の髪をもてあそび、上を向いた彼女の顔の肌をまさぐった。彼女は、心のやすらぎと自由、それに完全なくつろぎをおぼえた。まるで空を飛んでいるような気持ちだった。

ダナ・シーグラムは、飾りたてた操り人形にすぎなかった二日前までの自分にふたたびもどり、同じ役割を演ずることがないことを心得ていた。私はジーンと離婚するわ。二人の間で大切なことは、少なくとも、彼女にとっては、もうなにもなかった。ジーンが愛した女性は死に、二度とよみがえることはないのだ。ダナはそう思うと、胸がときめいた。それは彼女の再生だった。また第一歩からはじめるのだ。なにものにも縛られずに、新たにスタートするのだ。

「なにを考えているの《エイ・ダラー・フォー・ユア・ソーツ》」

彼女は目を開けた。ダーク・ピットが剃りたての顔に笑いを浮かべて立っていた。

「エイ・ダラー？　ダラーじゃなくてペニーを使うのだと思っていたわ」

「どんなものも、インフレの影響から逃れられないのさ。遅いか早いかの違いだけで」

二人はしばらくなにも言わずに、〈タイタニック〉の船首につながっている太い鋼索を曳いてもがいている〈ウォーレス〉と〈モース〉を見つめていた。バスコム下士官と彼の部下が、曳航用の鋼索を調べ、摩擦を和らげるため木製の通索孔にグリースを塗っていた。バスコムは二人を見上げ、手を振った。

「この航海がいつまでも終わらないでほしいわ」二人で手を振って応えているとき、ダナがつぶやいた。「ひどく変わっているけど、とても素敵だわ」彼女は突然、向きを変えると、ピットの手に自分の手を重ねた。「二度とニューヨークへ行かないと私に約束してちょうだい。約束して、私たちは永遠に航海をつづけると。さまよえるオランダ人のように」

「私たちは永遠に航海する」

ダナは彼の首に両手をかけると、からだを押しつけた。「ダーク、ダーク！」彼女は咳《せ》きこむようにささやいた。「もう、どうなってもいいわ。あなたがほしい。いますぐあなたがほしいの。どうしてなのか、まるで分からないけど」

「こんなところにいるからさ」とピットは静かに言った。

彼はダナの腕を取り、大階段をおり、B甲板の二間つづきの特別寝室の一つに彼女をいざなった。「さあ着きましたよ、奥様。この船で最高のつづき部屋でございます。片道の費用が、四〇〇〇ドル以上いたします。この値段は、お断わりするまでもなく、一九一二年当時のものです。ですが、あなた様の瞳の輝きに敬意を表して、思い切った値引きをさせていただきます」ピットは彼女をさっと抱き上げると、ベッドへ運んだ。ベッドのねばねばした沈澱物《ちんでんぶつ》や腐敗物は、きれいに取り払われ、毛布が数枚かぶせてあった。

ダナはベッドを心得顔で見つめた。「あなたが用意したの？」

「ゴムの木を動かした蟻《あり》のように、私は激しく望んでいたのさ」

「あなたは自分がどんな人間か、わきまえていて？」

「下劣な男、好色漢、色男——ふさわしい呼び方なぞ、たくさん思いつくさ」

ダナはひそやかな、女性独特の笑いを浮かべて彼を見つめた。「いいえ、あなたはそのどれにも当てはまらないわ。色男にしたって、こんなに手回しはよくないわ」

ピットは彼女の唇を引き寄せ、強くキスした。彼女はうめき声をあげた。

ベッドでのダナのいとなみに、ピットは驚いた。彼は相手のからだはただ単に反応を示すだけだろうと思っていた。ところが彼は、のたうち、波うつからだに飲みこまれた。つんざくような金切り声を、片手で押しとどめなければならなかった。ダナは彼の背中に爪をたてた。ひっかき傷から、血がにじんだ。そして最後に、彼女はピットの首にすがって、低くすすり泣いた。人妻というものは、夫以外の男性とはじめて交渉をもつとき、みなこんなに大胆に振る舞い、われを忘れるものだろうかと、彼は思わずにおれなかった。愛の嵐は、一時間近くつづいた。汗ばんだ肌からたちのぼる湿り気をおびた香気が、古く、朽ちた、幽霊の出そうな寝室を充たしていった。

ついに、ダナは彼を押しのけ、からだを起こした。彼女は膝を立て、背中を丸め、脚を組んだ。

「どうだった、私？」

「痙攣《けいれん》を起こした虎《とら》というところだね」とピットは言った。

「こんな感じって、はじめてよ」

「交渉をもつ女性みんなに、いつも君と同じことを言ってもらえるといいんだが」

「苦悩と喜びに同時に翻弄《ほんろう》されるって、どんなものか、あなたには分からないでしょうね」

「そうね、分からないな。女性は内部から燃えたつ。男性の欲情は、あらかた外面的なものだ。君がどう思おうと、セックスは女のものさ」

「大統領について知っていて？」ダナは低く感傷的な口調で、不意にきいた。

ピットは面白そうに彼女を見た。「大統領？　こんなときにどうして彼のことなど考えたの？」

「彼は本物の男だっていうじゃないの」

「なんとも言えないな。彼と寝たことはないので」

ダナはピットの言葉を無視した。「もしもアメリカに女の大統領が現われて、彼女があなたと交渉をもちたいと望んだら、あなたどうする?」

「国民の決めることだから」とピットは言った。「ところで、どうしてそんなことを言うんだい?」

「きいたことに、ちゃんと答えて。彼女と一緒に寝る?」

「条件によって」

「どんな条件?」

「大統領であろうとなかろうと、彼女が七十歳で、ふとっていて、肌が干しすもものようでは、私の持ち物はとてもその気になれない。だから男は、売春には向かないのさ」

ダナはゆっくりと微笑み、目を閉じた。「もう一度、愛して」

「どうして? 君がわが国の最高司令官の下敷になっているような錯覚を楽しめるようにするため?」

彼女は目を細めた。「だったら、こだわる?」

「二人とも同じことをやれる。私は君を、アシュレー・フレミングだと思うことにするさ」

73

特別室C九五の床にうずくまっていたプレフロフは、通路で見張っているSEALの一員が、新たに油をさした鍵を開け、ドアを開くと、顔を上げた。SEAL隊員が、M-二四を構え、プレフロフの反応を目で確かめ、わきに寄ると、別の男が部屋に入って来た。

その男はアタッシェ・ケースを持ち、プレスの必要のある背広を着ていた。プレフロフが自分に気づき、驚いた様子でじっと自分を見つめているのを認めて、男の口もとにかすかに笑いが浮かんだ。

「プレフロフ大佐。私はウォーレン・ニコルソンです」

「知っています」プレフロフは立ち上がり、きちっと頭を下げた。「CIAの長官が、じきじきに、お見えになるとは思ってもおりませんでした。少なくとも、このような奇妙な状況のもとでは」

「あなたを私自身が合衆国へお連れするために出向いたのです」

「光栄です」

「光栄なのは、われわれのほうです。プレフロフ大佐。あなたは実に大物だと見なされています」

「では、国際的な話題になる裁判が開かれ、公海上で海賊行為におよんだというかどで、わが国政府に対し重大な告発がなされるわけですね」

ニコルソンは、また笑った。「いいえ、お国の政府と私どもの政府のごく少数の高官を除き、あなたの変節は誰にも知られることはないと思います」

プレフロフは、目を細めた。「変節？」こんなことになるとは、彼はまったく考えていなかった。

ニコルソンは、黙ってうなずいた。

「私を変節漢にさせるよい手だてなどありませんよ」とプレフロフは笑った。「私はあらゆる機会を通じて、信念を曲げることを拒みます」

「立派な態度です」ニコルソンは肩をすくめた。「しかし、裁判も尋問も行われないので、あなたに残されている道は、政治犯仮収容所だけです」

「あなたは、『尋問も行われない』と言った。あなたは、嘘をおっしゃっている、ニコルソンさん。優秀な情報機関なら、私のような立場の人間が握っている情報を引き出す機会を、放置するわけがない」

「どんな情報？」ニコルソンが言った。「あなたが知っていることはすべて、私どもはすでに握っています」

プレフロフは当惑した。全体の局面を見通すのだ、と彼は考えた。彼は局面を見通さねばならなかった。モスクワの自分の執務室に鍵をかけて保管しているソ連の大量の機密情報をアメリカが知るには、ただ一つの方法しかなかった。謎の核心はおぼろげだったが、その周辺ははっきりした。彼は自分を見つめているニコルソンの目をまともに見返し、静かに言った。「マーガニン大尉が、あなたの手先……」それは質問というより、事実の表明だった。

「そうです」ニコルソンはうなずいた。「彼の名は、ハリー・コスコスキーといいます。生まれはニュージャージーのニューアーク」

「そんなことはありえない」とプレフロフは言った。「私自身の手で、パーベル・マーガニンの過去のすべてを調べたのですから。彼はハバロフスク地区南部のコムソモリスク・ナ・アムーレで生まれ育った。家族は、仕立屋です」

「そのとおりです。本物のマーガニンは、生まれついてのロシア人です」

「では、あなたの手先は、替玉、偽者?」

「私どもは、お国のカシン級ミサイル搭載駆逐艦の一隻が、四年前にインド洋で爆発し、沈没したときに、替玉工作を行なったのです。マーガニンは、数少ない生存者の一人でした。漂流しているところを、エクソンの石油タンカーに発見されましたが、同船がホノルルに入港する少し前に死にました。めったにない機会なので、私どもは迅速に手配しなければなりませんでした。ロシア語をしゃべれる情報員全員のうちで、コスコスキーがマーガニンの身体の特徴に一番よく似ていました。私どもは爆発のために人相が変わったように見せるため手術を行い、彼の顔を変え、あなたの国の船が沈んだ地点から二〇〇マイルほど離れた小さな孤島に、彼を飛行機で運びました。われわれの手先であるソビエトの水兵がついに、地元の漁夫に発見されソ連へ送還されたとき、彼は精神的に錯乱し、ひどい健忘症にかかっていた」

「その先のことは知っています」とプレフロフは重々しく言った。「われわれは彼の顔を整形外科手術で本来のマーガニンの顔になおし、そのうえ、彼の来歴を再教育までした」

「あらましは、そんなところです」

「大成功ですね、ニコルソンさん」

「ソビエト政府の情報関係者のなかでももっとも尊敬されている一人にそうおっしゃってもらえるのでしたら、まれな成果だったのでしょう」

「では、私が〈タイタニック〉に乗りこむ段取りは、CIAが考え、マーガニンが実行に移したのですね」

「コスコスキー、別名、マーガニンは、あなたがこの計画をのむと確信していましたし、事実、あなたは実行した」

プレフロフは、床を見つめた。マーガニンが自分の部屋に、さまざまな口実をもうけて、しだいに入って来るようになったことを、そもそもの最初から疑ってかかっていれば、当然、見抜けたはずだ。せめて、気づくくらいのことはできたはずだ。自分は絶対に罠にかかってはならなかったのだ、絶対に。しかし彼は、自分の虚栄心に足をすくわれ、罠にはまってしまったのだった。

「それで、どういうことになるのです？」プレフロフは、わびしくたずねた。

「いまごろは、マーガニンがあなたに関するゆるぎない証拠を提出していることでしょう――表現が妥当ではありませんが、あなたの反逆行為の裏づけを、それに、でっちあげの証拠の助けを得て、あなたが〈タイタニック〉の工作をはじめから失敗に終わるように仕組んでいたことも、証明し終わっているはずです。お分かりでしょう、大佐。あなたを変節させるための筋書は、二年近く前から慎重に書き進められていたのです。高価で洗練されたものを好むあなたの性格のおかげで、ずいぶんと事情が有利に展開しました。あなたの上官たちは、あなたの行動からただ一つの結論を引き出すでしょう。非常に高い値段で、自分を売ったと」

「ですが、私がそれを否定したら？」

「誰があなたの言うことを信ずるでしょう？　あえて申し上げますが、あなたの名前は、すでにソビエトの粛清すべき人物の一覧表に載っています」

「では、私はどうなるのです？」

「あなたには、二つの道があります。一つ。しかるべき時期が過ぎたら、われわれはあなたを自由の身にすることができます」

「そうなれば、私は一週間と生きていられないでしょう。私はＫＧＢの暗殺網の恐ろしさを知っている」

「あなたの第二の選択は、私どもに協力することです」ニコルソンは、口ごもり、間をおいた。そして、やおらプレフロフをまっすぐ見つめた。「大佐、あなたは優秀な方だ。その道で最高の人物です。私どもは、優秀な頭脳を無駄にしたくはありません。あなたが西欧の情報活動にとって価値があることは、あらためて申し上げなくてもお分かりでしょう。それで、私はあなたに新しい特別任務の責任者になってもらおうと思っております。その仕事を、あなたはきっと、自分の得意な分野だと思うはずです」

「そのことを、私は感謝すべきなんでしょうね」とプレフロフは、そっけなく言った。

「あなたの顔立ちは、変えることになります、もちろん。あなたは、英語とアメリカ人に特有な言い回しを集中的にたたきこまれます。わが国の歴史、スポーツ、音楽、それにもてなし方もおぼえてもらいます。その結果、ＫＧＢがよく知っているあなたとは、似ても似つかぬ人になるはずです」

プレフロフの目に、関心の色が浮かびはじめた。

「あなたの給料は、年に四万ドル、それに必要経費と車」

「四万ドル？」とプレフロフは、さりげない様子をよそおって確かめた。

「それだけあれば、ボンベイ・サファイアをたっぷり買えますよ」ニコルソンは、からだを硬くしている兎《うさぎ》と一緒に夕食をとっている狼《おおかみ》のような笑いを浮かべた。「プレフロフ大佐、その気になりさえすれば、あなたはわが国の西欧流のデカダンスの楽しみを、満喫するようにだってなれるのじゃないかな。そうは思いませんか？」

プレフロフは、しばらく、なにも言わなかった。しかし、採るべき道は、明らかだった。絶えざる不安か、長く楽しい生涯か。「あなたの勝ちです、ニコルソン」

ニコルソンは握手を交わした。プレフロフの目に涙がいっぱいたまっているのを見て、彼はちょっと意外な感じを受けた。

74

長かった曳航も、最終段階は快晴に恵まれた。海上を渡る風は、外洋の長いうねりをやさしく岸辺へいざない、緑の波の背に軽くふれていた。

夜明けからずっと、沿岸警備艇四隻は、〈タイタニック〉の海水に傷めつけられた甲板や上部構造をよく見られる場所を求めて右往左往しているおびただしい数の遊覧船の整理に忙殺されていた。

船がひしめきあっている海の上空には、軽飛行機とヘリコプターがスズメバチのように群がり、操縦士たちは、カメラマンに、〈タイタニック〉を撮る完璧なアングルを与えるために、絶えず位置を移動していた。

五〇〇〇フィートの上空からだと、依然として傾いている船は、四方からブヨとシロアリの艦隊に攻撃を受けている、不気味な死骸を思わせた。

〈トーマス・J・モース〉は〈サミュエル・R・ウォーレス〉の船首とつながっている鋼索を巻き取り、遺棄船の船尾にまわって船尾と太綱でつなぎ終わると、ゆっくり後方に下がった。こうして、大きな船体がベラザノ海峡を通り、イーストリバーをのぼって、旧ブルックリン海軍造船所にうまく入って行くのを助けようとしていた。港の曳船も数隻現われ、声がかかりしだい、手をかそうと待機していた。おりしもブテイラ船長は、主要鋼索を二〇〇ヤードにつづめるよう命令を出した。

水先案内船が、〈ウォーレス〉の舷墻《げんしょう》の数インチのところに接近し、水先案内人が飛び移った。水先案内船はそのまま前進した。乾舷《かんげん》ぞいにぶら下がっているすりへったタイヤが、〈タイタニック〉の錆ついた船腹とぶつかり合っていた。三十秒もたたぬうちに、ニューヨーク港の主席水先案内人は、縄梯子を登りきり、荷物用デッキによじ登っていた。

ピットとサンデッカーは、彼と挨拶を交わすと、ブリッジの左舷ウィングに案内した。首席水先案内人はブリッジの手すりに、それがあたかも自分の一部であるかのように両手をかけ、曳船にそのまま曳くよう重々しくうなずいて見せた。ピットが手を振ると、ブテイラは口笛を吹いて返事をした。そして曳船の船長は、「微速前進」と命じ、ロングアイランドとステーテン島をつないでいるベラザノ橋の下の主要航路に、〈ウォーレス〉の船首を向けた。

風変わりな護衛船団が進路をニューヨーク湾の北へ向けたとき、ブテイラは曳船のブリッジの一方の端から反対側に歩いて行き、遺棄船、風向き、潮の流れ、それに曳航用の鋼索を、むずかしい手術にとりかかろうとする脳外科医のように、じっくりと調べた。

昨日の夜のうちから、おびただしい人が海岸に鈴なりになっていた。マンハッタンの活動は停止し、通りからは人影が消え、どのオフィス・ビルもにわかに静まり返った。サラリーマンたちは、曳船が港にのろのろと入って来るのを見ると、畏れに打たれ黙りこくって窓際に群がっていた。

ステーテン島では、『ニューヨーク・タイムズ』の記者、ピーター・ハルが、記事を打ちはじめた。

亡霊はたしかに存在する。私は朝靄のなかに、亡霊をまぎれもなく見た。地獄にも拒まれた醜悪な亡霊さながらに、〈タイタニック〉は、信じかねる私の目の前を通って行った。過ぎし悲劇の目に見えぬ棺衣に包まれ、彼女と死をともにしたおびただしい乗客の屍衣《しい》をまとった〈タイタニック〉は、過去の一時代からよみがえった、まぎれもなく畏敬《いけい》に値する遺物である。彼女を見る者は、誇りと悲しみがないまぜになった感情を禁じえない……。

CBSのある解説者は、もっとジャーナリスティックな見方を伝えた。「〈タイタニック〉は今日、処女航海を完了した。イングランドのサウサンプトンの波止場を出航してから七十六年目のことである……」正午ごろには、〈タイタニック〉は、自由の女神の像と砲台を埋めつくした見物人のわきを通っていた。陸にいる者はみな、ささやくように話し、大きな声をあげる者はなかった。ニューヨーク市は、奇妙な静寂に包まれた。ときおり流れるタクシーのクラクションが、ふだんと同じ活動が営まれていることを、わずかに思い出させるにすぎなかった。ニューヨーク市全体が、広大な大聖堂のなかにすっぽりと納められたような感があった。

目撃者の多くは、人前もはばからず泣いた。そのなかには、はるか昔の悲劇の夜を生き残った乗客が三人いた。重苦しく、息苦しい雰囲気だった。ほとんどの者が、後に、目撃したときの気持ちを説明する段になって、一時的に麻痺《まひ》し、言葉を失ってしまったかのような、奇妙な感覚の麻痺以外になにもおぼえていないことに気づき、驚いた。ほとんどの人がそうだった。ただ、アーサー・ムーニーという名の、いかめしい顔立ちの消防夫は例外だった。

ムーニーはニューヨーク港の消防艇の船長の一人だった。彼はからだが大きく、茶目っ気のある目つきをした、ニューヨーク生まれのアイルランド人で、十九年間、海上消防士を務めていた。彼は大きなこぶしで羅針儀《らしんぎ》の容器をどしんとたたき、感慨を追い払った。そして、乗組員にどなった。

「尻を上げるんだ、みんな。おまえたちはデパートのマネキン人形じゃないんだぞ」彼の声は、船内のすみずみにまで届いた。ムーニーは、携帯用のマイクの助けをめったに必要としなかった。「処女航海の船が、いま入港しようとしている、そうじゃないか？　さあ、あの船にニューヨークの古きよき伝統的な歓迎を見せてやるんだ」

「ですが船長」と乗組員の一人が異議を唱えた。「あの船はこの海峡をはじめて通過する〈クイーン・エリザベス二世〉や〈ノルマンディー〉とは違います。あれはくたびれた廃船にすぎない、死んだ船です」

「くたびれた廃船だって。この馬鹿者！」とムーニーは叫んだ。「おまえがいま見ている船は、あらゆる時代を通じてもっとも有名な定期客船だぞ。たしかに、少し荒れ果てているし、入港も遅れたさ。だから、なんだというんだ？　ホースの栓を開け、汽笛を鳴らせ！」

それは〈タイタニック〉の引き揚げが成功したときの歓呼の再現だった。しかし、その規模はずっと大きなものだった。ムーニーの消防艇の上空に大きな水煙が噴き出し、彼の艇の汽笛がニューヨークの摩天楼《まてんろう》にこだますると、別の消防艇が彼の例にならった。さらに、別の消防艇がつづいた。すると、波止場に入っている貨物船も、汽笛を鳴らしはじめた。やがて、ニュージャージー、マンハッタン、それにブルックリンの海岸ぞいに並んでいる車のクラクションが、無数の人間の喉《のど》から発せられた歓声や叫び声に加わった。

一個の汽笛のささやかな響きがきっかけとなって、いまや歓呼は高まり雷のようにとどろき渡り、大地を揺すり、ニューヨーク市の窓という窓は、がたがたと音をたてていた。この瞬間のとどろきは、世界のあらゆる海にこだました。

〈タイタニック〉は、入港したのだ。

75

〈タイタニック〉が繋留された桟橋《さんばし》は、何千人もの出迎えの人間でたてこんでいた。報道関係者、国内の高位高官、警戒におおわらわな警官、それに造船所の柵《さく》を乗り越えて入りこんで来た招かれざる大勢の客が、蟻《あり》の大群のようにうごめいていた。安全を保持しようとする試みは、なんの役にもたたなかった。

記者とカメラマンの一団が急ごしらえの渡り板を駆け登り、サンデッカー提督を取り囲んだ。提督はD甲板の応接室から伸びている大階段の上に、勝ち誇ったシーザーのように立っていた。

いまこそ、サンデッカーにとって記念すべき瞬間であった。威勢のいい一団も、今日ばかりは、彼を〈タイタニック〉から引きおろすわけにはいかなかった。彼は海中海洋機関の名前を売りこむ絶好の機会を、一つも逃がさなかった。この機会を利用して、新聞の記事を一行でも多く確保し、全国的なテレビ放送を一秒でも多く獲得しようと努めた。やりがいのある仕事だった。彼はサルベージ要員の功績をほめそやし、記者たちを引きつけ、移動カメラ班を見すえ、いつまでも微笑みつづけた。提督は、天国にいる思いだった。

ピットは、勝鬨《かちどき》にそれほど関心はなかった。彼は人波をかき分けて渡り板から桟橋におりたち、シャワーと清潔な柔らかいベッドだった。もうすぐ人ごみから抜け出せると思った瞬間に、あるテレビ局のニュース解説者が駆け寄り、マイクを彼の鼻先に突き出した。

人ごみにまぎれこんだ。もうすぐ人ごみから抜け出せると思った瞬間に、あるテレビ局
「もし、あなた。あなたは〈タイタニック〉のサルベージ要員ですか?」

「違います。造船所の者です」とピットは田舎者のようにテレビカメラに手を振りながら言った。

解説者はがっくりした表情を見せた。「切るんだ、ジョー」と彼はカメラマンに叫んだ。「怠け者をつかんでしまった」そう言い終わると、マイクのコードを踏まないでくれと群衆に叫びたてながら、彼は人ごみをかき分けて船のほうに進んで行った。

三十分後に六ブロック先にたどり着いたピットは、やっとタクシーの運転手を見つけた。その運転手は遺棄船に見とれるより、かせぐほうに関心があった。

「どこまで?」と運転手がきいた。

ピットは、裂けていて汚れたジャンパーの下の、これまた薄汚れた汗まみれのシャツとズボンに目を落とし、ちょっと言いよどんだ。鏡を見るまでもなく、目が充血し、ひげが伸びていることは分かっていた。自分が場末の飲んだくれそっくりの姿をしている

ことは、容易に想像できた。しかし彼は、いま自分がおりてきたばかりの船は、かつて世界でもっとも有名な定期客船だったのだ、と思いなおした。

「この町で一番豪華で高いホテルは？」

「五番街六一丁目のピエール。安くはありません」

「では、ピエールにした」

運転手は肩ごしにピットをまじまじと見、鼻に皺を寄せた。そして、肩をすくめると、車を出した。三十分足らずで、セントラルパークを見おろすピエールの正面に、運転手は車を止めた。

ピットは運転手に料金を払うと、回転ドアを通り抜けて、受付に行った。

受付係は、お定まりの見下すような表情を浮かべた。

「お気の毒ですが、お客様」と係員は、ピットがもの言うひまを与えずに、高飛車にきりだした。「どの部屋もふさがっております」

ピットは本名を明かしたら、記者の一団が自分の居所をほんの二、三分のうちにかぎ出さずにいないことを心得ていた。有名人の苦行に耐える用意は、まだできていなかった。彼の望みは、邪魔されずに眠ることだけだった。

「こんななりから判断してもらっては困る」とピットは腹だたしそうに言った。「私はR・マルコム・スマイス博士だ、著述家兼古生物学者の。四カ月にわたるアマゾンでの発掘作業を終えて、つい先ほど飛行機で帰って来たところで、着替えの時間がなかったのだ。弟子が間もなく、私の荷物を持ってここへやって来ることになっている」

受付係はたちどころに、態度を変え、にこやかに応対した。「これは、失礼いたしました、スマイス教授。お見それいたしました。ですが、どの部屋も、本当にふさがっているのです。〈タイタニック〉の到着を見に来た人で、この街はにぎわっていますので。お分かりいただけると存じますが」

まったく見事な応対だった。係員は、ピットもピットのつくり話も、まったく信用していなかった。

「私が教授の保証人になろう」という声がピットの背後でした。「彼にここで最高のつづき部屋をとり、料金はこの住所宛《あて》に請求したまえ」

カウンターの上に、カードが投げ出された。受付係はカードを手に取り、目を通した。その表情は、急に明るくなった。彼は仰々しく宿泊カードをピットの前に置くと、まるで手品師のように、どこからともなくルーム・キイを取り出した。

ピットはゆっくり振り向いた。自分とまったく同じように、疲れ、やつれた顔が目に入った。相手はわけ知り顔に、唇を歪め、微笑んだ。しかしその瞳は、魂の脱け殻と化した人間の虚ろで焦点の定まらぬ目つきのように、ぼんやりしていた。ジーン・シーグラムだった。

「どうしてこんなに早く、私の居所をつきとめられたのです？」ピットはきいた。彼はウオッカのオン・ザ・ロックを手に、湯舟に横になっていた。シーグラムは、湯舟と向かい合っている便器の上にすわっていた。

「直感を働かせたわけじゃないんだ」と彼は言った。「君が造船所を去るところを見かけたので、後を追ったのさ」

「あなたは、いまごろ〈タイタニック〉の上で踊っているものと思っていました」

「あの船は、私にはなんの意味もない。私の関心はただ一つ、あの船艙にあるビザニウムだ。遺棄船を乾ドックに移動し、船艙のがらくたを取り除くのには、あと四十八時間かかると言われた」

「では、どうして二日間くつろいで、少し楽しまないのです。二、三週間後には、あなたがかかえているいろんな問題は解決します。シシリアン計画は、計画の段階を終え、現実に機能することになる」

シーグラムは、しばらく目を閉じていた。「私は君と話をしたいのだ」と彼は静かに言った。「私はダナのことについて君と話し合いたい」

やれやれ、そらきたぞ、とピットは考えた。目の前にいる男の女房と一緒に寝たおぼえがあるのに、どうして平然としていられよう。さっきから彼は、やっとの思いでされげなさをよそおって話していたのだった。「試練に耐えた彼女は、どうしています？」

「元気、だろうと思う」シーグラムは肩をすくめた。

「思う？　彼女は二日前に、海軍の飛行機で〈タイタニック〉から出発した。彼女が上陸してから会っていないんですか？」

「彼女は私に会うのを拒んでいる……われわれの関係は終わったというんだ」

ピットは、グラスのなかのウオッカをじっと見つめた。「それは、気の毒に。ところで、誰が彼女を必要としているんです？　シーグラム、もしも私があなたなら、私はこの街で一番高級な女を買い、政府から出る交際費で女に金を払い、ダナのことなど忘れるね」

「君は分かっていない。私は彼女を愛しているんだ」

「ほう、女子どものような他愛のないことを言う」ピットはタイル貼りの床にある瓶に手を伸ばし、新たについだ。「いいですか、シーグラム、あなたは外見上は、もったいぶっていて厭味だが、実はなかなか立派な方だ。それに、あなたは人類を核による全滅から救った、偉大な慈悲深い科学者として歴史に名をとどめることだって考えられる。あなたの顔なら、まだまだ女性をひきつける魅力はある。それにあなたは、ワシントンにある机を整理し、心晴れやかに政府の任務に別れを告げるときには、金持ちになっているはずです。だから、愛を失ったからといって、私に同情など期待しないでください。

あなたは成功を収めたのですよ」

「自分の愛している女がいないのなら、成功を収めたところでなんになろう？」

「私の言わんとしていることが、あなたには分かっていないようだ」ピットは瓶の約三分の一をあけ、からだじゅうがほてりはじめた。

「不意に若さの泉を見つけたつもりでいるろくでもない女なぞ、捨ててしまえばいいのさ。もしも彼女が出て行ったのなら、それまでです。男はおずおずともどって来るが、女はそうじゃない。女というものは、辛抱強いものだ。女性が一生辛抱できない男なんて、この世に一人もいやしません。ダナを忘れるのです、シーグラム。ほかにも女は、何百万といるじゃないですか。自分のベッドをつくったり、夕食の用意をしてくれる女がいないと安心できないというのなら、お手伝いさんを雇うんです。彼女たちのほうが安あがりだし、長い目で見れば、面倒の種になることもずっと少ない」

「今度は、ジークムント・フロイト気取りだ」とシーグラムは言い、便器から立ち上がった。「女性は君にとっては、なんの価値もない。君にとって美しい関係は、酒瓶との情事と変わらない。君は世事にうといのだ」

「私が？」ピットは湯舟のなかで立ち上がると、化粧棚のキャビネットのドアを引いて開け、シーグラムが鏡に映る自分の顔を見られるようにした。「よく見てごらん。世事にうとい男の顔が映っているから。その二つの目の奥には、自分が生み出したさまざまな悪魔に駆りたてられている男がひそんでいる。あなたは病んでいる、シーグラム。あなたはいろんな問題を大げさに考えて、精神が病んでいる。ダナがあなたを捨てたことなど、あなたのひどい憂鬱《ゆううつ》症を強めるきっかけになったにすぎない。あなたは自分が思っているほどには、彼女を愛してはいない。彼女はシンボルにすぎない。すがりつくための支柱にすぎないのさ。光を失った目を見るがいい。口もとのたるんだ皮膚を見るがいい。精神病医を訪ねるのです、それもすぐに。もう一度、ジーン・シーグラムという男のことを考えるのです。世界を救うことなど、忘れるのです。いまこそ、自分自身を救うときです」

シーグラムの顔が、ものすごく赤くなった。彼はこぶしを握りしめ、震えていた。そのうちに、目の前の鏡にかすみがかかりはじめた。鏡の表面ではなく、内側から。そして、別の顔がゆっくりと浮かび上がってきた。シーグラムと同じように、ものの怪《け》に取り憑かれた目差しをした、見知らぬ顔が。

シーグラムの表情が怒りから完全な恐怖に変わる様を、ピットは立ったまま黙って見ていた。

「まさか、そんな……いや、彼だ！」

「彼？」

「彼だ！」とシーグラムは叫んだ。「ジョシュア・ヘイズ・ブルースター！」そう言い終わると、シーグラムは両方のこぶしを、鏡に打ちつけた。鏡はこなごなに破れた。シーグラムは部屋から逃げるように駆け出していった。

76

ダナは憂いを含んだ夢見るような目差しで、姿見の前に立ち、自分のからだを調べた。頭の打撲症は、新しいヘアスタイルの陰にきれいに隠れていた。色が薄れたあさ黒い打ち身の跡が数カ所残っていたが、彼女のからだは相変わらずしなやかで完璧だった。彼女のからだは、検査に申し分なく合格した。つぎに彼女は、鏡のなかから見つめ返している自分の目を見つめた。その後、カラスの足跡はふえていなかったし、目のまわりに脂肪もついていなかった。過ちを犯した女性に見られるとりすました目差しは、まったく見当たらなかった。それどころか、彼女の瞳は、以前には宿っていなかった生き生きとした期待に輝いているように思えた。彼女は解放された女性として、完全に生まれ変わったのだった。

「朝食に、なにか食べる?」マリー・シェルドンの声が階段を伝って聞こえてきた。

ダナは手ざわりの柔らかな、レースの部屋着をまとった。「コーヒーだけ、いただくわ。ありがとう」と彼女は言った。「いま、何時かしら?」

「九時を二、三分過ぎたところよ」

一分後に、マリーはコーヒーをついだ。ダナが台所へ入って来た。「今日の予定はどうなっているの？」とマリーはきいた。

「とっても女性的。買い物に行こうと思っているの。昼食はいきつけの喫茶店で一人ですませ、それからNUMAのクラブへ行き、相手を見つけて一、二時間、テニスをするわ」

「素敵だわ」とマリーはさりげなく言った。「だけど、あなた、有閑婦人のような真似はよしたほうがいいわよ。あなたはそうじゃないんだから。責任ある女性らしく振る舞うのよ。あなたはそうなんですもの」

「そんなことをして、なんになるの？」

マリーは、いらだち両手を上に向けて広げた。「『そんなことをして、なんになるの？』。たとえば、あなた、あなたは時の人よ。あなたは気づいていないかもしれないけど、この三日間、電話は鳴りづめなのよ。この国のありとあらゆる女性雑誌が、あなたの独占記事をほしがっているわ。それに全国的なテレビのトーク・ショウにあなたに出てもらいたいという依頼を、私は少なくとも八社から受けているのよ。好むと好まざるとにかかわらず、あなたは大変な話題の主なのよ。そろそろ現実に立ち返り、報道陣の攻勢を受けて立ったらどうなの？」

「なにを話すの？　漂流している古い遺棄船に大勢の男性と一緒に乗っていたただ一人

の女性だからなの。受けるわね」

「あなたは大西洋であやうく死ぬところだった。それなのに、体験したことを全部、クレオパトラがナイルをくだった船遊びみたいにあつかっている。一緒に乗っていた男性全員に、ちやほやされて、あなたはぼうっとなってしまっているんだわ」

マリーが全貌《ぜんぼう》を知りさえすれば、とダナは思った。しかし、〈タイタニック〉に乗っていた全員は、あのことは口外しないとウォーレン・ニコルソンに約束させられていた。ソ連側の強奪工作はなかったこととして、全員が忘れてしまうことになっていた。でも彼女は、あの寒い嵐の夜に、〈タイタニック〉の上で自分が行なったことは、居合わせた男たちの心から生涯消え去ることはあるまいと思うにつけ、一種独特の満足感をおぼえた。

「あそこでは、あまりにも多くのことが起こったわ」ダナは溜息まじりに言った。「私はもうかつての私ではないの」

「それはどういう意味なの?」

「まずはじめに、私はジーンとの離婚話をすすめているの」

「そんなところまで、きてしまったの?」

「そこまできているの」とダナは、きっぱり繰り返した。「それに、私はNUMAから休暇をもらい、人生に挑戦するの。私が今年の話題の女性であるならば、その分け前をいただくつもりなの。私個人の物語、テレビ出演——こうしたことは、女性がやりたいと思っても一生できないことをする機会を与えてくれるはずだわ」

「なに、それは？」

「お金を使い、これまでのつぐないをするの」

マリーは首を悲しそうに振った。「私は化け物をつくる手助けをしてしまったような気がしてきたわ」

ダナは彼女の手をやさしく取った。「あなたじゃないわ。死に直面してやっと、私は自分が無意味な生活を送っていたことに気づいたの」

「そうした生活は、私が子どものときにはじまったように思うの——」ダナの声は、おぞましい記憶がゆらゆらとよみがえってきたために、とぎれた。「私の子ども時代は、悪夢のようだった。おとなになってもその影響から脱け出せずにいたのよ。私は結婚生活のなかまで、それを持ちこんだ。ジーンは症候に気づき、深い愛情というよりあわれみの気持ちから私と結婚した。無意識のうちに、彼は恋人というより父親として私に接したわ。

いまさら、もとのさやにおさまろうとしても無理なの。永続的な関係をつくり、保っていくために必要な情緒的な反応が、私には欠けているのね。私は孤独な人間なのよ、マリー。いまの私はそれに気づいている。他人に対する私の愛情は、あまりにも利己的なの。これが私の業なのよ。これから、私は一人で生きていく。それだと、二度と誰も傷つけずにすむわ」

マリーは目に涙をためた顔を上げた。「そうだとすると、私たちは両極端に分かれるようね。あなたは結婚生活に終止符を打って独身生活へもどり、私は奇妙な女性特有の症候群に負け、家事に忙殺される主婦の仲間入りをしようとしているんですもの」

ダナはにっこり微笑みながら言った。「あなたとメル？」

「私とメル」

「いつ？」

「早いほうがいいと思うの。さもなければ、花嫁衣装をマタニティー・ショップに注文しなければならなくなるわ」

「あなた妊娠しているのね？」

「私のお腹のなかで、育っているの」

ダナはテーブルを回って、マリーを抱きしめた。「あなたのお腹に赤ちゃんがいるなんて、私、信じられないわ」

「信じたほうがいいわよ。彼らは口をつけて蘇生をはかり、アドレナリンをたくさん与えたけど、なんの効き目もなかった。蛙《かえる》は、依然として息をふきかえさなかった」

「イソップの話じゃ、蛙じゃなく、兎《うさぎ》でしょう？」

「あなたは、どこへ行っていたの？　彼らは何年も前に、兎に見切りをつけたのよ」

「まあ、マリー、よかったわね。私たち二人は、まったく新しい生き方をはじめるんだわ。あなた、わくわくしなくて？」

「そりゃ、もう」マリーはさらっと言った。

「だけど、号砲一発、新たなスタートを切るのにくらべれば、どうということはないわ」

「ほかにスタートを切る方法があって？」

「私の道は楽なものだわ、あなた」マリーはダナの頬に軽くキスした。「心配なのは、あなたのことよ。極端に走って、深みにはまらないでね」

「楽しいことには、深みはつきものよ」

「私の言うことを忘れないで。浅瀬を泳ぐことをおぼえるのよ」

「それでは手ごたえがなさすぎるわ」ダナの瞳は、もの思いの色を見せた。「私は波頭の上からスタートするわ」

「ところで、あなたはその離れ業をどうやってはじめるの？」

ダナはマリーの瞳を、まっすぐ見つめた。

「電話を一本かければ、すむことよ」

大統領は執務室の机のうしろから出て来ると、上院の多数を制している野党の党首、ジョン・バーディックを暖かく迎えた。

「ジョン、やあ、どうも。ジョシーとお子さんたちは元気かい？」

バーディックは背の高い細身の男で、その豊かな黒い髪には、めったに櫛《くし》の目を通したことがなかった。彼は機嫌よく、肩をすくめた。「ジョシーは元気だ。あなたは、子どもたちもご存じでしたね。彼らにとっては、親父は稼ぎ手以外のなにものでもないんです」

二人は腰をおろすと、予算案に対する意見の相違点について話し合いをはじめた。彼らは対立する政党の指導者で、公開の席ではことあるごとに攻撃し合っていたが、閉ざされたドアのなかにいるときは、心の通い合う親しい友人同士だった。

「大統領、下院はあなたが狂ってしまった、と考えだしています。この六カ月間に、あなたは議会からホワイトハウスに送られた財源を要する法案をかたっぱしから拒否している」

「そればかりか、このドアを最後に出て行くまで、拒否しつづけるつもりでいるんだ」大統領は、口をつぐみ細い葉巻に火をつけた。「冷厳なゆるぎない事実を直視しようじゃないか、ジョン。アメリカ合衆国政府は、破産状態にある。第二次大戦終結時以降、ずっと破産状態だった。ただ誰もそれを認めようとしなかっただけさ。われわれは、事態の理解をはばむ国債を陽気に発行しつづけ、つぎの選挙で気の毒にも勝利を収める者が、過去五十年のつけを清算してくれると頼りにしている」

「下院にどんな行動を期待しているのです？　破産の宣言ですか？」

「早晩、宣言しなければならなくなるだろうね」

「その影響には、はかりしれないものがある。国債の半分は、保険会社、貯蓄、各種のローン、それに、国内の銀行に負うている。それらが、一夜にして帳消しになる」

「そんなこと、分かりきったことだろう？」

バーディックは、首を振った。「私はその案を承服しかねます」

「なにを言っているんだ、ジョン、隠しおおせることじゃないんだよ。五十歳以下の納税者全員が、福祉年金の小切手をおがめる日がけっしてこないことを、君は理解しているのか。十二年後には、年金の給付を受ける有資格者のなんと三分の一の者に支払うことが、絶対に不可能になる。それもあって、私は警告を発しようと考えているのさ。荒野におけるか細い一筋の声にしかすぎないことを、残念ながら私は認める。しかしそれでもなお、残りわずか二、三カ月の任期の間に、私は機会があるごとに破滅を叫びたてるつもりでいる」

「アメリカの国民は、心わびしい先行きについて聞かされるのを喜ばない。あなたはたいそうな人気を博するわけにはいきませんよ」

「そんなことは、まったく問題じゃない。誰がなんと思おうと、まったく関心がないね。人気コンテストはエゴイストたちのやることさ。二、三カ月後には、私は自家用の帆船で、のんびりとフィジーの南のどこかを帆走している。政府のことなどどうともなれさ」

「引退なさるとは、残念です、大統領。あなたは立派な方です。あなたにとって最悪の敵対者たちですら、残念に思うことでしょう」

大統領は、相手の言葉に耳をかさず、話しつづけた。「ジョン、われわれは一時、偉大な共和国をつくりあげた。しかし、君や私、それに弁護士たちが、共和国をだめにしてしまった。政府は一種の大企業だ、弁護士は政界に入ってはならんのだよ。下院議員や大統領になるのは、会計士でありマーケティング関係の人間であるべきだ」

「立法府の運営には、弁護士が必要です」

大統領は、もの憂げに肩をすぼめた。「なんの役にたつんだね？　私がどんな進路をとろうとも、なに一つ変わりはしない」そう言うと彼は、椅子の上でからだを伸ばし、微笑んだ。

「申し訳ない、ジョン。君は私の演説を聞きに来たわけではない。君の懸案はなんだい？」

「恵まれない子どもたちのための医療法案です」バーディックは、大統領をまじまじと見つめた。「あなたは、この法案を拒否するつもりですか？」

大統領は椅子に体をもたせかけ、葉巻を見つめていた。「そうとも」と彼はあっさり言った。

「これは私が提出した法案です」バーディックは、静かに言った。「私が手を尽くして、上下両院の通過に成功したものです」

「承知しているとも」

「家庭の経済状態が悪く、しかるべき医療を受けられない子どもたちのための法案を拒否する理由は？」

「八十歳以上の老人に対する恩典の強化、少数民族に対する全国的な規模の奨学金制度、そのほか十指にあまる福祉関係法案を拒否したのと、まったく同じ理由からさ。誰かが、そうした金を負担しなくてはならない。ところで、この国を支えている労働者階級は、この十年ほどの間に、税が五〇〇パーセントも上昇したために、にっちもさっちもいかなくなっている」

「人間愛のためです、大統領」

「均衡のとれた予算のためだ、上院議員。その計画に必要な財源を、君はどこに求めるつもりかね？」

「メタ・セクションの予算の削減から、はじめてもらいましょうか」

そらきた。議会の小うるさい連中が、ついにメタ・セクションの壁を突破したんだ。早晩こうなるのは、避けがたいことなのだ。突き破られるのが遅かっただけ、よしとしなければなるまい。

大統領は、関知しないふりをすることにした。「メタ・セクション?」

「あなたがこの数年、力を入れてきた、超機密扱いのシンク・タンク。その運営について、私があなたに説明する必要などないはずです」

「たしかに」と大統領は、落ち着きはらって言った。「それにはおよばん」

気まずい沈黙が、おとずれた。

やがてバーディックが、切り出した。「私の調査担当者たちは、調べ上げるのに何カ月もかかりました——あなたは金の動きを実にたくみに隠していた——しかし彼らは、ついに〈タイタニック〉の引き揚げに用いられた財源の出所を手掛かりに逆にたどっていって、メタ・セクションという名のもとで活動している超機密の組織を、そして最後に、あなたをつきとめた。驚きましたよ、大統領。あなたはなんの価値もない古い沈没船を引き揚げるためにほぼ七億五〇〇〇万ドルもの金の使用を認め、しかもあなたは、その半分以下の費用ですむと嘘をついた。ところで私がいま、子どもの治療に関する法案が日の目を見られるようあなたにお願いしている金額は、五〇〇〇万ドルにすぎないのですよ。あえて言わせていただくなら、大統領、あなたの優先順位のつけ方は、許しがたい犯罪です」

「君はどうするつもりなんだ、ジョン？　私を脅迫して、自分の法案に署名させるつもりなのか？」

「隠しだてなく言えば、そうです」

「なるほど」

そこへ大統領の秘書官が部屋に入って来たので、二人のやりとりが一時とぎれた。

「お邪魔して申し訳ございません、大統領。今日の午後のスケジュールを調べたいとのことでしたので」

大統領はバーディックに身振りで合図した。「失礼するよ、ジョン。すぐに終わるから」

大統領は、スケジュール表に目を通した。彼は四時十五分の項に、鉛筆で書きこまれている名前のところで目を止めた。彼は秘書官を見上げ、眉をつり上げた。「シーグラム夫人？」

「そうです、大統領。あの方から電話があって、例の寝室のあのモデル・シップの由来をつきとめたとのことです。彼女がつきとめた内容にご関心がおありだろうと思いましたので、二、三分彼女とお会いできるよう、時間を調整いたしました」

大統領は両手で顔をおおい、目を閉じた。「シーグラム夫人に電話をかけ、四時十五分の会見は断わってくれ。そして、七時半に大統領のヨット上での夕食に出席するようたのんでくれたまえ」

秘書は書きとめると、部屋を出て行った。

大統領はバーディックのほうに向きを変えた。「さてと、ジョン、それでも私が君の法案に署名するのを拒んだら、そのときは、どうする?」

バーディックは肩をすぼめ、両手を上げた。「そのときには、あなたが政府の財源を秘密の目的に使っていた事実を暴露するしかありませんね。その場合、昔のウォーターゲート事件など比べものにならないスキャンダルがもち上がると思いますが」

「君は本気でやるつもりなのか?」

「やりますとも」

大統領は、冷やかなほど落ち着き払って身構えた。「このドアから飛び出して行き、私が行なった国庫操作に関する議会聴聞会を開いて、納税者の金をこのうえ無駄にする前に、当の人間の口からメタ・セクションの狙いや、ありがたいことにわれわれ二人を雇ってくれているこの国を防衛するため、同機関がつくり出したものに関する話を聞いてみてはどうかね」

「喜んで聞かせていただきますとも、大統領」

「けっこう」

一時間後に、すっかり説得された上院議員、ジョン・バーディックは自分の執務室の椅子に腰をおろしていた。彼はメタ・セクションに関する秘密のファイルを、書類切断機に注意深く投げこんだ。

77

乾ドックの巨大な狭間高く浮かんでいる、乾き上がった〈タイタニック〉の姿を目にした者は、息を飲んだ。

すでに、騒々しい音が流れていた。熔接工は、行き止まりになっている通路に取り組んでいた。リベット工たちは、傷だらけの船腹をハンマーでたたき、海上でほどこされた、吃水線の下の鋭い裂け目に対する応急処置を補強していた。頭上では、空に高くそびえるクレーンが二台、薄暗がりの貨物艙《かもつそう》にその顎を押しこんだかと思うと、二、三分後には鉄の歯にめちゃめちゃに壊れた雑多な残骸をくわえて現われた。

ピットはこれが最後だと思い定めて、体育室と上部甲板のあたりを見つめた。おおみそかの晩に過ぎし日々に別れを告げるように、彼は立ちつくし、思い出にふけった。引き揚げ作業の苦労、乗組員の血と犠牲、ついにやりとげる原動力となった、自分たちの頼りない望み。すべて、過去のものとなるのだ。やがて彼は物思いからさめ、大階段をおり、G甲板の前部船艙にたどり着いた。

関係者は全員、そこに集まり、説明を聞いていた。銀色のヘルメットをかぶっているので、彼らは別人のような感じがした。ひどくやせ、からだの震えのとまらぬジーン・シーグラムは、行きつもどりつしていた。メル・ドナーは、首筋や頬を伝って落ちる汗をぬぐいながら、心配そうにジーンを落ち着かない様子で見つめていた。メタ・セクションの鉱物学者、ハーブ・ラスキーは、分析装置をたずさえて立っていた。サンデッカーとケンパーの両提督は、薄暗い船艙の一隅で肩を寄せ合って、低い声で話し合っていた。

ピットは隔壁の歪んだ支柱のまわりを注意深く回り、そり返り波をうっている鋼鉄製の甲板の上を進み、金庫室のドアの大きな蝶番に切断用のランプの炎を一心に吹きつけている造船所の作業員のうしろに立った。金庫室のなかに隠されている秘密は、あと何分か後には明るみに出るのだ、とピットは漠然と考えた。突然、彼は氷のような寒気に襲われた。まわりの空気が急に冷えこんだような感じがした。彼は金庫室が開けられることに恐れをいだきはじめた。

ピットの不安な思いが伝染でもしたかのように、湿った暗い船艙にいるほかの者たちも、黙りこくり、懸念《けねん》に駆られ、落ち着きを失い、彼のまわりに集まってきた。

やがて作業員は、激しい勢いで噴出していた切断用のランプの青い炎を切り、マスクをかぶった顔を上げた。

「どんな具合だ?」ピットはきいた。

「昔つくられたものだけあって、しっかりしています」と作業員は答えた。「錠と蝶番は切断し取り除いたのですが、びくともしません」

「で、どうする？」

「上に立っているドップルマンのクレーンに鋼索をかけ、それを金庫室のドアに結びつけ、最善の結果を待つことにします」

太さ二インチの鋼索を船艙におろし、金庫室に固定するには、係員が数人がかりで一時間近くかかった。そして、準備が完了すると、ポータブルの無線機でクレーンの操縦者に命令が伝えられた。弧を描いていた鋼索はしだいに伸び、ぴんと張った。みんな誰に命ぜられずとも、うしろに引きさがった。万一、鋼索が切れ、船艙を鞭《むち》のように走り抜ける鋼索をまともに受けたら、人間など軽く真っ二つにされることを、彼らはみなわきまえていた。

遠くのほうで、力を振り絞っているクレーンのエンジンの音がした。何十秒経過しても、変化はまったく生じなかった。鋼索は張りつめ、震え、厖大な荷重を受けて、うめき声をあげた。ピットは用心をかなぐり捨てて、じりじりと近づいて行った。依然として、なんの変化も生じなかった。金庫室の抵抗力は、その四方の鋼鉄のように強固のようであった。

クレーンの操縦者が、エンジンの回転力を速めるために、鋼索の張りをいったん少しゆるめた。それから、回転を速め、クラッチをもう一度入れた。すると鋼索がだしぬけに、ブーンというううなりとともに張りつめた。不安げに黙りこくって見つめている男たちは、錆ついた古い金庫室が、こんな強大な力に耐えうることを信じかねた。しかし、彼らは気づかなかったが、明らかに変化が起こりつつあった。やがて、髪の毛ほどの細さのひびが、金庫室のドアの上のへりにそって現われた。それにつづいて、金庫室の両側に、二本の垂直のひび割れが走り、最後に、四番目のひびが金庫室の底を横に走った。張力にさからってきしり声をたてていたドアが、不意に、ゆっくりとその抵抗力を失い、大きな鋼鉄の立方体から引きちぎられた。

口を開けた暗闇から、水は一滴も流れ出なかった。金庫室は深海の淵にいた長い歳月を通じて密封状態を保っていたのだ。

みな、まったく動かなかった。彼らは人を拒絶する黒く四角い穴の呪文《じゅもん》にかけられ、根が生えたように、じっと立ちつくしていた。中から黴《かび》くさい臭《にお》いが流れ出た。

ラスキーが、はじめに声を取りもどした。

「ひどいな、これはなんだろう？　この臭いは、いったい、なんだい？」

「明かりをくれ」とピットは作業員の一人に命じた。

誰かが、手持ち用の蛍光燈を差し出した。ピットはスイッチを入れると、金庫室の内部に青みがかった白い光を投げかけた。

丈夫な革帯で固定されている木箱が十個、光のなかに浮かび上がった。彼らの目には、別のものも映った。それを見届けると、彼らはみな真っ青になった。それは、ミイラと化した男の遺骸《いがい》であった。

78

その男は、金庫室の一隅に横たわっていた。閉じた目は、落ち窪んでおり、皮膚は、倉庫の天井に貼りつめてあるタール塗りの古い紙のように、黒ずんでいた。筋肉組織はしなびて骨にへばりつき、頭のてっぺんから足の爪先まで、細菌性の増殖物におおいつくされていて、黴だらけのパンのような感じを与えた。白い頭髪と顎ひげだけは、完全に残っていた。遺骸のまわりには、どろっとした液体が広がっており、四方の壁面にバケツ一杯の水をかけた程度の湿気を、金庫室の内部に与えていた。

「誰かしらんが、まだ水気がある」とケンパーはつぶやいた。その顔は、恐怖にこわばっていた。「こんなに長い時間がたっているのに、どうしてこんなことがありえるのだ？」

「体重の半分以上は、水分です」とピットが静かに答えた。「金庫室のなかの空気にはかぎりがあるので、蒸発しきれなかったのですね」

ドナーは不気味な光景にむかつき、顔をそむけた。「この男は誰だろう？」彼は吐き気をかろうじて抑えて、口を開いた。

ピットはミイラを平然と見つめていた。「この男の名前は、ジョシュア・ヘイズ・ブルースターだと、いずれ判明するでしょう」

「ブルースター？」シーグラムは、つぶやいた。驚きに塗りこめられた目に、強い恐れの色が浮かんだ。

「べつに不思議はないでしょう？」ピットは言った。「ほかに、金庫室になにがあるか知っている人間はいないはずですから」

ケンパー提督は、すっかりたまげて首を振った。「想像できるか、君」と彼はうやうやしく言った。「この船が大西洋の深みに沈んでいくとき、あの穴の暗闇のなかで死んでいったんだぜ。どんなだったろう？」

「そんなこと、くどくど言う気はしませんね」とドナーは言った。「もう、これだけでたぶん、これから一カ月、私は毎晩、悪夢にせめさいなまれるでしょうね」

「まったく身の毛がよだつ」とサンデッカーは、やっとの思いで言った。彼は悲しげな、わけ知り顔のピットの顔を見つめた。「君はこのことについて知っていたのか」

ピットはうなずいた。「私はビガロー司令官から、聞いていました」

サンデッカーは、探るような目差しで彼を見つめた。しかし、やがて目をそらすと、造船所のある作業員のほうに顔を向けた。「検死官の事務所に電話をかけ、ここへ来て、あれをここから出すように言ってくれ。それから、君たちはここから立ち去ってくれ。

必要が生じたら、呼ぶから」

造船所の人間を、あらためてせかせる必要はまったくなかった。彼らは魔法にでもかかったかのように、船艙から姿を消した。

シーグラムはラスキーの腕を強く握った。鉱物学者は、あまり強く握られ、ぎくっとした。「いいぞ、ハーブ。さあ、仕事にかかってくれ」

ラスキーは、ためらいがちに穴のなかに入って行き、ミイラをまたいで通り、鉱石の箱の一つをこじ開けた。彼は装置の用意をし、中身の分析をはじめた。金庫室の外の床の上を行きつもどりつしている者は、いまかいまかと待ちかねた。やがて彼は顔を上げた。その目は、信じかねて呆然としていた。

「この鉱石は、がらくただ」

シーグラムは近寄った。「もう一度、言え」

「これはがらくたです。ビザニウムのわずかな形跡すらありません」

「別の箱に当たってみろ」シーグラムは熱にうかされたように、あえいだ。

ラスキーはうなずくと、仕事にかかった。つぎの鉱石の箱も、結果は同じだった。ついに、一〇箱全部の中身があたり一面に放り出された。

ラスキーは、まるで発作に苦しんでいるような様子だった。「がらくた……まったくのがらくた……」と彼は口ごもった。「どこにでもある砂利《じゃり》、どの路床の下にでもある

に包みこまれた。ピットは下を見つめていた。みんなは、石と壊された木箱に目を奪われていた。押し黙って、下を見つめていた。恐ろしいまでの現実、そら恐ろしい、否定しがたい事実を把握しようと努めていた――引き揚げ作業、苦しい労働、天文学的な数値に達する金、それにムンクとウッドソンの死が、みな無駄に終わったのだ。ビザニウムは、〈タイタニック〉に積みこまれていなかった。積みこまれたことはなかったのだ。彼らは、七十六年前に仕掛けられた奇怪にして残酷な冗談の犠牲者だった。

沈黙を最初に破ったのは、シーグラムだった。彼はついに狂気の世界に踏みこんだ。薄暗がりのなかで、彼はにたりと笑った。彼はやがて亡霊さながらに、声をたてて笑いはじめた。その笑い声は、鋼鉄製の船艙にこだました。彼はだしぬけに金庫室のドアを通り抜け、なかに入って行くと、石を取り上げ、ラスキーの側頭部をなぐりつけた。鉱石用の黄色い木箱の上に、赤い血がぱっと飛び散った。

シーグラムは依然として笑いつづけていた。彼はどす黒いヒステリーに取り憑かれていた。彼は腐敗しかかっているジョシュア・ヘイズ・ブルースターの遺骸の上に倒れこむと、ミイラと化したその頭を金庫室の床に、打ちつけだした。やがて頭は首から離れ、彼の両手に握られていた。

醜く、おぞましいものを目の前にかざしたとき、錯乱したシーグラムには、黒ずんだ羊皮紙のような唇に、不意に恐ろしい笑いが浮かんだように思えた。いまや彼の精神は完全に錯乱していた。ジョシュア・ヘイズ・ブルースターの鬱病は、時間の帷《とばり》を超えてシーグラムに取り憑いた。物理学者シーグラムは、狂気の大きな淵のなかへ投げこまれ、二度とそこから脱け出ることはできなかった。

79

六日後、ドナーはサンデッカー提督が朝食をとっているホテルの食堂に入って行き、テーブルの向かいのあいている椅子に腰をかけた。「最新の情報をご存じですか?」

サンデッカーは、オムレツを食べていた口を休めた。

「もしも、このうえ悪い知らせなら、君の胸にたたんでおいて、私には聞かせないでくれ」

「今朝、アパートを出るところを、つかまりましてね」彼はテーブルの上に折りたたんだ紙を投げ出した。「連邦調査委員会に出頭を命ずる、罰則付召喚令状」

サンデッカーはその書式には目もくれず、オムレツにフォークを運んだ。「おめでとう」

「同じ言葉を、私も言わせてもらいます、提督。いまこの瞬間に、連邦裁判所の執行官があなたの執務室の控えの間で、同じものをあなたに投げつけるために、待っているにちがいありません」

「誰が糸をひいているんだね?」

「ワイオミング選出のくだらぬ新米上院議員で、四十になる前に売り出そうと画策しているのです」ドナーは皺くちゃなハンカチで、汗をかいた額を軽くたたいた。「この馬鹿野郎は、ジーンに証言させると言いはっているんだからね、あきれてしまう」

「そいつは見ものだ」サンデッカーは皿をわきに押しやり、椅子に背中をもたせかけた。

「シーグラムの具合はどうかね？」

「躁鬱《そううつ》病だそうです」

「ラスキーはどうだい？」

「二〇針、縫いました。ひどい脳震盪《のうしんとう》でした。一週間後には、退院できるはずです」

サンデッカーは、首を振った。「こんなことは、これっきりにしたいものだ」彼はコーヒーを、一口すすった。「どう対処したもんだろう？」

「大統領が昨夜、ホワイトハウスから個人的に電話をくださいました。彼はなにもかも、さらけ出すと言っております。彼は嘘を並べたてて、話の食い違いから足もとをすくわれることだけは、避けようとしています」

「シシリアン計画は、どうなるんだ？」

「あれは、私たちが〈タイタニック〉の金庫室を開けた瞬間に、死んでしまったのです」とドナーは言った。「私たちは、そもそものはじめから悲しい結末に至る、一切合財《いっさいがっさい》をぶちまけるしかありません」

「なぜ、さらけ出す必要があるのかね？　そんなことをして、なんの役にたつというんだ？」

「民主主義のつらいところです」とドナーはあきらめ口調で言った。「なにごとも公開し、公明正大でなくてはならない。たとえ非友好国の政府に秘密を知らせる結果になっても」

サンデッカーは両手で顔をおおい、溜息まじりに言った。「そうだ、私は新しい仕事を探さねばならんようだ」

「必ずしもその必要はないでしょう。大統領は、この計画が失敗に終わった全責任は、自分一人にあるといった意味の声明を発表すると約束しています」

サンデッカーは首を振った。「なんの役にもたたん。議会には、私の敵が数人いる。やつらは私をNUMAから追い出してやろうと思って、よだれを垂らさんばかりに手ぐすねひいて待ち構えている」

「そこまでは、いかずにすむんじゃありませんか」

「この十五年間、提督の地位についてからずっと、私は政治家相手に二枚舌を使わざるをえなかった。本当なのさ。汚ない世界なんだ。今回の件にけりがつく前に、シシリアン計画と〈タイタニック〉の引き揚げに、多少なりとも関係していた者で、きれいな仕事にありつける者はよほど幸運なやつだ」

「こんな結果になって、大変、申し訳ございません、提督」

「本当の話、私もすまないと思っている」サンデッカーはコーヒーを飲み終わり、ナプキンで口を軽くおさえた。「教えてくれよ、ドナー。出席する順序は？　ワイオミング出身の高名な上院議員は、最初の証人として誰を呼び出すつもりでいるんだろう？」

「私が思うに、彼はまず〈タイタニック〉の引き揚げ作業を取り上げ、つぎに、メタ・セクションにさかのぼり、最後に大統領に狙いをしぼるつもりではないでしょうか」ドナーは罰則付召喚令状を取り上げ、上着のポケットにしまった。「彼らが証人として最初に呼び出す可能性がもっとも強いのは、ダーク・ピットだと思います」

サンデッカーは、彼を見た。「ピット、と君は言ったのか？」

「そうです」

「面白い」サンデッカーは低く言った。「こいつは面白いや」

「どういうことなんです」

サンデッカーはナプキンをきちんとたたみ、テーブルにのせた。「ドナー、君は知らんだろうが、君が知るはずはないのだが、白衣の連中がシーグラムを〈タイタニック〉から連れ出した直後に、ピットはどこかに姿を消してしまったんだ」

ドナーは目を細めた。「あなたは間違いなく、彼の居所を知っている。彼の友人たちは？　ジョルディーノは？」

「われわれが、彼を探さなかったとでも思うのかね?」とサンデッカーはいきまいた。「彼は行ってしまった。姿を消してしまった。まるで大地に飲みこまれてしまったように」

「しかし、彼はなんらかの手掛かりを残しているはずです」

「彼はなにやら言ったが、まるで意味をなしていないんだ」

「なんと言ったのです?」

「彼はサウスビーを探しに行く、と言ったのさ」

「サウスビーって、いったい誰なんです?」

「知るわけがないだろう」とサンデッカーは言った。「知るわけがないじゃないか」

80

ピットは借りもののローバー・セダンを駆って、雨に濡れた狭い田舎道を慎重に走った。路肩をふちどっている背の高い橅《ぶな》の木は、走って来る車にまるで襲いかかってくるように、その葉末から車の鋼鉄製の屋根に激しく雫をたたきつけた。

ピットは疲れていた。心底疲れていた。彼はどんな成果にありつけるか自信のないまま、長旅に出たのだった。彼はジョシュア・ヘイズ・ブルースターとその鉱夫仲間と同じように、スコットランドのアバディーンのドックから出発し、死に彩られた彼らのイギリス横断の跡を追い、〈タイタニック〉が処女航海に出たサウサンプトンの旧オーシャン・ドックの一歩手前まで来ていた。

彼はフロントガラスの左右に揺れ動くワイパーから目をそらし、隣りの座席にのせてある青表紙のノートをちらっと見やった。それには、さまざまな資料、場所、ちょっとした書きつけ、それに旅行中に集めた、引きちぎった新聞記事でびっしりと埋まっていた。過去を収めた黴臭いファイルは、彼にはほとんどなにごとも語りかけてくれなかった。

「アメリカ人二人、死体で発見さる」

一九一二年四月七日付けの、グラスゴー地方の各新聞の切り抜きが、この見出しから一五ページにわたってファイルされていた。詳細を欠いているこれらの話は、地元の墓地に眠っているコロラド野郎、ジョン・コールドウェルとトーマス・プライスの死体のように、深く埋もれていた。

ピットがある狭い教会の敷地内墓地で発見した彼らの墓標からは、彼らの名前と死んだ日付以外は、なに一つ分からなかった。チャールズ・ウィドニー、ウォルター・シュミット、それに、ウォーナー・オデミングの場合も、まったく同じだった。アルビン・コールターについては、なんの手掛かりも得られなかった。

そして最後が、バーノン・ホールだった。ピットは彼の墓地も見つけていなかった。どこで彼は死んだのだろう? 彼の血はハンプシャーダウンズの美しい丘陵地帯の中央で流されたのであろうか。いや、サウサンプトンの裏通りのどこかで流されたのかもしれない。

一方の目の片隅で、彼は、港まで二〇キロと記してある大きな標識を読み取った。

ピットは、機械的に運転をつづけた。道は曲がり、やがて、さざなみを立てて流れる、鱒釣《ますづ》りで有名な美しいイッチン川にそって走っていた。しかし彼は、そんなことに気づかなかった。前方に、沿岸平地のエメラルドグリーンの農地がひらけ、小さな町が視野に入った。彼はそこで車を止め、朝食をとることにした。

ピットは心の奥底で危険を察知した。彼はブレーキを踏みこんだ。しかし、強すぎた。後部の車輪が横に滑り、ローバーは完全に一回転して南を向いて止まったものの、ハブキャップの高さまで、道端の溝の柔らかいごみのなかに埋まってしまった。

車が完全に止まる直前に、ピットはドアをさっと開け、飛び出した。彼の靴は沈んで見えなくなり、動かなくなってしまった。彼は足を抜き取ると、靴下をはいた足で道路に足早に引き返した。

彼は道路ぞいの小さな標識のわきで、立ち止まった。文字の一部は、まわりの生え育った小さな木の陰に隠れてはっきり見てとれなかった。彼は自分の期待がまた失望に終わるのを恐れるかのように、ゆっくりと枝をわきに押しやった。そのとたん、すべてのことがすっかり明らかになった。ジョシュア・ヘイズ・ブルースターとビザニウムにまつわる謎を解く鍵が、彼の目の前にあった。彼は降りしきる雨に濡れそぼって立っていた。その瞬間に、彼はあらゆる犠牲が報われたことを知った。

81

マーガニンはボリショイ劇場の向かいにあるスベルドロフ広場の噴水わきのベンチにすわり、新聞を読んでいた。彼は軽い揺れを感じとり、見るまでもなく、自分の隣りのあいている場所に、誰かがすわったことを知った。

皺だらけの背広を着たふとった男は、背もたれに寄りかかり、さりげなく林檎《りんご》にかじりついた。「昇進、おめでとうございます、中佐」とその男は林檎を噛みながらつぶやいた。

「事の成行きから判断して」とマーガニンは新聞をおろさずに言った。「スローユク提督の力をもってすれば、最小限度の昇進だ」

「ところで、現在のあなたの立場ですが……プレフロフがいなくなったいまの？」

「あのご立派な大佐が変節したので、私が当然、彼に代わって対外情報課の責任者に収まることだろう。それは分かりきったことさ」

「われわれの長年の苦労が、こうした相応の報酬を得て、うれしく思います」

マーガニンは新聞のページを繰った。「われわれはドアを開けたにすぎない。報酬はこの先、まだまだやってくるさ」

「あなたはこれまでより、行動に気をつけなければなりませんよ」

「そのつもりでいる」とマーガニンは言った。

「今度のプレフロフの件で、クレムリン内部におけるソ連海軍の信用はいちじるしくそこなわれた。海軍情報部の全員の忠誠調書は、きびしい再吟味《ぎんみ》を受けている。私がかつてのプレフロフ大佐のように信頼されるようになるまでには、長い時間がかかるだろう」

「われわれは、事情が少しばかり早く好転するよう手をうつとしましょう」ふとった男は、林檎の大きなかけらを飲みこむふりをした。

「ここから立ち去るとき、通りの向こうの地下鉄の入口で人ごみに混ざってください。財布を盗むのが上手なわれわれの仲間の一人が、いつもと逆に、あなたの胸の内ポケットに封筒をたくみに入れます。その封筒には、アメリカの海軍作戦部長が艦隊司令官たちともった一番新しい会議の議事録が入っています」

「そいつはかなりすごい資料だ」

「議事録には、手が加えられています。重要に思えるかもしれませんが、その実、あなたの上司たちの判断を誤らせるよう、慎重に言葉を置き替えてあります」

「偽造文書を渡したところで、私の立場に益することはない」

「心配にはおよびませんよ」とふとった男が言った。「明日のいまごろ、KGBのある情報員が、まったく同じ資料を入手するはずです。KGBは、それを本物だと宣言するでしょう。しかしあなたは、彼らより二十四時間前に情報を提出しているので、スローユク提督は、あなたの功績を評価することでしょう」

「実に抜け目がない」とマーガニンは、新聞を見つめながら言った。「ほかになにか？」

「これでお別れです」とふとった男がつぶやいた。

「お別れ？」

「そうです。私はもう長い間、あなたとの接触員を務めてきました。長すぎるほど。われわれは、あなたと私のことですが、現在、安全だからといって安心してはおれないほど、深く踏みこんでいます」

「では、私の新しい接触員は？」

「あなたはまだ、海軍の兵舎に住んでいるのですか？」ふとった男は、別の質問で応じた。

「あの兵舎に、今後も住む。私は浪費家だと思われたくないし、プレフロフのようにしゃれたアパートに住まう気もない。私はソ連海軍の給料で、質素な暮らしをつづけるつもりでいる」

「結構。私の代わりの者は、すでに決まっています。その男は、兵舎のあなたの将校居室を掃除する従卒です」

「君に会えないとは、さびしくなるな」とマーガニンはゆっくり言った。

「私にしたって、同じです」

長い沈黙がおとずれた。やがて、最後にふとった男が押し殺した低い声で口を開いた。

「神のお恵みを、ハリー」

マーガニンが新聞をたたみ、わきに置いたときには、ふとった男の姿はすでになかった。

82

「右手前方が、私たちの目的地です」とヘリコプターの操縦士は言った。「教会の墓地と道一つへだてたあの牧草地におります」

サンデッカーは窓の外を見た。灰色に垂れこめた朝で、小さな村が広がる低地の上空には、柔らかい霧の帷《とばり》がかかっていた。静まり返った小径《こみち》は、うねうねと数軒の古い家の前を通り過ぎ、その先へ行くと、両側に、絵のような切り立った岩がせまっていた。操縦士が教会の尖塔《せんとう》近くで、ヘリを強く傾斜させたので、サンデッカーはからだを硬くした。

彼は隣り座席のドナーをちらっと見やった。ドナーは真正面を見すえていた。前方の、操縦士の隣りの座席には、シド・コプリンがすわっていた。この鉱物学者は、ハーブ・ラスキーがまだこの旅に耐えられるほど回復していなかったので、メタ・セクションのために最後の任を果たすために呼び出されたのであった。

サンデッカーはヘリの滑走部が着地したとき、軽い衝撃を受けた。その一瞬後に、操縦士はエンジンを切った。回転主翼は、やがて止まった。

ロンドンから飛んで来て、急に静けさのなかにおりたったので、操縦士の声がひどく大きく思えた。「さあ着きましたよ、提督」

サンデッカーはうなずき、わきのドアから外へ出た。到着を待ち受けていたピットは、手を差し伸べて、近づいた。

「サウスビーへようこそ、提督」と彼は微笑を浮かべて言った。

ピットの手を取ったサンデッカーは微笑んだが、けっして機嫌のいい顔はしていなかった。「今度、私に連絡しないで飛び出したら、おまえは馘《くび》だぞ」

ピットは傷ついたようなふりをして見せた。そして向きを変え、ドナーに挨拶した。

「メル、会えてうれしいよ」

「私もさ」とドナーは暖かく言った。「君はシド・コプリンに会ったことはあるね」

「偶然の出会い」とピットは笑った。「正式に名乗り合ったことはない」

コプリンは、ピットの手を両手に取った。これがノバヤゼムリヤの雪原で発見した瀕《ひん》死《し》の男と同一人物とは、ピットにはとても思えなかった。コプリンの握力は強く、その目は生き生きとしていた。

「これが私の最大の願いでした」と言うコプリンの声は、たかぶっていた。「いつか、命を救っていただいたお礼を、あなたにじかに言いたいと思っていたのです」

「あなたがお元気なので、喜んでおります」ピットはこうつぶやくのが精いっぱいだった。彼は落ち着かぬ様子で、地面を見つめていた。

これは驚いた、やっこさんが、ひどく照れているわい、とサンデッカーは心のなかで思った。ダーク・ピットが謙虚に振る舞うところを目撃することがあろうなどとは、夢にも思ったことがなかったのだ。提督はピットを救ってやるために、彼の腕をつかみ、村の教会のほうに引っぱって行った。

「君は自分がなにをしているのか、わきまえているんだろうな」とサンデッカーは言った。

「イギリス人たちは、自分たちの墓地を掘り返す植民地の人間に眉をひそめている」

「大統領からイギリス首相に、じかに電話してもらったんだよ。発掘に関する面倒な手続きを省略してもらうために」とドナーがつけ加えた。

「そうしたわずらわしさも、やがて、やるだけの価値があったと思うことでしょう」とピットは応じた。

彼らは道へ出て、渡りきった。古い錬鉄の門を通り抜け、教区教会のまわりにある墓地に足を踏み入れた。しばらくの間、風雪にすりへった墓標の文字を読みながら、黙りこくって歩いた。

やがてサンデッカーが、小さな村のほうを身振りでさし示した。「あそこは、通り道からずいぶん離れているな。なにがきっかけで、あんなところへ車をまわす気になったんだね？」

「まったく運がよかったのです」とピットは答えた。「例のコロラドの連中の動きをアバディーンから追跡しはじめたときの私は、この謎のどこにサウスビーが収まるのか皆目、見当がつきませんでした。おぼえておいででしょうか。ブルースターの日記の最後には、こう記されています。『サウスビーへぜひとももどりたいものだ』と。それに、司令官ビガローによれば、ブルースターは〈タイタニック〉の金庫室に自分を閉じこめる直前に、こう言ったそうです。『主よ、サウスビーの件を感謝します』と。私のたった一つの手掛かりは、実に心もとないものでしたが、サウスビーはイギリスと関係があるにちがいないという判断でした。それで私は、鉱夫たちのサウサンプトンに至る道のりを、できるだけ正確におさえる作業を開始したのです――」

「墓標を、道路標識代わりにして」とドナーがピットの言わんとしたことを補った。

「彼らの墓標を追うことによって」とピットは認めた。「それと、ブルースターの日記には、彼らが死んだ時と場所が記録されているのです。アルビン・コールターとバーノン・ホールは例外です。コールターの眠っている場所は、依然として謎ですが、ホールはこのサウスビー村の墓地に眠っています」

「じゃ、君はここを地図で見つけたわけだ」

「違います。この村は『ミシュラン旅行案内』では、小さな点で表示すらされていません。私はたまたま、古い、忘れ去られた、手書きの標識に気づいたのです。どこかの農夫が、何年か前に乳牛を売るために、大きな通りぞいに立てたんでしょうね。その指示によると、農家の場所はサウスビーへ通ずるつぎの道の東三キロメートルとなっていました。そこで、謎の最後の部分が、ぴたっと収まるべきところへ収まりはじめたわけです」

彼らは黙って歩き、三人の男が立っているところへ近づいた。二人は、地元の農夫がふだん着ている作業着姿だった。三人目の男は、郡警察の制服を着ていた。ピットは手短かにみんなを紹介した。それがすんだところで、ドナーが巡査に、発掘の命令書を重々しく手渡した。

彼らはみな、墓を見おろした。墓碑は、故人の上にのせてある大きな石の板の一方の端に立っていた。墓碑には、簡単につぎのように記されてあった。

バーノン・ホール

一九一二年四月八日、死去

冥福《めいふく》あれ

アーチ型のねかせた石の板の中央には、古い三本マストの帆船の姿が、刻まれてあった。

「……『われわれが死にもの狂いで働き、あの呪われた山の内懐から奪い取った貴重な鉱石は、この船の船艙に無事納まっている。すべての話を語り伝えられるのは、ただ一人残るバーノンのみ。なぜなら私は、ホワイト・スターの大きな蒸気船で出発するから……』」ピットは、ジョシュア・ヘイズ・ブルースターの日記の言葉を、そらんじた。

「バーノン・ホールを埋葬した地下室」とドナーは夢見ているように言った。「彼はそう言わんとしていたのだ。〈タイタニック〉の金庫室でなく」

「そんなこと、考えられない」とサンデッカーはつぶやいた。「ビザニウムがここに横たわっているなんて、ありえるだろうか?」

「二、三分後には、分かります」とピットは言った。彼は二人の農夫に向かってうなずいた。彼らは石の板を、梃子《てこ》で動かしはじめた。石板をわきに押しやると、農夫たちは掘りはじめた。

「だが、なぜここにビザニウムを埋めたんだ?」とサンデッカーがきいた。「なぜ、ブルースターはサウサンプトンへ行き、〈タイタニック〉にビザニウムを積まなかったのだろう?」

「いろんな理由から」とピットは言った。その声は、静かな墓地では、不自然なほど大きかった。「犬のように駆りたてられ、疲れは限界を超えていた。彼の仲間はみな、自分の目の前で惨殺された。ブルースターはまぎれもなく狂気に駆りたてられた。ぎりぎりの瀬戸際に成功の瞬間をさらわれてしまったことを知ったときの、ジーン・シーグラムがそうであったように。そのうえ、ブルースターは異国にあった。孤独で友人もなかった。死がいつ果てるともなく、終始、彼に忍び寄った。彼がビザニウムと一緒にアメリカへ脱出する唯一の機会は、数マイル先のサウサンプトン桟橋につながれていた。

狂気が天才を生むといわれている。たぶん、ブルースターの場合は、そうだったのだろう、あるいは、妄想に誤り導かれただけのことかもしれない。彼は結果的には間違っていたことになるのだが、自分がビザニウムと一緒に無事、乗船できるとは思わなかった。それで彼は、ビザニウムをバーノン・ホールの墓に埋め、本来の鉱石用の箱になんの価値もない石をつめた。それから、彼は自分の日記を、サウサンプトンのアメリカ領事に渡してほしいという依頼とともに、教区牧師にゆだねたのでしょう。彼の謎めいた文章は、人間を誰一人、高齢の教区牧師すら信じられなくなっていた彼の狂気の産物だろうと、私は想像している。彼はたぶん、陸軍省の読みの鋭い人間が、自分が殺害されたときには、とりとめのない文章に隠されている本当の意味をつかんでくれるものと判断していたのでしょう」

「しかし彼は、〈タイタニック〉に無事、乗船している」とドナーが言った。「フランスの連中は、阻止《そし》しなかった」

「私の推測では、フランス側の手先にとって事態が急を告げていたんだろうと思うんです。イギリスの警察は、ちょうど私がやったように、死体の跡を追いかけ、追跡者のすぐ背後にせまっていた」

「それでフランス側は、大規模な国際的なスキャンダルを恐れ、最後の瞬間に手を引いた」とコプリンが口をはさんだ。

「それも、ありうる」とピットは答えた。

サンデッカーは、考えをめぐらしている様子だった。「〈タイタニック〉……〈タイタニック〉が沈没し、すべてが狂ってしまった」

「そうです」ピットはごく自然に答えた。「それで、いくつもの『もしも』という仮定が登場するわけです。もしも、スミス船長が氷山情報に注意し、速度を落としていたなら。もしも、氷山の塊が、あの年、異常に南下しなかったら。もしも〈タイタニック〉があの氷山をかわし、ニューヨーク港に予定どおり入港したら。それにもしも、ブルースターが死なず、陸軍に話をしてきかせたなら。ビザニウムはのちほどすんなり掘り出され、回収されただろう。一方、ブルースターが乗船する前に殺されたとしても、陸軍省は、彼の日記の最後の文章に隠されている意味をつきとめ、その結果に基づいて行動したにちがいない。不幸なことに、偶然が重なって、ひどい罠をしかける結果になった。〈タイタニック〉は沈み、ブルースターを道連れにし、彼の日記のベールに隠された言

「では、どうしてブルースターは、七十六年間にわたって完全に翻弄した〈タイタニック〉の金庫室に自らを閉じこめたんだろう?」とドナーは不思議そうにきいた。

「あの船の運命が決まり、どんな自殺行為も無意味なジェスチャーでしかないことは知っていたはずなのに、なぜ彼は、自分自身を救おうとしなかったのだろう?」

「罪の意識は、自殺の強い動機の一つです」とピットは言った。「ブルースターは、気が狂っていた。それは、たしかなことです。ビザニウムを盗み取る計画のせいで、二〇人からの人間が、その必要もないのに命を落とした。しかも、そのうちの八人は親しい仲間だった。そう思うにつけ彼は自分を責めた。多くの男、それに女が、ずっと軽い自責の念からでも自ら命を絶っている——」

「ちょっと待ってくれ!」とコプリンが割って入った。彼はふたを開けた鉱石分析機の上に、かがみこんでいた。「棺《ひつぎ》のふたが放射能反応を示している」

墓を掘っていた農夫たちは、穴から上がった。残りの者たちはコプリンのまわりを囲み、分析している彼を目をこらしてのぞきこんだ。サンデッカーは胸のポケットから葉巻を取り出し、火をつけずに口にくわえた。空気は冷たかった。しかし、ドナーの上着は、シャツごしに汗でにじんでいた。誰も口をきかなかった。彼らの息は白い靄《もや》となって、かげった灰色の陽光のなかに消えていった。

コプリンは、石まじりの土を調べた。それは墓の穴の周囲の湿気をおびた褐色土の成分と一致しなかった。ついに彼は、よろめくように立ち上がった。彼はいくつかの石を手にのせて持っていた。「ビザニウム！」

「あるのか……あるのか、それがここに？」ドナーが抑えた声でささやいた。「本当に、ここに全部あるのか？」

「とびきり純度が高い」とコプリンは告げた。彼は顔を大きくくずして笑った。「シシリアン計画を完成させても、ありあまるほど」

「主よ感謝します！」とドナーは、あえぐように言った。彼はよろめきながらある墓碑に近づくと、無作法にもその上にしゃがみこんだ。地元の農夫たちがびっくりして見つめていることなど、彼の眼中になかった。

コプリンはふりかえり、墓のなかを改めて見おろした。「狂気は天才を生む」と彼はつぶやいた。「ブルースターは、墓を鉱石で埋めた。専門の鉱物学者でなければ誰だって、この墓を掘っても棺のなかに骨しか見つけられず、歩き去り、放置するにちがいない」

「ビザニウムを隠す理想的な方法」とドナーは同意した。

「それも、公の場所に」

サンデッカーは近づき、ピットの手を取り、握手を交わした。「ありがとう」と彼は言葉短く言った。

ピットはうなずき返すのが精いっぱいだった。彼は疲れ、気が遠くなるような感じがした。彼はこの世から逃れ、この世のことをしばらく忘れさせてくれる場所へ行きたいと思った。〈タイタニック〉が、ベルファストの造船所から滑りおりて、沈黙の海へ、あの美しい船を醜悪な錆だらけの廃船に変えてしまった冷酷な海へ乗り出さなければよかったのに、と彼は思った。

サンデッカーはピットの気持ちを読み取った。

「君は休息を必要としているようだ」と彼は言った。「その醜い顔を、私の部屋のまわりにむこう二週間ばかり出さんようにしてくれ」

「あなたがそう言ってくれるのを、待っていたんです」ピットは、もの憂げに笑った。

「隠れ家は、教えてくれるんだろうね?」とサンデッカーはいたずらっぽく言った。「NUMAで緊急事態が起こり、君と連絡をとらなければならぬときに備えての用心にすぎないが、当然」

「そうでしょうとも」とピットはそっけなく答えた。彼は一瞬、黙りこんだ。「ティンマスに、曾祖父と一緒に暮らしている可愛いスチュワーデスがいるんです。そこを探してくれると、いいでしょう」

サンデッカーは事情を飲みこみ、黙ってうなずいた。

コプリンが近づき、ピットの両肩をつかんだ。「またいつかお会いしたいものです」

「私もそう思います」

ドナーは立ち上がらぬままピットを見つめ、感情のたかぶりからかすれた声で言った。

「ついに終わった」

「うん」とピットは言った。「すっかり終わった。なにもかも」

彼はにわかに、寒気をおぼえた。自分の言葉が過去の世界からこだましてくるような、かつておぼえのあるひんやりした感じに襲われた。彼は向きを変えると、サウスビー村の墓地から歩き去った。

彼らはみな、ピットが遠く離れ小さくなり、ついに霧の帷のなかに入って行き、姿が見えなくなるまで見つめていた。

「彼は霧のなかから現われ、霧のなかへもどって行った」とコプリンは、ベドナヤ山の斜面でのピットとのはじめての出会いを思い返しながら言った。

ドナーは彼をけげんな目差しで見つめた。

「なんですって?」

「心に思ったことを口に出したまでです」とコプリンは肩をすくめた。「それだけのことです」

エピローグ

一九八八年八月

「エンジン停止」

艦長の命令に答えて、伝令器の音がなり響いた。イギリスの巡洋艦〈トロイ〉の機関室から伝わってくる震動は、弱まっていった。船首のまわりの泡立ちが、黒い海水のなかに消え去り、艦はゆっくりと速度を失っていった。聞こえてくるのは、発動機のうなりだけだった。

北大西洋にしては、暖かい夜だった。海は鏡のように凪《な》いでおり、満天いっぱいに敷きつめられた星が、明るく輝いていた。風がそよとも吹かないので、揚索のユニオン・ジャックは、だらりと力なく垂れ下がっていた。

二〇〇名を超す乗組員は前部上甲板に集合していた。そこへ、過ぎし時代の伝統的な帆布に包まれ、国旗でおおわれた死体が運び出され、艦の舷墻《げんしょう》の上に安置された。やがて、艦長がよく響く落ち着いた声で、水葬の祈りを読み上げた。彼は最後の言葉を言い終わるやいなや、うなずいた。厚板が斜めに倒され、待ち構えている永久の海の腕のなかに死体は滑りこんだ。ラッパの澄んだきれいな音色が、夜のしじまを漂い流れた。やがて乗組員は解散し、静かに引きとった。

二、三分後に、〈トロイ〉はふたたび、海上を走っていた。艦長は腰をおろし、航海日誌につぎのように書き記した。

イギリス軍艦〈トロイ〉。時＝一九八八年八月十日、午前二時二十分。位置＝北緯四一度四六分。西経五〇度一四分。〈タイタニック〉が沈没した朝の正確な時刻に、かつてホワイト・スターの蒸気船の船員仲間とともに永久の暮らしを過ごしたいとの死の床における本人の希望にそい、司令官サー・ジョン・L・ビガロー――司令官騎士（KBE）、英国海軍予備役勲章（RD）、英国海軍予備隊（RNR）退役――の遺骸を海の深みへ送る。

自分の名前を署名する艦長の手は震えていた。彼は、世界を、もう二度と出現しないであろう世界を、震撼《しんかん》させた悲劇的なドラマの最後の一章を、いましめくくろうとしていたのであった。

ほとんど時を同じくして、地球の反対側の太平洋の広大な無人の海域では、巨大な葉巻型の潜水艦が、穏やかな波のはるか下をひっそりと滑るように進んでいた。怪物の接近にあわてた魚たちは、深みにもぐりこんだ。

その一方、黒いなめらかな肌の内部にいる乗組員たちは、東方六〇〇〇マイルの一連の独立した標的に向け、四発の弾道ミサイルを発射する準備を行なっていた。

かっきり午後三時に、第一弾の大きなミサイルのロケットエンジンは点火され、火山の噴火のような勢いでわき立つ白い水に包まれ、日を受けてきらきらと輝くうねりのなかを突き抜け、雷のようなとどろきとともに、太平洋の紺碧《こんぺき》の空のなかに飛び出した。三十秒後に、第二弾がつづき、さらに第三弾、そして最後に、第四弾がつづいた。やがて、激しいオレンジ色の長い尾をひきながら、大量破壊の力を秘めたカルテットは、弧を描いて宇宙空間に姿を消した。

三十二分後に、下降軌道を描いて突入中に、四個のミサイルは、一つまた一つと突然、爆発し、巨大な炎の塊となり、それぞれの標的から九〇マイルあまり手前の地点で分解した。アメリカのロケットの歴史を通じて、出席していた国防計画をになっている専門家、技術者、それに将官たちが、完璧な発射がにわかに、壊滅的とも思われる結果に終わったことに歓声をあげたのは、今回が最初だった。

シシリアン計画は、第一回の実験で申し分ない成功を収めたのであった。

〈初版〉訳者あとがき

クライブ・カッスラーの作品が抜群に面白いことはすでに定評のあるところで、エンターテインメント作家としての彼の地位は、世界的にゆるぎのないものとなっている。本書『タイタニックを引き揚げろ』は、クライブ・カッスラーを世界的な作家におしあげた作品であるだけに、彼の一連の作品の特徴がもっとも顕著にあらわれているものの一冊である。カッスラーの作品は広く海洋冒険小説と呼ばれているが、現に本書の場合、主人公は〈タイタニック〉号であるし、四万五〇〇〇トンあまりの巨船を北大西洋の四〇〇〇メートルほどの海底から引き揚げるという破天荒な試みがおこなわれ、船艙に収まっている元素の帰属をめぐって米ソ諜報《ちょうほう》機関の策謀と奪取作戦が展開されるのであるから、十分にうなずかれよう。

よく知られているように〈タイタニック〉は、一九一二年四月十四日の夜十一時四十分に、ニューファンドランドの沖合（北緯四一度四六分、西経五〇度一四分）で氷山と衝突し、爛熟《らんじゆく》したヨーロッパ文明の没落を予告するかのように、北大西洋の深海に姿を没した豪華客船である。あの夜の悲劇は、イングランド南部のサウサンプトン港から内外の知名人を乗せてニューヨークへむかう処女航海の五日目におこった。乗船者二二〇八名、うち一五一三名が不帰の客となり、いまなお世界最大の海難事故として記録にとどめられている。この〈タイタニック〉の悲劇それ自体、過ぎし良き時代の終焉の一つの象徴として、ほぼ無条件にわれわれを引きつけるドラマを内蔵しているのであるが、カッスラーは、その〈タイタニック〉の船艙内の金庫に、敵国のミサイル攻撃を瞬時にして叩き潰す防衛網の完成に不可欠な元素ビザニウムの鉱石と、一人の鉱夫の亡骸《なきがら》が眠っているとの着想をえて、〈タイタニック〉を今日の世界によみがえらせ、未完の航海を完結させてやるのである。こうして誕生した、男のロマンとSF的な要素、さらに冷厳な東西関係の絡みあう卓抜な海洋冒険小説が、読者を魅了するのは自然のなりゆきともいえよう。

ところで本書ではさらに、数奇な運命の糸にあやつられて、〈タイタニック〉の航海を完成させるうえで、さまざまな役割をになうことになる数多くの男女の生涯にわたるドラマが展開している。ここに、クライブ・カッスラーの作品が多くの読者に愛される、いま一つの大きな理由があるように思われる。すなわち、彼の作品は興味つきない海洋冒険小説であると同時に、波瀾にみちたヒューマン・ドラマでもあるのだ。本書には一時代を象徴する〈タイタニック〉の生涯のドラマと並行して、コロラドの鉱夫たちの辛酸をきわめる生涯がある。沈みゆく〈タイタニック〉の上甲板で最後まで演奏をつづけたグレアム・ファーレーと、そのコルネットがたどった生涯がある。狂気の淵に落ち込むジーン・シーグラムとその妻ダナの乖離《かいり》の軌跡が、さらには変節を余儀《よぎ》なくされるソビエト海軍情報部対外情報課課員の生きざまがある。そして、さまざまな運命を結びつけていく人物としてヒーローのダーク・ピットがいる。

以上の特徴や構成は、クライブ・カッスラーの全作品に共通するもので、彼の作品が一般にダーク・ピット・シリーズと呼ばれていることからもわかるように、この魅力的な作中人物ぬきで、本シリーズは考えられない。しかし、ダーク・ピットの場合、いわゆるスーパースター的なヒーローとは多少、趣を異にしていて、一作ごとに真の主役が別にいるところに、このシリーズがマンネリ化と無縁でいられる秘密がかくされているように思われる。本書の場合に中心にすえられているのが〈タイタニック〉号であるように、『氷山を狙え』にあっては謎の海底鉱物探査船が、また『QD弾頭を回収せよ』においては、いっさいの生物の滅亡をもたらす恐るべきQD弾頭が主役である。したがって極言するならば、カッスラーの作品の出来栄えは、なにを主役にすえるかによってあらかた決まるといっても過言ではない。その意味で、〈タイタニック〉の船艙にビザニウムが死蔵されているとする斬新な着想をえた時点で、この作品の成功は半ば決まったといえるのではなかろうか。

とはいえ、これだけの作品を破綻《はたん》なく書きあげるのが至難のわざであることは、容易に想像されるところである。幸いなことに、今秋、クライブ・カッスラーが純然たるプライベイトな旅行で来日したおりに、創作の苦心や本書を原作とする映画『レイズ・ザ・タイタニック』を見ての印象などについて詳しくきくことができたので、以下この欄を借りて簡単に紹介しておこう。彼の創作ペースは、ほぼ二年に一冊の割である。このペースが彼には合っているとのことで、仕事を離れて人生を楽しむ時間を大切にしている印象を強く受けた。趣味はスキンダイビング、海にまつわる謎の探求、クラシックカーの蒐集、廃鉱の調査、スキーと多岐にわたっているが、趣味がそのまま作家としての栄養になっている面が多い。作品を書くにあたっては、プロットの作成をきわめて重視している。彼はプロローグからエピローグにいたる各章ごとに、詳細なプロットを四つないし五つも用意する。そして、プロットの組み合わせをいくとおりもつくって、一部のプロットを新たに考えだしたり手直ししたうえで、作品をつらぬくプロットを決定し、残りのプロットはすべて捨て去る。傑作を生むかげには、これだけ用意周到な作業がひそんでいたのである。クライブ・カッスラーの作品一冊には、四、五冊分に相当する面白さがつまっているという、内容の濃密さをほめる言葉をよく耳にするが、彼自身の口からその小説作法をきいて、なるほどと納得したことである。また映画『レイズ・ザ・タイタニック』についてのカッスラーの結論は、映画と小説はまったく別個のジャンルに属するもので、提供しうる面白さもまた別個のものだ、ということになろうか。

私も試写を見たが、〈タイタニック〉が浮上するシーンは見事なもので、視覚に訴える映画の強味が存分に発揮されていた。けれども、映画で表現しにくい、ないしは映画では省略されている面白い要素が、本書にたくさんもりこまれていることを是非とも一言つけ加えておきたい。

クライブ・カッスラーは、一九三一年、イリノイ州に生まれた。長年籍をおいていたテレビ界から作家に転進し、処女作『海中密輸ルートを探れ』を発表したのは、一九七二年、四十二歳のときであった。その後、『氷山を狙え』、『タイタニックを引き揚げろ』、『QD弾頭を回収せよ』を発表し、次回の新作にいたるのであるが、先にふれたように、作家としてのカッスラーの世界的な地歩は、本書『タイタニックを引き揚げろ』によって確立されたといえよう。その意味でも、エンターテインメントの世界に新しい地平を開いたモニュメンタルな作品として注目に値するものであるし、大方の読者は本書によって、まことに楽しい読書の時間を持ちうるものと確信する。

（一九八〇年十一月）

〈解説〉ヒーローの軌跡

寶村信二（書評家）

本書は、二〇二〇年二月に亡くなったクライブ・カッスラーが一九七六年に発表したダーク・ピットを主人公とするシリーズの第三作（日本での刊行は一九七七年）で、一九八〇年には『レイズ・ザ・タイタニック』（ジェリー・ジェイムソン監督）として映画も公開された。

『タイタニックを引き揚げろ』の人気はその後も衰えることはなく、早川書房『ミステリマガジン』一九九二年五月号で発表された「あなたが選ぶ冒険・スパイ小説ジャンル別ベスト」の冒険小説部門で十四位、海洋冒険小説部門では十位に食い込んでいる。また二〇一六年の『新・冒険スパイ小説ハンドブック』（早川書房）においても推薦作の一つとして取り上げられた。

一九一二年に沈んだタイタニック号は一九八五年、米国のウッズホール海洋研究所及びフランス海洋探査協会の調査団によって三六五〇メートルの海底に眠る姿を発見されている。

更に一九九八年アカデミー賞を十一部門で受賞した『タイタニック』の監督であるジェームズ・キャメロンは二〇〇三年にドキュメンタリー映画『ジェームズ・キャメロンのタイタニックの秘密』を公開した。

作中でもサンデッカー提督が「〈タイタニック〉には奇妙なところがある」「一度、あの船の魅力に憑かれると、ほかのことなどいっさい考えられなくなる」と述べているとおり、沈没後もかの船は人々を惹きつけて止まないようだ。

クライブ・カッスラー自身も〈ダーク・ピット〉シリーズの巻を重ねながら一九七九年には作中に登場するＮＵＭＡ（国立海中海洋機関）と同名の非営利団体を自身の印税で設立して難破船の調査を行ない、当時タイタニック号の救助に駆けつけ、第一次世界大戦末期には輸送任務に就いてＵボートの雷撃で沈没したカルパチア号を発見している。

ここで話は少し横道に逸れるが、シリーズ作品の続け方（あるいは終わらせ方）というのは作家にとっての悩みどころと見受けられる。

シャーロック・ホームズを生み出したアーサー・コナン・ドイルは『最後の事件』で主人公をライヘンバッハの滝に突き落とし、アガサ・クリスティはエルキュール・ポアロを『カーテン』で葬った。

英国ガーディアン紙のウェブサイトに掲載された記事によると、元憲兵隊のジャック・リーチャーが米国を放浪するシリーズを書き続けているリー・チャイルドもまたどうやってリーチャーを亡き者にしようかと思い悩んだらしい（同記事ではチャイルドが引退を表明、シリーズは実弟で作家のアンドリュー・グラントに引き継がれる、ともあった）。

その一方で、一九八四年に『レッド・オクトーバーを追え』でデビューを果たしたトム・クランシーのように共作者を起用して自ら始めたシリーズを継続させた作家も少なからず存在する。

カッスラーも一九九九年からこのシステムを採用、ポール・ケンプレコスと組んでカート・オースチンを主人公とする〈NUMAファイル〉シリーズの第一作『コロンブスの呪縛を解け』を発表した。

以降の作品はほとんど共作で、〈ダーク・ピット〉シリーズも二〇〇四年に出版された『極東細菌テロを爆砕せよ』からは実の息子であるダーク・カッスラーとの共作体制となった（二〇〇七年の〈探偵アイザック・ベル〉シリーズ第一作『大追跡』のみカッスラー個人の作品である）。

二〇一四年に作者がお忍びで来日した際、扶桑社海外文庫編集部が行なったインタビュー（＊）によると、カッスラーは「まず共作者と一緒にプロットを練り、それから最初の五〇ページ分ほどの原稿を書いてもらってそれを書き直して送り返す」という作業を繰り返して作品を完成させる、と語っている。

（＊ http://www.fusosha.co.jp/special/mystery_romance/cussler/）

そしてこの作業によってＮＵＭＡ特別出動班班長であるカート・オースチンが相棒のエンジニア、ジョー・ザバーラや科学者であるトラウト夫妻とともに怪事件に挑む〈ＮＵＭＡファイル〉や、〈コーポレーション〉と名付けられた企業の会長でもある元ＣＩＡのファン・カブリーヨが船長を務めるハイテク装備の秘密工作船が活躍する〈オレゴン号〉シリーズ、二十世紀初頭の米国を舞台にした〈探偵アイザック・ベル〉シリーズ、そしてエンジニアのサムと歴史学者であるレミがトレジャーハンターとして世界を駆け巡る〈ファーゴ夫妻〉シリーズといった名シリーズが次々と生み出されていった。

『黒海に消えた金塊を奪取せよ』の訳者あとがきで中山善之氏は「ダーク・ピットのモデルはカッスラーではないか」と書いておられたが、作者にとっての執筆行為は自分が創造した世界に身を置いて冒険の旅に出ることと同義であり、それだからこそ書き続けられたのではないだろうか、と筆者は妄想している。

ピットには海への憧れやクラシックカー愛好家といった作者の性格も反映させ、『マンハッタンを死守せよ』からは双子の子供たち（ダーク・ジュニアとサマー）も登場するなど、作中と現実の世界の類似性をますます高めている。

混迷の度合いが深まる世界にあって、カッスラーは作品の冒頭で歴史上の謎を提示して大風呂敷を広げ、現代の世界で進行しつつある陰謀を徐々に明かしながら読む者を物語の世界に引きずり込むという手法を駆使して多くの読者を獲得した。

作者の先見の明のおかげで、スピンオフの作品を含めてこれからも主人公たちの活躍は続くだろう。冒険小説の愛好家としては、そんな体制を築いてくれたカッスラーに感謝するのみである。


著作リスト（ジュブナイル及びノンフィクションは除く）

〈ダーク・ピット〉シリーズ
The Mediterranean Caper／一九七三年／海中密輸ルートを探れ（新）
Iceberg／一九七五年／氷山を狙え（新）
Raise the Titanic!／一九七六年／タイタニックを引き揚げろ／本書（扶）
Vixen 03／一九七八年／ＱＤ弾頭を回収せよ（新）
Night Probe!／一九八一年／マンハッタン特急を探せ（新）

Pacific Vortex!／一九八三年／スターバック号を奪回せよ（新）
Deep Six／一九八四年／大統領誘拐の謎を追え（新）
Cyclops／一九八六年／ラドラダの秘宝を探せ（新）
Treasure／一九八八年／古代ローマ船の航跡をたどれ（新）
Dragon／一九九〇年／ドラゴンセンターを破壊せよ（新）
Sahara／一九九二年／死のサハラを脱出せよ（新）
（この作品は、ブレック・アイズナー監督『サハラ―死の砂漠を脱出せよ―』
として二〇〇五年に映画が公開された。）
Inca Gold／一九九四年／インカの黄金を追え（新）
Shock Wave／一九九六年／殺戮衝撃波を断て（新）
Flood Tide／一九九七年／暴虐の奔流を止めろ（新）
Atlantis Found／一九九九年／アトランティスを発見せよ（新）
Valhalla Rising／二〇〇一年／マンハッタンを死守せよ（新）
Trojan Odyssey／二〇〇三年／オデッセイの脅威を暴け（新）
Black Wind／二〇〇四年／極東細菌テロを爆砕せよ（新／＊1）
Treasure of Khan／二〇〇六年／ハーンの秘宝を奪取せよ（新／＊1）
Arctic Drift／二〇〇八年／北極海レアメタルを死守せよ（新／＊1）

Crescent Dawn／二〇一〇年／神の積荷を守れ（新／＊1）
Poseidon's Arrow／二〇一二年／ステルス潜水艦を奪還せよ（新／＊1）
Havana Storm／二〇一四年／カリブ深海の陰謀を阻止せよ（新／＊1）
Odessa Sea／二〇一六年／黒海に消えた金塊を奪取せよ（扶／＊1）
Celtic Empire／二〇一九年／ケルト帝国の秘薬を追え（扶／＊1）

〈NUMAファイル〉シリーズ（カート・オースチン）
Serpent／一九九九年／コロンブスの呪縛を解け（新／＊2）
Blue Gold／二〇〇〇年／白き女神を救え（新／＊2）
Fire Ice／二〇〇二年／ロマノフの幻を追え（新／＊2）
White Death／二〇〇三年／オケアノスの野望を砕け（新／＊2）
Lost City／二〇〇四年／失われた深海都市に迫れ（新／＊2）
Polar Shift／二〇〇五年／運命の地軸反転を阻止せよ（新／＊2）
The Navigator／二〇〇七年／フェニキアの至宝を奪え（新／＊2）
Medusa／二〇〇九年／パンデミックを阻止せよ（新／＊2）
Devil's Gate／二〇一一年／粒子エネルギー兵器を破壊せよ（扶／＊3）
The Storm／二〇一二年／気象兵器の嵐を打ち払え（扶／＊3）

Zero Hour／二〇一三年（＊3）
Ghost Ship／二〇一四年（＊3）
The Pharaoh's Secret／二〇一五年（＊3）
Nighthawk／二〇一七年（＊3）
The Rising Sea／二〇一八年（＊3）
Sea of Greed／二〇一八年（＊3）
Journey of the Pharaohs／二〇二〇年（＊3）

〈オレゴン号〉シリーズ（ファン・カブリーヨ）
Golden Buddha／二〇〇三年（＊4）
Sacred Stone／二〇〇四年（＊4）
Dark Watch／二〇〇五年／日本海の海賊を撃滅せよ！（ソ／＊5）
Skeleton Coast／二〇〇六年／遭難船のダイヤを追え！（ソ／＊5）
Plague Ship／二〇〇八年／戦慄のウイルス・テロを阻止せよ！（ソ／＊5）
Corsair／二〇〇九年／エルサレムの秘宝を発見せよ！（ソ／＊5）
The Silent Sea／二〇一〇年／南極の中国艦を破壊せよ！（ソ／＊5）
The Jungle／二〇一一年／絶境の秘密寺院に急行せよ！（ソ／＊5）

Mirage／二〇一三年／謀略のステルス艇を追撃せよ！（扶／＊5）
Piranha／二〇一五年／水中襲撃ドローン〈ピラニア〉を追え！（扶／＊6）
The Emperor's Revenge／二〇一六年／ハイテク艤装船の陰謀を叩け！（扶／＊6）
Typhoon Fury／二〇一七年／戦慄の魔薬〈タイフーン〉を掃滅せよ！（扶／＊6）
Shadow Tyrants／二〇一八年／秘密結社の野望を阻止せよ！（扶／＊6）
Final Option／二〇一九年／悪の分身船《ドッペルゲンガー》を撃て！（扶／＊6）
Marauder／二〇二〇年（＊6）

〈探偵アイザック・ベル〉シリーズ
The Chase／二〇〇七年／大追跡（扶）
The Wrecker／二〇〇九年／大破壊（扶／＊7）
The Spy／二〇一〇年／大諜報（扶／＊7）
The Race／二〇一〇年（＊7）
The Thief／二〇一二年（＊7）
The Striker／二〇一三年（＊7）
The Bootlegger／二〇一四年（＊7）
The Assassin／二〇一五年（＊7）

The Gangster／二〇一六年（＊7）
The Cutthroat／二〇一七年（＊5）
The Titanic Secret／二〇一九年（＊5）
The Saboteurs／二〇二〇年（＊5）

〈ファーゴ夫妻〉シリーズ
Spartan Gold／二〇〇九年／スパルタの黄金を探せ！（ソ／＊8）
Lost Empire／二〇一〇年／アステカの秘密を暴け！（ソ／＊8）
The Kingdom／二〇一一年／ヒマラヤの黄金人を追え！（ソ／＊8）
The Tombs／二〇一二年／蛮族王アッティラの秘宝を探せ！（ソ／＊9）
The Mayan Secrets／二〇一三年／マヤの古代都市を探せ！（扶／＊9）
The Eye of Heaven／二〇一四年／トルテカ神の聖宝を発見せよ！（扶／＊10）
The Solomon Curse／二〇一五年／ソロモン海底都市の呪いを解け！（扶／＊10）
Pirate／二〇一六年／英国王の暗号円盤を解読せよ！（扶／＊11）
The Romanov Ransom／二〇一七年／ロマノフ王朝の秘宝を奪え！（扶／＊11）
The Gray Ghost／二〇一八年（＊11）
The Oracle／二〇一九年（＊11）

Wrath of Poseidon／二〇二〇年（＊11）

※出版社は新潮社（新）、ソフトバンク文庫（ソ）、扶桑社（扶）。共作者はダーク・カッスラー（＊1）、ポール・ケンプレコス（＊2）、グラハム・ブラウン（＊3）、クレイグ・ダーゴ（＊4）、ジャック・ダブラル（＊5）、ボイド・モリソン（＊6）、ジャスティン・スコット（＊7）、グラント・ブラックウッド（＊8）、トマス・ペリー（＊9）、ラッセル・ブレイク（＊10）、ロビン・バーセル（＊11）。

（二〇二〇年七月）

本書は、一九七七年五月パシフィカより刊行され、一九八〇年十二月
新潮社より文庫化された作品を、改稿のうえ復刊したものです。

◉訳者紹介　**中山善之（なかやま・よしゆき）**
英米文学翻訳家。北海道生まれ。慶應義塾大学卒業。
訳書にカッスラー『タイタニックを引き揚げろ』（扶桑社ミステリー）ほか、ダーク・ピット・シリーズ全点、クロフツ『船から消えた男』（東京創元文庫）、ヘミングウェイ『老人と海』（柏艪舎）など。

タイタニックを引き揚げろ（下）
発行日　2020年8月10日　初版第1刷発行

著　者　クライブ・カッスラー
訳　者　中山善之

発行者　久保田榮一
発行所　株式会社 扶桑社
〒105-8070
東京都港区芝浦1-1-1　浜松町ビルディング
電話　03-6368-8870(編集)
03-6368-8891(郵便室)
www.fusosha.co.jp

印刷・製本　図書印刷株式会社

ISBN 978-4-594-08571-1　C0197